SEXY WILD RIDER

Du même auteur dans la collection

Luv

Rider in the Dark

SARA JUNE

SEXY WILD RIDER

Luv

À ma sœur de cœur,
ma meilleure amie, Marie.
Je t'adore, ma belle.

1

Eden

« Votre destination se trouve à votre droite. »

Enfin !

J'ai l'impression que mon foutu GPS a recalculé vingt fois l'itinéraire et m'a fait perdre un temps fou. Je regarde rapidement ma montre. 8 h 49. *Ouf !*

Il me reste encore onze minutes avant mon rendez-vous. Je déteste être en retard. J'ai toujours eu les gens à la bourre en horreur. Le trajet de Jersey à Hedonas ne prend que vingt-deux minutes, mais, quand ton guide se trompe de chemin plusieurs fois, la panique s'installe. J'aurais dû faire la mise à jour du logiciel comme Jeff me l'a répété, mais je n'ai pas eu le temps… Ou plutôt j'ai oublié !

Je serre mon volant quand j'aperçois devant moi l'immense bâtisse. Je gare ma petite Fiat bleu électrique de l'autre côté de la rue, directement en face de mon objectif : le club des Dark Soldiers d'Hedonas. Je réprime un frisson en agrippant mon cahier et mon crayon. Lorsqu'un certain Path m'a écrit pour avoir une évaluation sur l'amélioration de la sécurité du club d'Hedonas, j'ai été des plus intriguées. Je ne connaissais absolument rien en matière de gang de motards. J'ai donc fait mes « devoirs », je me suis renseignée amplement sur les Dark Soldiers, leur style de vie, leur passé et les rumeurs qui circulent sur eux. J'ai fait une tonne de recherches sur les groupes de *bikers* en général, et ce qui en est ressorti est franchement fascinant. Il y a même des forums sur Internet dédiés à ces gros durs. Pour ce qui est des Dark Soldiers, c'est une société à l'échelle nationale, avec plusieurs chapitres ou clubs, chacun respectant une hiérarchie précise. Le président est un peu comme le big boss du chapitre. Ensuite, nous avons le vice-président, ou VP, qui est le bras droit du président, souvent pressenti pour reprendre le flambeau à la tête du gang. Vient après le sergent d'arme qui, à ce que j'ai pu comprendre, s'occupe des problèmes qui nécessitent un certain « nettoyage » après coup. Ils arborent normalement tous une veste de cuir avec des écussons les identifiant. Leur philosophie est à la base simple : moto, famille et liberté.

Cependant, ils n'ont pas forcément la même vision que moi du respect des lois. Ils érigent leurs propres règles, leurs propres conventions, tout en suivant leur propre « code d'honneur ». Leurs mœurs sont de nature, disons, légère : ils considèrent bien souvent les femmes comme des objets sexuels qu'ils se prêtent sans plus de cérémonie. Les orgies sont fréquentes dans ces clubs. Mais il leur arrive de choisir une femme en particulier... On l'appelle la « régulière ».

J'en sais suffisamment sur les hommes qui vivent ici et ce n'est pas fait pour me rassurer. Mais je suis là pour raisons professionnelles et je ne suis pas du genre à refuser un bon contrat. Je sors de ma voiture et m'appuie sur le capot encore chaud. Immédiatement, mes yeux scannent la bâtisse tandis que mon stylo prend des notes. Mon esprit est vite accaparé par le travail. Comme je ferme mon carnet, ma montre sonne, annonçant l'heure de mon rendez-vous. Je redresse les épaules, passe la main sur ma jupe et traverse la rue d'un pas décidé. Je me dirige vers la grille, me drapant de tout mon professionnalisme. Un jeune homme, assez séduisant avec ses cheveux blond vénitien, ses yeux bleu foncé et sa veste de cuir, me regarde un instant avant de s'approcher.

– Je peux vous aider? demande-t-il.

– Bonjour! J'ai rendez-vous avec monsieur… hésité-je, M. Path.

Ils ont insisté pour que j'appelle mon interlocuteur par ce pseudonyme étrange, un «nom de route» si je me fie à mes recherches. Le contrat est au nom de leur président, Connor Harris, mais j'aurai un certain Path comme référent. J'ai pour règle de ne pas contredire les clients, mais c'est bien la première fois que j'ai ce style de requête.

– Vous êtes la nana pour la sécurité?

– Oui, lui confirmé-je sans me formaliser de sa familiarité.

Heureusement que je m'étais préparée à ce genre d'accueil, car si l'un de mes clients habituels m'avait désignée avec le mot «nana», je crois que je me serais sentie offensée!

Mon interlocuteur me sourit et ouvre la porte grillagée. Il m'indique du pouce l'arrière du bâtiment et je m'y rends d'un pas décidé, tout en prenant mentalement des notes. Une fois derrière, je remarque un large patio menant à une grande porte-fenêtre. Je m'y dirige avant de frapper. J'attends un instant, et, comme personne ne vient, je cogne une seconde fois. Cette fois-ci, on ouvre et mon cœur s'arrête. J'ai sous mes yeux les abdos les plus parfaits.

C'est pas vrai !

Est-il nu ? Mes pupilles glissent plus bas sur son torse jusqu'à des muscles en V impeccables se terminant dans un jean porté bas. Son pantalon est très moulant… trop moulant. Un toussotement résonne.

– Hey, beauté ! Mes yeux sont en haut !

Une voix grave, suave et profonde à souhait me surprend. Je dois être terriblement rouge, car la température vient d'augmenter drastiquement et la peau de mes joues brûle. Je lève le regard vers celui qui me fait face. Cet homme est littéralement canon ! Son visage est ouvert, et sa mâchoire carrée, recouverte d'une barbe très courte, accentue son effet séducteur et viril. Il possède de magnifiques yeux d'un brun chocolat moucheté de minuscules paillettes dorées, et ses cheveux châtain clair coupés court sont encore humides. Il doit à peine sortir de la douche. Je croyais que ce genre de mec trop sexy n'existait que dans ces romans à l'eau de rose que ma mère adore. Je me redresse et avale la boule dans ma gorge tout en m'efforçant de reprendre contenance.

– Bonjour, j'ai rendez-vous avec M. Path à neuf heures. Je suis…

– Appelle-moi juste Path. Enchanté, beauté ! T'es Eden ?

– Oui, acquiescé-je en tentant de ne pas me laisser déstabiliser par son tutoiement. Enchantée.

Il serre ma main tendue dans la sienne. Elle est large et calleuse, mais terriblement chaude. Je retire la mienne rapidement et il me sourit, sûr de lui, de son charme. Sans montrer mon trouble, je repousse derrière mon oreille une mèche qui s'est échappée de mon chignon et j'ouvre mon carnet.

– J'ai déjà pris quelques notes à l'extérieur. J'aimerais faire le tour à l'intérieur pour voir ce que nous pouvons faire pour vous.

Ses yeux s'assombrissent d'un coup. Je serre le poing pour contrôler ma peur. Il hoche la tête avant de se décaler pour me laisser entrer. Je regarde l'immense pièce autour de moi. C'est réellement beau ! La cuisine est vaste et éclairée, fonctionnelle et accueillante. Une grande brune, au corps élancé et bronzé, habillée trop légèrement, est appuyée au comptoir. Ses gros seins débordent presque du mini top qui les comprime. Ses cheveux sont un peu décoiffés et toute sa physionomie dégage une aura de sexe débridé. Je ne serais pas surprise si ces deux-là n'avaient pas dormi de la nuit. Elle me dévisage un instant, avant de rediriger son attention sur le play-boy à moitié nu derrière moi. Elle lui lance un sourire qui se veut coquin, mais sa tentative de flirt tombe à l'eau.

– Tu connais la sortie, Cassy ?

– C'est Jessy ! répond la pulpeuse brune, sur un ton légèrement offusqué.

– Bonne journée, Cassy !

La voici congédiée sans plus de cérémonie. Exactement ce à quoi je m'attendais. Je roule des yeux avant de retourner à mon évaluation des lieux, prenant une multitude de notes dans mon cahier et ajoutant ce que j'avais mentalement remarqué à l'extérieur. Tandis que mademoiselle Mini Top sort par la porte du patio avec un air boudeur sur les lèvres, je me dirige vers le salon. Mes talons hauts résonnent sur le parquet, brisant le silence qui s'est installé entre nous. Je suis tellement absorbée par mon travail que je ne réalise pas que Path est de nouveau à mes côtés. Lorsqu'il parle, je sursaute.

– Ça vous plaît ?

Sa voix est rocailleuse, gorgée d'accents sensuels. Mais je note qu'il est passé au vouvoiement. Un bon point pour moi, je vais pouvoir me concentrer sur mon boulot !

– Oui, l'espace est dégagé, c'est plus facile à protéger.

J'ajoute quelques mots dans mon carnet. Lorsque je me retourne, je me cogne le nez contre un mur de muscles fermes. Je vacille sur mes talons et il m'agrippe par les coudes pour m'empêcher de tomber. Sans le désirer, je capte son odeur particulière de musc et de cuir, qui a un effet immédiat sur le taux d'humidité dans ma culotte. Je me redresse et recule contre le divan. Je le dévisage en fronçant des sourcils.

Que m'arrive-t-il ?

– Désolée. Je ne vous avais pas vu.

Je toussote lui indiquant que je veux passer. Son regard se fait inquisiteur, mais il se décale lentement. Je continue mon inspection de la pièce. J'aperçois une porte sur le mur de côté, je mets la main sur la poignée et instantanément sa large paume se pose sur la mienne.

– Nan. C'est le bureau du préz. Vous n'allez pas là, gronde-t-il presque.

– J'ai besoin de faire le tour complet si je veux pouvoir sécuriser les lieux, expliqué-je calmement.

– Il n'y a rien à sécuriser. Il n'y a pas de fenêtre.

Je grogne d'une frustration à peine contenue, mais je retire ma main et désigne l'escalier.

– Dans ce cas, auriez-vous l'obligeance de me montrer ce que je *peux* voir?

Il me dévisage puis hoche simplement la tête.

Non, mais c'est quoi son problème, à me fixer ainsi?

Je sens une bouffée de colère monter en moi, que je tente de maîtriser. Comment faire mon travail correctement si on m'empêche d'avoir accès à certains endroits? Path me guide finalement vers le sous-sol. Je reste bouche bée devant l'immense pièce remplie de tables de billard avec une salle de sport adjacente. C'est un grand espace dégagé et très propre. Une légère odeur de feutre, typique des salles de billard, nous entoure. Je prends quelques notes rapides, tout en mordillant ma lèvre. Alors que je m'apprête à lui dire que j'ai terminé, j'aperçois un second mastodonte bourré de testostérone et de muscles bien dessinés sortir de la salle en nous regardant. Sa barbe courte et ses cheveux noirs sont exactement de la même couleur que ses yeux. Le haut de son corps est presque entièrement recouvert de tatouages et le short de sport qu'il porte bas sur ses hanches laisse entrevoir d'autres trésors colorés. Je dois me concentrer pour ne pas trembler de la tête aux pieds sous son regard neutre. Cet homme a tous les airs d'un tueur. Le mec en question me reluque un instant, puis un sourire s'affiche sur son large visage, le rendant immédiatement moins intimidant.

– Path, je ne savais pas que tu donnais dans le genre secrétaire sexy...

Le genre «secrétaire sexy»?

Je ne sais pas si je dois prendre ça comme un compliment, mais, avant que je puisse lui répondre, Path intervient.

– Kill, lui dit-il très sérieusement, je te présente Eden Taylor, de la compagnie de sécurité. Eden, Kill.

Kill pouffe en regardant Path avec insistance. C'est drôle de voir cet homme à l'allure de tueur rire comme un gamin, même si je ne comprends pas ce qu'il y a de si drôle. Lorsque son hilarité prend fin, il s'approche et serre l'épaule de Path, secouant la tête.

– Eh ben, merde, mon vieux!

Il nous laisse et je remarque que son corps est encore parcouru de soubresauts de rigolade. Je me tourne vers Path qui hausse les épaules, l'air légèrement mal à l'aise, avant de me conduire vers le premier étage. Remontant mes lunettes de mon index, je le suis, admirant sans vergogne son dos presque entièrement tatoué. Une grosse moto, deux roses et trois mots en latin tout en monochrome. C'est très motard, viril et... sexy! Dans le long corridor, je lui demande de m'ouvrir les portes. Il grogne et continue plus loin dans le couloir.

– Je ne peux pas les ouvrir. Ce sont les chambres de mes frères. Mais elles sont toutes identiques à la mienne, dit-il en déverrouillant la porte devant laquelle il s'est arrêté.

Je pénètre alors dans sa chambre. Immédiatement, son parfum musqué singulier m'encercle. La pièce est assez grande, munie d'une unique fenêtre. À l'exception de celle par laquelle nous sommes entrés, il n'y a qu'une seule autre porte qui donne sur une salle de bains, petite, mais fonctionnelle. J'en sors rapidement, car l'odeur enivrante de Path y est plus concentrée, et je retrouve ce dernier étendu sur son lit fixant le plafond, les pieds pendants sur le sol. Cet homme est de la dynamite pour la libido féminine. Son ventre plat et bien défini est étiré alors que ses bras reposent sous sa tête. Je détourne vivement le regard et vérifie mes notes pour être sûre que je n'oublie rien. Perdue dans mes pensées, je ne me rends pas compte immédiatement que je grignote le bout de mon crayon. Quand je réalise ce que je fais, j'arrête rapidement. C'est une vilaine habitude dont j'essaie de me défaire. Je relève les yeux et découvre les prunelles brûlantes de Path sur moi. Il est assis et j'ai une vue imprenable sur son torse musclé. Mon esprit s'évade une seconde sous l'intensité de son examen.

J'avais une question...

Je fronce les sourcils et redresse les épaules, retrouvant le contrôle de mon corps.

– La porte en fer à l'extérieur...

– Oubliez ça !

Il me coupe la parole brusquement. Ses yeux sont maintenant froids et distants. Je grogne de frustration.

– Monsieur Path…

– Path, uniquement.

Cet homme est vraiment… insupportable – et trop sexy ! Je repousse mes lunettes sur mon nez avant d'en pincer l'arrête. Je dois me concentrer et retrouver mon professionnalisme.

– Écoutez, *Path*, je refuse de ne faire mon travail qu'à moitié. Ma compagnie est l'une des plus sérieuses et des meilleures, parce que nous ne laissons rien au hasard. Je ne peux me permettre de sécuriser les lieux ici, en ayant accès uniquement à ce que vous voulez que je voie. Il en va de la réputation de mon entreprise.

– Donc, vous déclinez le contrat ? me demande-t-il, surpris.

Ses sourcils sont froncés et il me dévisage un moment. J'inspire profondément avant de répondre.

– Je ne peux pas mettre mon nom sur un travail approximatif.

Je tends la main vers lui. Il la regarde un instant, mais ne la prend pas.

– Même si on double votre tarif ?

– Non, désolée. J'ai été ravie de vous rencontrer.

Je laisse retomber ma main, et me dirige d'un pas ferme vers la sortie. À peine ai-je rejoint le couloir qu'une large paume se pose sur mon bras et m'arrête. Path me retourne vivement vers lui. Je vacille sur mes talons hauts et ma main s'appuie sur son torse chaud pour m'empêcher de perdre l'équilibre. Je la retire immédiatement. Il passe la sienne sur sa nuque en me relâchant. Il semble en proie à une lutte intérieure, presque nerveux. Il me jauge du regard un moment, ce qui me déstabilise, puis il a l'air de prendre une décision.

– Suivez-moi!

Il a grommelé, mais j'ai compris. Je le suis dans l'escalier. Il nous dirige vers la première porte dont l'accès m'avait été interdit. Il ouvre, et j'entre dans une petite pièce meublée d'un énorme bureau et quelques chaises. Je pointe du crayon une autre porte qui me fait face. Il lève les yeux au ciel en bougonnant. Je le trouve tellement adorable quand il agit ainsi que je dois mordre ma lèvre pour ne pas rire. Derrière, je découvre une seconde salle. Elle est beaucoup plus vaste que la précédente. Aucune fenêtre, et une seule autre porte de sortie. Au centre, une très large table oblongue entourée de plusieurs chaises. Sur le mur du fond, le logo des Dark Soldiers est peint – une grande faucheuse à moto portant un casque militaire.

Pendant un instant, mes recherches me reviennent en tête. Je me demande quel genre de décisions ils prennent dans cette pièce? Est-ce ici qu'ils organisent leur trafic? Leurs virées contre leurs ennemis jurés? Selon ce que j'ai appris, les Dark Soldiers vouent une haine toute particulière aux Satan Riders. Apparemment, cet autre gang a un code de l'honneur beaucoup moins moral que les amis de Path. Les Dark Soldiers, malgré leur réputation de criminels, ne s'attaquent qu'à ceux qui leur mettent des bâtons dans les roues. Ils ont d'ailleurs interdit la prostitution il y a pas mal d'années et, même si leur façon de voir les femmes est assez spéciale, on pourrait presque dire qu'ils sont fréquentables.

Perdue dans mes pensées, je n'ai pas vu que Path m'attend près de l'autre porte. Il la pousse et nous nous retrouvons dans un petit couloir qui mène à la cuisine.

Tu vois, ce n'était pas si difficile !

J'aimerais le lui dire, mais je me tais.

Mon guide m'entraîne dehors et nous nous dirigeons vers le portillon de fer forgé. On pourrait croire qu'il vient directement d'un château médiéval. Path sort une clé de sa poche et le déverrouille. Il fait si noir à l'intérieur que je n'aperçois même pas ma propre main. Une odeur d'humus et d'humidité me lève le cœur. Il allume et un frisson me parcourt. Une volée de marches mène à un long couloir au sol dénudé, brisé par cinq issues : deux à droite, deux à gauche et une au fond. Elles sont fermées par de massives planches de bois retenues par de longues tiges de métal. Il me dépasse et ouvre l'une des portes. J'avance lentement, mon talon s'enfonce dans la terre et je perds l'équilibre. Mon guide me rattrape à bras-le-corps et me serre contre lui par la taille. Quand je réalise qu'on est bien trop proches, je me recule brusquement et me détourne de lui.

Devant moi, la petite pièce est vide. Aucune fenêtre, aucune sortie. Juste une ampoule nue au plafond et des anneaux de fer aux murs. Je prends une profonde respiration pour m'empêcher de paniquer et de me mettre à trembler contre lui. Cette salle ressemble en tout point à un cachot. Je n'ose pas lui demander à quoi elle sert, car j'ai malheureusement une idée assez précise de son utilité. Il referme derrière nous et me pousse vers la dernière porte au fond.

– C'est partout pareil, sauf ici, affirme-t-il de sa voix grave.

Path ouvre et je découvre une pièce beaucoup plus grande, remplie de morceaux disparates de motos et de larges caisses de bois. Une odeur d'huile et de métal y plane. Aucune fenêtre et aucune autre issue que celle par laquelle nous sommes entrés. Je hoche la tête et il nous fait faire demi-tour. Dehors, le soleil me fait cligner des yeux après la pénombre du sous-sol. Soulagée d'être à l'air libre, je prends une longue inspiration. J'évite de me poser trop de questions sur ce que je viens de voir – je saisis mon carnet et y note quelques petits détails. Je tapote mon crayon contre ma lèvre, calculant rapidement.

– J'ai quelques prix à vérifier, mais je crois que je peux effectuer le travail en deux, trois semaines avec six gars.

– Non! réplique-t-il brusquement. Vous seule.

– Quoi? Je ne peux pas faire tout ce boulot toute seule!

– C'est ça, ou rien. Nous avons des... secrets... à conserver, mademoiselle Taylor! Vous seule, ou vous pouvez oublier le contrat.

Je sens la frustration emplir mes veines. Je serre le poing pour retenir ma colère et je tente de garder mon air professionnel.

– J'aimerais bien tout faire. Cependant, il y a des étapes qui vont nécessiter deux personnes et une force que je ne possède pas.

– On vous fournira de l'aide.

Je réfléchis... Travailler avec des motards dangereux? Je fronce les sourcils. Je dois y penser. Peser le pour et le contre. Il faut que j'en discute avec Jeff. Je relève la tête et lui tends la main.

– Vous ne m'avez pas facilité la tâche, mais je vais voir ce que je peux faire, et je vous reviens avec un devis sous peu, *monsieur Path*.

Il lève les yeux au ciel en me serrant la main. Je me dirige rapidement vers mon véhicule. Une fois que j'ai quitté la rue du club, je m'empresse de joindre Jeff.

– Taylor Sécurité, me répond une voix familière.

– Brittany, c'est Eden, passe-moi Jeff, s'il te plaît.

Un bruit sur la ligne m'indique que mon appel est transféré.

– Bonjour?

– Jeff, c'est Eden… J'ai besoin de ton avis!

2

Path

J'observe les lignes de chiffres devant moi et j'en rectifie deux pour équilibrer mes colonnes. Je ronchonne en passant la main dans mes cheveux. Je sens le regard de Connor sur moi, mais je l'ignore. Je plonge dans la pile de factures à payer, effectuant un premier tri. Je saisis un stylo pour entourer les informations importantes sur chaque compte, et je grogne à nouveau. Tous les foutus crayons de ce monde me rappellent ses lèvres brillantes et roses.

Cela fait trois jours…

Trois putain de jours!

J'ai l'impression d'être une boule de nerfs depuis qu'elle est venue visiter le club. Les frères ne me laissent pas un instant de répit. Kill s'est amusé à leur raconter dans les moindres détails notre rencontre fortuite.

«Je sors de la salle de sport, et là, je vois cette belle créature. Talons hauts, jupe au genou hyper stricte et chemisier rouge. Le tout avec des lunettes hyper canon…

Vous savez le genre secrétaire sexy ? Et mon Path complètement gaga, bandé comme un cheval derrière elle ! »

Heureusement qu'elle n'a pas vu la bosse apparente qui déformait mon pantalon… Qui sait ce qu'elle en aurait pensé ?

Depuis, les autres se plaisent à me taquiner. Tips a laissé une vieille paire de lunettes sur mon lit avec une note me disant de les mettre à ma prochaine conquête. Scott et Mace n'arrêtent pas de me dire qu'il y a une jolie assistante sexy qui m'attend à l'entrée. Ils ont même glissé des photos coquines de secrétaires sous ma porte de chambre. Le seul à ne pas se foutre de ma gueule, c'est Hush, et je suspecte Lily de lui avoir interdit de s'en mêler.

Pourtant, Kill oublie des détails cruciaux à son histoire. Comme on dit, l'habit ne fait pas le moine. Elle a un visage parfait et des yeux d'un bleu incroyable sous ses larges montures noires. Ses cheveux attachés dans un chignon strict étaient brillants. Elle dégageait une odeur de linge frais et de grand air. Elle est simplement exquise ! Mais elle… elle…

Je grogne à nouveau. Cette fois, Connor, mon père et président des Dark Soldiers, m'apostrophe.

– Hey, ça va, fiston ?

– Oui… Je suis juste… fatigué !

– Prends le reste de ta journée. Va boire une bière. Change-toi les idées. Tu es à cran depuis quelques jours.

– Ouais. Merci. Je finirai les comptes demain.

J'attrape mon blouson sur la chaise et l'enfile avant de sortir du bureau. Je me dirige vers ma moto – rouler sur ma bécane me vide toujours la tête ! Lorsque je m'apprête à mettre mon casque, mon téléphone vibre. Je regarde le numéro inconnu et réponds en bougonnant.

– Ouais.

– Monsieur Path ?

C'est elle ! Sa petite voix douce et autoritaire. Je pince mon nez pour contenir la vague de frustration étrange qui me surprend.

– Ouais, c'est moi.

– C'est Eden… Eden Taylor, de Taylor Sécurité.

– Ouais, je sais, marmonné-je.

– Votre devis est prêt. Quand désirez-vous que l'on se rencontre pour en discuter ?

– Je suis disponible immédiatement.

– Je ne peux pas me rendre au club aujourd'hui. Mais je pourrai passer lundi.

– Moi, je peux venir à vos bureaux maintenant, si ça vous arrange.

– Vous savez que nous sommes à Jersey ?

– Ouais. J'ai l'adresse. Je peux être là dans moins de trente minutes.

Le silence remplit la ligne. Je l'imagine en train de grignoter le bout de son stylo. C'est une vision tellement sexy que mon entrejambe se durcit. Je me racle la gorge doucement.

Merde !

Ces adorables lèvres brillantes et rosées, qui mordillent un foutu crayon, je ne peux m'empêcher de les visualiser sur moi… Et surtout sur une certaine partie de mon anatomie qui, en ce moment, est des plus tendues.

– Bien.

– J'arrive !

Je raccroche vivement et enfourche ma moto. Pendant le trajet vers Jersey, je ne cesse de me rejouer le matin où je l'ai rencontrée. Après une nuit de sexe débridée, presque sans interruption, j'étais coincé avec… C'était quoi son nom déjà ? Gracie ? Maggie ? Bah, peu importe ! J'avais pris une douche en me disant qu'elle serait partie à ma sortie, mais non. Elle est restée là à espérer… plus, toujours plus ! C'est le problème des jolis-culs, elles s'attendent toujours à être plus qu'une bonne partie de jambes en l'air. Je ne suis pas le genre de mec qui se case, qui prend une régulière comme mon père ou Hush. Moi j'aime ma liberté. Je n'arrivais donc pas à me défaire de ce pot de colle quand on a frappé à la porte. Quel soulagement ! Elle était là, toute professionnelle avec ses lunettes et son chignon de secrétaire sexy, à me reluquer de façon si candide ! J'ai cru au début qu'elle était ce genre de fille coincée qui a besoin d'un bon coup pour sortir de sa coquille, mais elle s'est rapidement ressaisie, mettant une distance entre nous. J'ai essayé à quelques reprises de la faire éclore de son cocon d'autorité et d'indifférence. Je me suis rapproché d'elle pour tenter de la percer à jour. Son odeur m'avait immédiatement plu, un parfum léger de lavande mélangé à des effluves de vêtements séchés au grand air. Frais. Pur. Son regard presque fâché lorsqu'elle m'a percuté en se retournant m'a dérouté. Aucune femme n'a jamais résisté à mon charme. Mais elle, si ! Jamais une nana ne m'a autant envoyé balader. J'ai sorti mon sourire de tombeur plus d'une fois, et pourtant aucune réaction coquine de sa part. Sa façon de me parler, comme si je la dérangeais ou si j'étais dans ses jambes, m'a rendu fou. Et que dire de son regard dans ma chambre ! J'ai cru un instant qu'elle succombait enfin. Mais non, elle a froncé les sourcils comme si je la rebutais. Je ne m'attendais pas à ce qu'on s'envoie en l'air, là, comme ça, mais quand même ! Elle aurait pu au moins sourire plutôt que vouloir fuir au plus vite.

C'est la première fois que ça m'arrive. Habituellement, les femmes succombent ou ont peur de moi, mais rarement entre les deux. Eden m'a tenu tête sans trembler, droite et fière. Elle m'a un peu rappelé Lily, mais en plus déroutante encore. Honnêtement, je ne sais pas comment agir avec elle. J'ai toujours été le mec devant lequel les filles se pâment. Mais depuis quelque temps, j'ai l'impression que mon charme légendaire me lâche. D'abord Lily, et maintenant cette nana. Peut-être que je perds de mon charisme, que je me fais vieux…

Je gare ma moto devant une construction de brique blanche à un étage. Situé dans un quartier modeste, entouré de minuscules commerces et de ruelles, ce ne sont pas les beaux quartiers de Jersey. Le restaurant mexicain établi juste en face charge l'air environnant de notes épicées. Les locaux de Taylor Sécurité occupent le petit bâtiment qui semble bien entretenu, comparativement au reste de la rue. Ils sont indiqués par une simple affiche collée sur la fenêtre. Je pousse la porte d'entrée et découvre un grand espace épuré, servant d'accueil et de salle d'attente. Près du bureau de réception se trouve un corridor révélant quelques pièces fermées. Une jeune femme assise derrière le comptoir lève les yeux sur moi. Elle doit avoir environ 25 ans et son pull en laine bleue paraît trop étroit pour elle. Ses cheveux bruns semblent un peu ternes et ses prunelles marron n'ont rien d'exceptionnel. Immédiatement, son regard me dévore et elle se mord la lèvre.

OK. Path le Tombeur n'a pas totalement disparu !

Je prends appui sur le rebord du comptoir et m'approche d'elle.

– Bonjour, heu…

– Brittany.

– Bonjour, Brittany ! Je crois que Mme Taylor m'attend.

– Vous êtes… ?

– Path.

Elle me sourit et je lui retourne son sourire. Je ne la sauterais pas, mais c'est plaisant de voir que ma magie opère encore. C'est Eden, le souci. Brittany prend son combiné et appelle sa patronne, sans me quitter des yeux, minaudant d'une façon coquine. Quand elle raccroche, je lui lance mon regard de tombeur et j'entame la discussion avec elle, en attendant cette femme insensible à mes charmes. J'entends ses talons hauts résonner dans le corridor d'un tempo régulier et modéré. Je lève les yeux, et, à l'instant où elle apparaît, je ne peux retenir le désir qui court dans mes veines. Une puissante érection se fait sentir. Je dois la déplacer, car elle appuie fortement contre ma fermeture Éclair et c'est très inconfortable. L'objet de mes fantasmes porte une robe-tailleur bleu foncé qui moule à la perfection son corps sublime et dont la légère ceinture argentée sur ses hanches met en valeur sa taille fine. Lorsque ses yeux se posent sur moi, je la vois froncer les sourcils. Elle s'avance et me serre la main de façon plus que professionnelle.

– Bonjour, *monsieur Path*, si vous voulez bien venir avec moi.

Elle me rend dingue à me donner du « monsieur Path » comme ça ! Avant que je n'aie pu lui répondre, elle se retourne et je n'ai d'autre choix que de la suivre dans le long couloir, admirant son derrière rond et parfait. Nous entrons dans une salle de réunion où une large table et plusieurs chaises occupent la majorité de l'espace. Un homme y est assis, un dossier ouvert devant lui. Il se lève et me tend la main.

– *Monsieur Path*, je vous présente Jeff Carson, mon associé, introduit Eden.

– Enchanté, monsieur Path, répond d'un ton aimable l'homme, alors que je suis ravi de constater que cela ne lui pose pas de problème d'utiliser mon nom de route.

– Bonjour, Jeff, lui dis-je simplement.

Il est grand et plutôt mince. Son visage est carré et ses cheveux blonds sont mi-longs. Son regard noisette et sa bouche trop large lui donnent un air affable. Il semble sympathique à première vue. Peut-être est-elle en couple ? Ça pourrait expliquer son manque d'intérêt envers moi. Je l'observe et je refoule la bouffée de jalousie qui me parcourt. J'ai toujours su quand une femme était prise, et jamais Eden ne m'a donné cette impression.

Ouais, j'me fais vieux !

Je serre sa main, me contrôlant pour ne pas la bousiller. Il me sourit en coin et me tend la chemise en carton. Je m'assieds face à Eden et ce mec qui fait courir la convoitise dans mes veines. En ouvrant le dossier posé à ma place, je découvre deux devis. Eden tient deux feuilles semblables devant elle. Elle croise les mains sur les papiers.

– J'ai évalué le nombre de caméras de surveillance nécessaires à vingt-quatre, commence-t-elle d'une voix professionnelle.

Je suis épaté par son assurance. Cette femme est à la tête d'une des plus grosses boîtes de sécurité de la région et semble ne reculer devant rien pour un contrat. À condition qu'elle puisse faire son travail correctement, comme elle me l'a fait très bien comprendre lors de notre dernier rendez-vous.

– Je propose d'augmenter la sécurité extérieure par quelques ajustements de votre grillage, continue-t-elle. Je suggère fortement des détecteurs infrarouges. Pour ce qui est de l'intérieur, je vous conseille des grilles aux fenêtres en plus de détecteurs d'ouverture sur chaque porte. Nous installerons un système interne de gestion qui sera relié à un ordinateur indépendant que vous pourrez placer dans le bureau du club. Il nous est aussi possible de synchroniser le tout avec vos portables. Vous pourrez ainsi recevoir des alertes en temps réel.

– Ce qu'Eden vous propose est le meilleur système de sécurité qui existe, intervient Jeff.

Je hoche la tête. J'examine en détail tous les ajouts qu'elle mentionne sur les devis. Je lève les yeux sur elle. Je suis surpris lorsque je découvre qu'elle rougit légèrement.

– Nous avons fait deux estimations de prix, m'explique Jeff. Le premier, avec votre demande particulière qu'une seule personne s'occupe de l'installation. Et le second inclut quatre de nos meilleurs ouvriers. Comme vous pouvez le voir, outre le délai de réalisation plus long, le prix du premier devis est considérablement plus élevé.

Je regarde les deux montants. Presque sept mille dollars de plus. Je m'en contrefiche. Connor m'a donné le droit de gérer cette affaire comme bon me semble, dans l'intérêt des Dark Soldiers bien sûr. Et le club ne peut accepter que trop de gens soient au courant de nos systèmes de sécurité interne.

– Nous prendrons le premier devis, tranché-je.

Jeff hausse un sourcil. Il se repousse contre le dossier de sa chaise, une main sur le rebord de la table. Eden toussote.

– OK. Donc Jeff commencera lundi.

– Non. *Vous*, insisté-je, en désignant Eden d'un mouvement sec du menton.

Je me fie à mon instinct, il ne m'a jamais fait défaut et j'ai confiance en elle. Elle m'a prouvé qu'elle aimait le travail bien fait et qu'elle n'était pas là pour l'argent. Il est hors de question que ce Jeff mette un pied au club.

– Je regrette, monsieur Path, me dit Eden d'un air contrit, mais en tant que propriétaire et première actionnaire de Taylor Sécurité, je ne peux être à temps plein à l'extérieur et gérer mon entreprise en même temps. Jeff est digne de confiance et tout à fait apte au travail.

– Non, c'est *vous*, ou bien personne ! J'ajoute cinq mille au montant pour votre *dérangement*.

Eden et Jeff me regardent en haussant les sourcils. Eden est rouge jusqu'à la base du cou. Est-ce sous l'effet de l'agacement face à mon offre ou autre chose? Je n'en ai aucune idée! Jeff semble perplexe. Finalement, Eden se lève et me tend la main.

– Dans ce cas, enchantée de faire affaire avec vous. Suivez-moi dans mon bureau, nous ferons les ajustements au contrat avant de le signer.

Je prends sa paume dans la mienne, elle est si petite et chaude que c'en est douloureux. J'évite de penser à la facture colossale que représente ce contrat pour profiter de l'extrême satisfaction que je ressens à ce moment, sa main dans la mienne.

– Peux-tu t'occuper des Jamieson? demande Eden à Jeff après m'avoir lâché la main. Ils seront là d'une minute à l'autre.

– Bien sûr, acquiesce Jeff qui semble un peu déboussolé par ce qui vient de se passer.

Il me tend la main et je la serre brièvement.

– Heureux de vous avoir rencontré, monsieur Path. Et je compte sur vous pour veiller à la sécurité d'Eden.

Son ton n'est pas menaçant, mais son regard est lourd de sens. Je n'ai pas peur de lui, mais je hoche la tête. Je ne vais pas laisser n'importe qui s'approcher d'Eden, il peut me faire confiance. Jeff sort de la pièce et je suis Eden dans le long couloir. Elle se dirige vers l'arrière et ouvre la porte de son bureau. Instantanément, une odeur de linge frais me titille le nez. Son bureau est blanc immaculé avec des touches de décoration mauve. C'est beau et professionnel. Elle s'assied à sa table de travail pour refaire le contrat avec les changements, pendant que je regarde autour de moi. Une photo encadrée sur une tablette attire mon attention. Je la saisis entre mes mains, m'attendant à y découvrir un portrait d'elle et de Jeff. C'est bien elle, mais avec un autre homme. Un mec grand, mince, les cheveux bruns et les yeux presque noirs. Le cliché a été pris à l'extérieur et le soleil joue dans la coiffure libre d'Eden. Je me surprends à la trouver encore plus jolie. Ces cheveux bouclés forment une masse indomptée et des rayons percent au travers. Un large sourire illumine son visage, elle semble très heureuse et n'affiche aucune trace de son professionnalisme casse-couilles. J'avale difficilement.

– C'est votre petit ami?

– Non, mon mari.

Mon cœur me serre. Voilà la raison. Elle est mariée. Pourtant elle ne porte aucune alliance. Elle remarque mon regard sur ses doigts et tend la main pour prendre le cadre.

– C'est Kyle. Il est décédé, il y a deux ans, dit-elle d'une voix neutre.

– Oh! Je suis désolé.

Aussi horrible que ça puisse paraître, je ne le suis pas tant que ça. Plutôt soulagé, même. Je sais, je devrais en avoir honte, mais au fond de moi je suis heureux de savoir que mon flair de tombeur fonctionne encore.

– Ça va, me rassure-t-elle. Nous avons eu une belle vie ensemble – courte, mais belle.

Elle fait tout pour cacher sa tristesse, mais je sens presque la vague d'émotion qu'elle tente de retenir. Eden me donne le contrat et un stylo, nos mains s'effleurent, ça me fout la chair de poule.

– Voilà le nouveau contrat comprenant les changements, se ressaisit-elle. Je pourrai passer au club lundi, pour prendre les mesures nécessaires, et ainsi faire les commandes dans la journée. Dès que nous aurons le matériel en main, je commencerai l'installation.

Concentré, je lis attentivement le document.

– Je souhaite ajouter une autre clause de confidentialité, dis-je soudain. J'aimerais que vous conserviez le moins d'informations possible sur notre entente. Nous sommes un gang de *bikers* et nous avons des ennemis qui seraient prêts à tout pour nous mettre au mur.

– Pas de problème.

Sa réponse a fusé me confirmant qu'elle s'est renseignée sur nous. Eden sait où elle met les pieds et je n'en suis que plus admiratif de son assurance. Elle reprend le contrat et écrit quelques mots au bas avant de signer. Elle me le tend en souriant.

Seigneur qu'elle est belle ! Belle, mais tellement trop… professionnelle.

Je m'empare à nouveau des papiers et lis son ajout :

Aucun document autre que le présent contrat ne sera conservé.

Je souris à mon tour et je signe.

3

Eden

Le lundi matin arrive trop rapidement. J'ai passé la fin de semaine à revoir dans ma tête les étapes de l'installation. Cela fait longtemps que je n'ai pas mis la main à la pâte et je dois avouer que je suis ravie de le refaire. J'ai toujours aimé travailler de mes mains et j'aime savoir le travail bien fait. Mais, depuis… Enfin, j'ai laissé cet aspect de mon activité à d'autres, m'occupant surtout de la gestion et l'acquisition des contrats.

Je dirige ma voiture vers le club alors que le soleil vient de se lever. Je sors et commence à évaluer le boulot à abattre aujourd'hui. Le ciel est clair et l'air est déjà humide, signe qu'il fera lourd. Je vais concentrer mon travail à l'extérieur, ainsi, les jours de pluie, je pourrai avancer à l'intérieur. Étant donné que la journée s'annonce chaude, j'ai mis un short et un T-shirt simple. J'ai troqué mes talons hauts pour mes bottes de sécurité. Mon habituel chignon sur la nuque est à demi recouvert par ma casquette. J'avale une longue gorgée de ma bouteille d'eau avant de prendre mon ruban à mesurer, mon crayon et mon carnet de notes dans mon coffre. Une fois devant la grille, j'évalue et calcule la distance nécessaire, ainsi que le matériel. Je suis tellement concentrée que je sursaute violemment quand une main me touche l'épaule. Je lève les yeux et croise le regard de braise de Path.

– Salut ! Tu es de bonne heure au travail !

– Bonjour, *monsieur Path* ! Ça ne fait que quelques minutes que je suis arrivée.

Je vois son visage s'assombrir alors que je lui donne du « monsieur ». Je ne peux m'en empêcher, j'aime bien faire réagir monsieur l'Arrogant, trop sûr de lui.

– Bordel ! Appelle-moi Path ! crie-t-il, plus râleur qu'agressif.

Je ris et ses traits se radoucissent. Il est beau, trop beau même, mais son attitude de tombeur trop confiant de son charme me met mal à l'aise. Aujourd'hui, il porte un chandail gris et un jean fort usé, mais qui mettent son corps en valeur. Je détourne le regard et tapote la mine de mon crayon sur mon carnet.

– Je commence par les mesures. J'ai quelques commandes à passer cet après-midi. Si vous le désirez, je peux vous montrer exactement ce que j'ai en tête pour votre système de sécurité.

Il me fixe un instant et je dois me redresser pour ne pas trembler sous la chaleur de son examen.

– Oui, bonne idée.

– OK.

Je me dirige vers ma voiture et prends les plans que j'ai faits ce week-end. Il me guide vers une table à pique-nique située dans la cour arrière. Il met un pied sur l'assise, croisant ses bras sur son genou relevé, tandis que je déroule les feuilles. Je ne peux m'empêcher d'admirer son corps fluide et ferme. Ses yeux s'agrandissent et son front se plisse. Évitant son regard, je pointe plusieurs endroits là où je prévois d'installer les caméras. Il me coupe soudain la parole.

– Eden… Ces plans sont à l'échelle !

– Non, je n'ai pas pris de mesures quand je suis venue.

– Pourtant… je jurerais que si. Vous avez tracé les portes aux bonnes places… Même les armoires de la cuisine…

Il est repassé au vouvoiement comme à chaque fois que quelque chose lui déplaît, mais j'ignore sa remarque, me détourne de lui, et reste concentrée sur mes explications.

– Ici, j'ai pensé installer le système d'ouverture de portes à distance, qui marchera avec des détecteurs que l'on pourrait mettre en porte-clés pour vos mem…

– Eden, pourquoi les plans sont-ils si précis ?

Je sens la colère émaner de son corps par puissantes vagues. Je fronce les sourcils tentant de deviner la raison de ce brusque emportement.

– Comment avez-vous obtenu *tant de détails* ?

– Je… Eh bien… C'est que je…

– Êtes-vous entrée ici sans que j'en sois informé ? Expliquez-vous ! m'ordonne-t-il d'un ton qui n'a plus rien de séducteur.

Comment ose-t-il sous-entendre que j'aurais pu me glisser dans son club sans son accord ? Je ne suis pas une voleuse ou une taupe ! Je le foudroie à mon tour du regard.

L'espace entre nous se charge immédiatement d'une tension électrique. Je suis à la fois en colère et offusquée qu'il me croie capable d'un tel manque de professionnalisme. Mais, après tout, il ne me connaît ni d'Ève ni d'Adam. C'est pourquoi, lorsque je lui réponds, je modère mon emportement... Enfin, j'essaie!

– J'ai une mémoire photographique! Je vois un lieu et je m'en souviens dans les moindres détails! Je peux vous dire exactement l'emplacement de chaque prise électrique dans votre club, parce qu'il est imprimé là! dis-je en pointant mon front.

Devant son air surpris, je suis mal à l'aise et un peu blessée. Je n'aime pas évoquer ma mémoire photographique. Plusieurs personnes s'imaginent que c'est merveilleux, mais pas moi. J'ai toujours l'impression d'être une bête de foire chaque fois que j'en parle. C'est sûr que c'est pratique pour certains aspects de ma vie, surtout pour mon travail, mais c'est un véritable enfer, aussi. Je me rappelle exactement chaque instant de la longue agonie de Kyle, de sa mort... J'aimerais pouvoir effacer ces souvenirs, ou, tout au moins, qu'ils s'estompent. Mais non... C'est mon fardeau.

Je suis agacée par le manque de confiance de Path, qui me porte sur les nerfs. Je me redresse et marche d'un pas vif vers la grille pour ne pas dire quelque chose que je pourrais sans doute regretter. Je suis arrêtée par sa large main sur mon bras. Je me secoue et me dégage de son emprise brusquement. Je le vois passer ses doigts dans ses cheveux, visiblement embarrassé.

– Je suis désolé! Je n'aurais pas dû vous accuser ainsi.

Son regard chaud me parcourt et je dois me retenir de frissonner devant lui. Je dois me tenir debout et être forte.

– Écoutez, *Path*, je suis quelqu'un de droit et de professionnel. Ma société a la réputation d'être d'une très grande discrétion et a le respect du secret et du détail. Jamais je ne ferais quelque chose d'aussi bas. Mon entreprise est ce que j'ai de plus important et sa notoriété en fait partie. Je vous laisse contrôler les plans. Je dois saisir les chiffres pour passer les commandes le plus rapidement possible.

Je m'éloigne de lui promptement et sors mon mètre ruban pour commencer la prise des mesures. Il ne me suit pas, ce dont je lui suis reconnaissante, me laissant vérifier les dimensions nécessaires pour l'installation extérieure. Je souffle et m'applique à mon travail. Une fois toutes les mesures en tête, je me dirige vers Path. Il examine toujours les dessins, son regard est fixe et son front est plissé, signes d'une intense concentration. Il est tellement beau, mais vraiment… déroutant par tant d'arrogance !

– Cela répond-il à vos attentes ? lui demandé-je.

– Ouais.

Ses magnifiques yeux bruns pailletés croisent les miens. Une ombre indéfinissable glisse sur ses pupilles. Je lui indique le club du menton.

– J'ai besoin de prendre quelques mesures aussi à l'intérieur.

– Allons-y.

Je le suis dans le bâtiment et je m'active immédiatement dans la cuisine et la salle à manger.

– Il ne me manque que les dimensions des fenêtres des chambres.

– Elles sont toutes pareilles.

Il me guide vers la sienne. Encore une fois, son odeur tellement enivrante me submerge. Je me dépêche de prendre les mesures avant de ressortir. Je compte le nombre de portes dans le long couloir pour savoir combien de grilles je dois acheter. Ayant tous les chiffres en mémoire et en note, je dois maintenant appeler les fournisseurs. Je me retourne vers Path qui est en pleine contemplation de ses bottes de cuir, nonchalamment adossé au mur du corridor.

– Je dois aller au bureau pour passer mes commandes. Normalement, je devrais recevoir le matériel d'ici la semaine prochaine, donc nous pourrons commencer les travaux à ce moment-là.

Il hoche la tête. Son regard brûlant glisse sur moi comme une onde de lave. Je me redresse et me détourne pour partir. Comme j'atteins l'escalier, sa voix chaude résonne dans mon dos, me forçant à m'arrêter.

– Je suis vraiment désolé, Eden.

– Ça va, Path…

Je ne me retourne pas et me dirige d'un pas décidé vers ma voiture. Je sens que ce contrat ne va pas être de tout repos…

4

Path

Une semaine est passée depuis que je l'ai vue. Elle ne m'a pas appelé et je me suis tenu sagement loin d'elle. Sauf la nuit. Je ne peux empêcher mon esprit tordu d'imaginer tout ce que je pourrais lui faire. Dans la fantaisie de mes rêves, elle me retourne toujours mes avances. Dès que les songes disparaissent et que le soleil se lève, la réalité m'écrase et son attitude distante me revient de plein fouet. J'ai vainement tenté de faire passer cette lubie de secrétaire sexy en baisant comme un lapin. Je me suis lancé corps et âme dans une véritable orgie de sexe, ne réussissant à jouir que lorsqu'il y avait tellement de peau féminine autour de moi que mon cerveau disjonctait. Mais la beauté d'Eden ressurgissait toujours pour hanter mon imagination. J'ai tellement baisé cette semaine que j'ai l'impression d'avoir développé des muscles au niveau des couilles.

Je suis assis à l'îlot de la cuisine, un café entre les mains. Mon regard perdu dans les ombres du liquide chaud, mes pensées perdues encore plus loin, j'entends la porte s'ouvrir. Je lève les yeux et aperçois Hush et Lily qui entrent. Ils me sourient avant de venir me rejoindre. Hush garde constamment une paume sur Lily, comme s'il lui était impossible de la lâcher. Étant donné qu'il est passé à un cheveu de la perdre il n'y a pas si longtemps, c'est peut-être le cas.

– Bonjour Path !

Elle s'avance et m'embrasse sur la joue tandis que Hush me cogne doucement l'épaule du poing.

– Salut mon frère ! Ça roule ?

– Ouais… Et toi ?

– En pleine forme après une belle nuit avec ma régulière, dit-il en faisant un clin d'œil.

Je secoue la tête en riant, on ne le changera pas : toujours à se vanter de ses exploits sexuels avec Lily !

– Et toi, comment vas-tu, Lily ?

– Bien… Enfin, si on oublie les nausées matinales, ça va super bien.

Elle dépose les mains sur son ventre encore plat. Hush et Lily attendent leur premier enfant. Un petit miracle étant donné ce qu'elle a vécu dernièrement. Elle a été kidnappée ici même et battue par l'un de nos propres frères… qui nous a trahis et en a payé le prix fort. Aujourd'hui, il ne reste plus aucun signe de son agression, si ce n'est les douloureux souvenirs. Avant Eden, c'était l'image du corps meurtri et inanimé de Lily que j'avais moi-même découvert dans cette cave qui peuplait mon sommeil. Nous avons manqué la perdre et nous remercions tous le Ciel de la chance que nous avons eue de la récupérer à temps.

– Tu dois avoir hâte de remonter Rody? la questionné-je.

Rody est sa bécane… Une belle Harley, je dois dire. Après son enlèvement, elle n'a pas pu grimper sur sa moto à cause de sa cheville cassée. Elle a enfin retrouvé l'usage de ses deux jambes vendredi, quand ils lui ont retiré son plâtre.

– Oui, mais je dois encore patienter, dit-elle en grimaçant. Hush m'interdit de prendre Rody tant que je suis enceinte.

– En effet, c'est plus sûr! approuvé-je.

Elle lève les yeux au ciel. Hush rit.

– Je te l'avais dit, chérie… Mes frères seront d'accord avec moi.

– J'avais espéré que mon meilleur ami aurait été de mon côté, boude-t-elle tout en passant son petit bras autour de mes épaules.

– Je suis du côté du bon sens, Tigresse! me justifié-je en utilisant son surnom.

Elle sourit mais rompt le contact entre nous. Elle partage un regard complice avec Hush tandis qu'il hoche la tête, et une étrange sensation me vrille l'estomac. Qu'ont-ils à me dire? Qu'est-ce qui se passe?

Lily me dévisage et je remarque que ses yeux sont plus brillants.

– Path, je… J'aurais un service à te demander.

– N'importe quoi, Tigresse…

– Accepterais-tu d'être le parrain de notre enfant?

À cette annonce, l'air se bloque dans ma poitrine.

– Il, ou elle, aura besoin de quelqu'un de loyal dans sa vie, autre que son père et moi, affirme Lily en posant sa main sur mon épaule. Si jamais il nous arrive quelque chose, on veut être sûrs qu'il ou elle sera à l'abri. Et je... Tu es celui en qui j'ai le plus confiance, après Hush.

Des taches noires remplissent ma vision.

Moi, parrain...

Je prends une longue respiration, évacuant la pression de mes poumons, mais pas l'émotion que je ressens. C'est à la fois un grand honneur et une énorme responsabilité. Suis-je en mesure d'accepter? Honnêtement, je l'ignore. Ce que je sais cependant, c'est que cet enfant sera un Dark Soldier, et que j'ai toujours pris soin de mes frères. Je suis le genre de mec qui assume ce qu'il fait, et mon choix est fait. Si jamais le malheur nous frappe, j'assumerai cette responsabilité.

– Je... Oui...

– Oui?

– Oui Lily, avec plaisir. C'est un honneur que vous me faites.

Mon frère me serre la main puis sa régulière me saute au cou. Elle pleure contre mon torse. Je caresse de mes doigts son dos, j'ai si longtemps rêvé de la tenir ainsi... Enfin, pas tandis qu'elle pleure! Les premiers temps suivant notre rencontre avec Lily, c'était presque la guerre ouverte entre Hush et moi, pour elle. Mais j'ai rapidement compris que ce qu'elle ressentait pour moi n'était pas aussi fort que ce qu'elle et Hush partageaient. Un coup de foudre au premier regard! J'ai lentement pris sur moi, et aujourd'hui l'amitié que j'ai pour elle me satisfait pleinement. Sentant que les sanglots de Lily s'éternisent, je questionne Hush des yeux. Il me sourit en haussant les épaules et articule silencieusement : « Hormones ! » Je me retiens de rire alors que Lily me relâche, essuyant ses paupières du revers de la main. Hush l'attire à lui, l'embrasse et passe son pouce sur sa joue, chassant une larme.

– J'y vais, ma chérie, lui dit-il avec une tendresse que Hush ne réserve qu'à Lily. Je viens te chercher après le boulot.

Elle hoche la tête avant de s'asseoir sur le tabouret à côté de moi.

– Tu traînes ici aujourd'hui ?

– Ouais, Dee vient me rejoindre ! On a prévu de visionner des films et se faire bronzer. La totale, quoi !

Comme je m'apprête à lui répondre, mon téléphone sonne. Je décroche sans regarder.

– Ouais ?

– Path, c'est Eden…

Immédiatement, mon corps vibre et mes pupilles se dilatent alors que l'image de son visage apparaît dans mon esprit.

– Bonjour, Eden.

– Le camion de livraison devrait passer ce matin. Je pourrai commencer les travaux dès cet après-midi.

– Parfait ! Je suis au club toute la journée. Je vous attendrai.

– Bien, dans ce cas, à tout à l'heure.

Je raccroche et mes muscles se tendent dans l'attente de la revoir. J'ai l'impression que la compta va être pénible à tenir aujourd'hui. Je me sens complètement ridicule. C'est sûrement dû à l'émotion que j'ai ressentie d'être parrain. Je perçois le regard de Lily s'attarder sur moi. Je ne dis rien quand elle glisse sa petite main sur la mienne et qu'elle la serre.

– Tu veux en parler?

– Il n'y a pas grand-chose à raconter…

– Tu as changé… Enfin, tu sembles malheureux depuis quelques jours. Ton sourire me manque.

– T'en fais pas, Tigresse…

Je croise ses yeux caramel si expressifs. Mon cœur se comprime, je n'aime pas la voir inquiète… Encore moins quand j'en suis la cause.

– J'aimerais qu'il n'y ait pas cet obstacle entre nous, Path.

– Quel obstacle?

– Ce que tu as vu.

Je la regarde longuement, cherchant de quoi elle parle. Mon incompréhension doit se lire sur mon visage, car elle penche la tête, avant de préciser.

– Est-ce que tu as perdu ton sourire et ta joie de vivre dans cette cave, quand tu m'as sauvé la vie?

La lumière se fait, et je me sens d'autant plus mal qu'elle croit que c'est de sa faute. Je ne peux la laisser penser ça. Je la prends par les épaules et réponds d'un ton vraiment sincère.

– Non, Lily. Non. Je te mentirai en te disant que ça ne m'a rien fait, mais ce n'est pas ça.

– Alors tu veux bien me parler, s'il te plaît? J'ai l'impression de t'avoir fait…

– Non, tu ne m'as rien fait. C'est... Argh...

Je passe ma main rageusement dans mes cheveux tentant de mettre des mots sur les étranges émotions qui m'assaillent. Les doutes. Les peurs. Les désirs.

– C'est que... tu as choisi Hush.

– Oh... Je... Je soupçonnais que... tu éprouvais peut-être des sentiments pour moi, mais...

– Ne t'en fais pas... Je te désirais, c'est tout... Je ne suis pas aveugle ! J'ai vite compris que Hush et toi, c'est... plus que ce que tu ressens pour moi. J'ai fait mon deuil, Lily. Tu es heureuse et tu es mon amie. Ma meilleure amie. Je suis content ainsi.

– Je suis désolée, Path. Je t'ai toujours apprécié, aimé, même, mais comme le frère que je n'ai jamais eu. Je suis vraiment navrée.

Une larme coule sur sa joue. Instantanément, je l'attire contre mon torse. Je la serre contre moi, essayant d'avaler sa tristesse. Alors que je la tiens contre moi, la partie de mon corps située entre mes jambes me prouve qu'en effet, je suis passé à autre chose.

– Je ne suis pas sûr qu'on aurait fait un beau couple, on est faits pour être amis ! Ne pleure pas, Tigresse. Ça n'en vaut pas la peine.

– Tu en vaux la peine, Path ! Tu es un mec génial et fabuleux...

– Je voudrais tellement te croire.

– Hey ! Tu es quelqu'un d'extraordinaire. La femme qui te mettra le grappin dessus sera des plus chanceuses.

– Tu peux aller dire ça à Ed...

Je m'arrête en réalisant ce que j'allais lâcher. Non. Je désire Eden physiquement. Ça ressemble étrangement à ce que j'ai déjà ressenti pour Lily. Enfin, pas tout à fait. Je suis incapable de dire où se situe la différence, mais elle est à la fois subtile et puissante. De toute façon, ça ne peut pas être de l'amour ! Je n'aime pas. Je ne peux pas aimer. C'est un concept que je ne connais pas. Je ne me vois pas devenir comme Hush, tout mièvre et tout nounours pour une femme. Ce n'est pas moi ça !

Lily lève le visage vers moi, ses yeux curieux sont agrandis par une surprise apparente.

– Aller le dire à qui ?

– Personne.

– Oh ! La fille de la sécurité. Hush m'a raconté que…

– Oublie ça, Tigresse.

Elle prend mon bras alors que je tente de me redresser pour partir. Son regard me cloue sur place.

– Parle !

Un frisson me parcourt et je me rassieds. C'est qu'elle sait se faire obéir, la Tigresse ! Je ne sais pas quoi répondre ni par où commencer. Je fixe mes mains croisées sur le plan de travail, m'efforçant de rassembler mes idées.

– C'est rien… J'ai juste l'impression de ne plus être aussi… attirant qu'avant. D'abord toi, puis elle…

Je ne lui parle pas de la réaction de mon corps quand je pense à Eden ou de mon obsession de ces derniers jours. J'ai trop peur qu'elle s'emballe et s'imagine déjà pouvoir me marier !

– Au lieu de la faire tomber dans ton lit, pourquoi n'essaies-tu pas de la connaître un peu plus ? me propose Lily. Invite-la à dîner… Tu verras…

– Ce n'est pas mon genre, je ne fais pas ça, moi... Sortir avec une nana... Non, moi, je suis plus «baise passionnée sans lendemain» que «rendez-vous romantique», dis-je en souriant.

– Je sais. Mais peut-être qu'expérimenter une autre technique avec elle fonctionnera. Qui sait, tu aimeras peut-être ça toi aussi.

Je m'apprête à rire franchement, au moment où la porte s'ouvre sur ma sœur qui entre en trombe, faisant tourbillonner sa chevelure blonde autour d'elle. Elle fonce littéralement sur nous. Elle serre Lily contre elle avant de caresser son ventre, et de se pencher pour parler directement à son nombril.

– Allô, toi! C'est ta marraine! Comment vas-tu?

Elle se redresse et me fait un câlin.

– Bonjour, frérot! T'as une mine affreuse!

– Bonjour, sœurette. Merci pour le compliment. Et félicitations pour ton rôle de marraine. Tu sais qui est le parrain?

– Toi, évidemment! J'étais sûre qu'ils te choisiraient sans la moindre hésitation!

– Bien sûr! Bon, je dois filer. Bonne journée, les filles.

Je lui souris, me tourne vers Lily et, d'un signe de tête, la remercie de m'avoir écouté. Elle me sourit à son tour avant d'aller vers Dee qui m'a déjà oublié, expliquant ses plans pour la journée.

Je me dirige vers le bureau pour finir la comptabilité avant l'arrivée d'Eden. Les paroles de Lily ne cessent de jouer en boucle dans mon cerveau.

5

Eden

Travailler au club n'est finalement pas si horrible que je l'imaginais. J'ai rapidement pris mes marques et le boulot avance très bien. Seul bémol : la présence constante de Path. Ce garçon est l'incarnation même de la luxure. Depuis le début des travaux, il s'est abstenu de faire ne serait-ce qu'un seul commentaire coquin ou aguicheur, mais le flot presque incessant de femmes différentes qu'il escorte le matin hors du club ne ment pas. Cet homme est un don Juan en puissance et il en profite pleinement. Blonde. Brune. Rousse. Noire. Grande. Petite. Plantureuse ou non, j'en ai vu pour tous les goûts ! Malgré toutes les nanas qu'il met dans son lit – et occasionnellement plus d'une à la fois – j'ai bien senti son regard brûlant me parcourir plusieurs fois alors qu'il pensait que je ne le voyais pas. Il a dû percevoir le mien aussi. C'est plus fort que moi. Son torse musclé et bien défini, couvert d'une légère couche de sueur et bronzé à souhait, rend ma culotte humide de désir. Son odeur musquée me suit partout et le soir quand je m'étends dans mon lit, son image hante mes rêves.

L'attirance qui me consume pour ce mec est seulement le résultat de son incroyable charme et de mon manque flagrant de sexe. J'en suis sûre! Ça ne peut pas être autre chose! Cela fait plus de deux ans et demi que mon corps est chaste. Le dernier homme à m'avoir fait vibrer de cette façon était Kyle. Depuis qu'il n'est plus là, je n'ai jamais ressenti l'envie, ni même le besoin, d'être avec un type... Enfin, jusqu'à ce que je pose les yeux sur Path.

Je prends ma bouteille d'eau et avale le restant dans une grande gorgée rafraîchissante. Path se rapproche de moi, écrasant de sa main une goutte de sueur qui coule sur sa tempe.

– Ça avance bien! commente-t-il.

Je détourne le regard de son torse nu pour examiner la porte grillagée. Nous avons fini de fixer le nouveau système d'ouverture électronique. Demain, nous pourrons changer la porte et cette étape sera terminée. J'essuie mon front, le soleil est terriblement fort aujourd'hui. Je pose mes fesses sur le dessus de la table de pique-nique, les pieds sur l'assise, dans une posture détendue.

– Oui, ça avance vraiment bien. Demain, nous pourrons nous attaquer à la porte en elle-même. Ce qui veut dire que la semaine prochaine, je commence l'installation des caméras.

Il hoche la tête puis se dirige vers l'intérieur du club. Je sors mon plan de ma boîte à outils ouverte sur le banc proche de mes pieds. Je me perds dans la contemplation du dessin et des étapes suivantes. Je suis tellement concentrée sur les tâches à venir que je ne remarque même pas son retour avant de sentir la table fléchir légèrement sous son poids. Je tourne la tête et découvre Path, assis à côté de moi, deux bouteilles de bière à la main. Il m'en tend une, haussant un sourcil. Je souris en la décapsulant. Je l'incline vers la sienne. Le tintement du verre résonne dans l'air et dans mes veines.

– Au travail qui avance bien!

– Au travail bien fait!

Nous buvons une longue gorgée, et un silence confortable s'installe entre nous. La bière est fraîche et bienvenue. J'en profite même pour appuyer le verre froid contre ma nuque, me procurant un frisson de bien-être. Je regarde ma montre, il est tôt. J'ai le temps d'aller au bureau avant de rentrer à la maison. Je prends une autre bonne lampée de bière quand je sens la chaleur de son bras qui frôle le mien. Mon corps réagit instantanément et une chair de poule couvre mon épiderme. Je me tourne vers lui, mais il ne semble pas s'être rendu compte de mon embarras. Son attention est dirigée vers le club d'où sort une langoureuse blonde. Une véritable beauté! Le visage de la jeune femme s'éclaire dès qu'elle aperçoit Path. Ce dernier lui sourit en levant sa bouteille. Elle hoche la tête rapidement avant de retourner à l'intérieur. L'échange a été bref, mais le regard qu'ils ont partagé était rempli d'amour. Mon cœur s'accélère puis s'arrête soudainement. Je prends ma bière et la termine un peu trop vivement. Je dépose ma bouteille vide sur la table alors que la jolie blonde sort à nouveau, une coupe de vin à la main.

– Je vais y aller, annoncé-je froidement. J'ai du travail au bureau.

– Attends, j'aimerais te présenter…

Mon regard examine la jeune femme qui s'approche de nous, et une panique inexplicable s'empare de moi. Je n'ai aucune envie de rencontrer un de ses plans cul.

– Désolée. On se voit demain. Je dois partir, dis-je, d'une voix pressée et légèrement balbutiante.

Je saute de la table en ramassant rapidement ma boîte à outils, et je cours presque quand je me dirige vers ma voiture. Je démarre et disparais sans un coup d'œil derrière moi. Pendant le trajet, j'essaie de comprendre ce qui m'a pris. La réalisation est lente et douloureuse. J'ai faim de lui et c'est la jalousie qui m'a poussée à déguerpir aussi vite. Je suis envieuse de cette fille qui réussit à obtenir des regards remplis d'amour de l'homme qui occupe mes pensées nuit et jour. Je l'ai vu avec d'autres femmes au club, mais il n'a eu ce regard pour aucune d'elles. Je me sens ridicule d'avoir pu croire que je l'intéressais vraiment. Il me draguait comme toutes celles qu'il doit mettre dans son lit, alors qu'une seule compte pour lui : cette jolie blonde.

Quand j'arrive au boulot, je suis d'une humeur de chien et je le sais. Je m'enferme dans mon bureau et me plonge dans la pile de dossiers qui m'attend. Un coup frappé à ma porte me fait lever la tête du document que je suis en train de vérifier.

– Tiens… une revenante !

– Bonsoir, Jeff.

– Je commençais à me demander si ces motards ne t'avaient pas kidnappée ! plaisante-t-il.

– Non, mais l'installation va bon train, dis-je en essayant de me montrer aimable alors que je n'ai qu'une envie, être seule.

– Tu sembles épuisée ! Tu veux que je te remplace demain ?

– Sur le contrat ?

– Oui. Une journée par-ci, par-là, ça ne devrait pas causer de problème.

– Non, on ne peut pas. Path n'accepte que moi, dis-je amèrement.

– C'est ridicule ! Je suis tout aussi compétent et discret que toi, s'agace-t-il.

– Je sais, mais il refuse qu'il y ait d'autres gens au courant.

– Ne te tue pas au travail, ma belle, me conseille-t-il gentiment.

– Promis.

– Tu devrais aller dormir.

– Nan… J'ai besoin de me changer les idées.

Soudain, un projet merveilleux traverse mon esprit épuisé.

– Jeff, sortons ! Ça fait tellement longtemps que je n'ai pas mis les pieds dans un bar ! m'exclamé-je.

– Et ça fait tellement longtemps que je te supplie d'y aller, me taquine-t-il.

– Super ! On se rejoint à quelle heure ?

– Disons vingt-deux heures.

– On va au Liberty ?

– Le Liberty est fermé depuis deux ans, Eden… m'informe-t-il doucement, sachant ce que représente ce bar pour moi.

Une sensation de vide m'envahit. Le Liberty, c'était *chez nous*. Je me suis remuée si souvent sur leur piste de danse dans les bras de mon amour que j'en ai perdu le compte. J'avais complètement oublié qu'il avait fermé ses portes.

– On peut aller à la Zone…

Un frisson me parcourt. La Zone est un endroit hyper connu à Jersey, un bar super et achalandé, mais qui appartient aux Satan Riders si j'en crois les informations que j'ai récoltées sur les Dark Soldiers. Je préfère ne pas y aller… Si par malheur ils sont au courant que c'est moi qui m'occupe de la sécurité du club ennemi, ça risque de chauffer… Enfin, c'est ce que je pense. Peut-être que je lis trop de polars, mais je n'ai pas envie de tenter l'expérience. Comme si Jeff avait fait le même lien, il rougit, se passe la main sur la nuque.

– Désolé, je viens de comprendre. Pourquoi n'irions-nous pas au Thunder? propose-t-il.

– C'est loin, non?

– Eh bien, si on veut danser un minimum, c'est La Zone ou le Thunder… Sinon, il faut se rendre à Karmen pour trouver le Callero ou le Beitter.

– Ouais, et Karmen, c'est une heure de route…

Je soupire.

– Bon, d'accord pour le Thunder. Mais je ne bois pas plus d'une bière. Demain, je travaille au club à dix heures. Donc je vais partir vers une heure du matin. OK?

– C'est parfait pour moi! Habille-toi sexy! On va à la pêche aux beaux hommes, ce soir!

– Hey! Je ne veux pas aller à la pêche… Et que fais-tu de Jerry? le taquiné-je à mon tour.

– Pas de panique, ma belle ! On ne va pas ramener de prise. Ce n'est pas parce que nous sommes au régime qu'on ne peut pas regarder le menu, dit-il en riant. Jerry ne m'en voudra pas. Il est à l'extérieur.

– Oh ! Quand rentre-t-il ?

– Ce week-end. J'ai hâte, cela fait déjà deux semaines.

Je dévisage mon ami. Son expression se fait langoureuse à la mention de son chéri. Cela fait un peu plus d'un an qu'ils sont en couple. Jerry est un homme bourru, mais sexy à sa façon. Il m'a fallu une seule rencontre pour tomber sous son charme et pour constater à quel point Jerry aimait Jeff. Ils sont tellement beaux à voir ensemble. Je ne le connais pas énormément, mais les fois où l'on s'est croisés, je l'ai trouvé sympa.

– Parfait ! On se rejoint devant le Thunder à vingt-deux heures, conclut-il.

– Super ! À tout à l'heure !

Je me dirige vers la sortie en saluant Brittany. Une fois chez moi, je prends une longue douche chaude. J'enfile ma robe de chambre moelleuse et réchauffe mon restant de lasagnes de la veille. Lorsque mon assiette est vidée et lavée, il est l'heure de m'habiller. Je sens l'adrénaline courir dans mes veines. Cela fait tellement longtemps que je ne suis pas sortie pour m'amuser. La dernière fois, c'était avec Kyle. On était allés fêter l'obtention d'un énorme contrat pour Taylor Sécurité.

Je fouille dans mon armoire et prends une jolie robe portefeuille noire. Je la retourne, puis je la range à nouveau dans la penderie en soupirant. Je glisse mes doigts sur les cintres, mordillant ma lèvre. Mes ensembles et mes robes font tous beaucoup trop professionnels. Je ne veux pas avoir l'impression d'aller au bureau. J'ai envie de me sentir libre et de m'amuser. Mon regard monte vers la tablette au-dessus des vêtements. Une grande boîte grise qui prend racine m'attire. Avec un soupir, je me mets sur la pointe des pieds et mes paumes agrippent le carton. Je souffle sur le dessus, soulevant un petit nuage de poussière à travers la pièce. Je me dirige vers mon lit, et un nœud se forme dans ma gorge alors que mes mains tirent délicatement sur le couvercle. Une larme coule sur ma joue au moment où je vois les vêtements soigneusement pliés à l'intérieur. Au décès de mon mari, j'y avais remisé mes habits plus sexy, ceux que je me réservais pour sortir avec lui. Quand il est mort, j'avais tant de désespoir et de douleur en moi... Je regrettais d'être en vie, sans lui... Je me suis interdit d'être heureuse. J'avais l'impression qu'il était injuste que je puisse rire ou m'amuser alors que lui était mort. J'ai rangé cette partie de moi dans cette caisse. Maintenant, le deuil a fait son œuvre, et je me sens plus ou moins prête à reprendre cet aspect de mon existence. Je déplie le vêtement rouge sur le dessus de la pile. C'était la robe préférée de Kyle. Avec un sourire, je la colle à moi en fermant la boîte. Je me dirige vers la salle de bains presque en sautillant. J'enfile le tissu soyeux et j'admire mon reflet. La tenue semble un peu plus grande que dans mon souvenir. Il est vrai que j'ai perdu du poids depuis son décès. Une chance pour moi, cette robe s'ajuste facilement grâce à ses petits lacets sur les côtés.

L'attache autour de mon cou laisse mon dos nu jusqu'à la limite de mes reins et de la décence. La robe s'étale en corolle et s'arrête à la hauteur de mes genoux. Je prends mon peigne et passe un coup rapide dans mes boucles sauvages. J'applique un peu de mousse pour tenter de les dompter. J'abandonne finalement le projet et opte pour les cheveux libres. Je me maquille sommairement et me dirige vers ma chambre. Je choisis ma paire de Louboutin noires de douze centimètres, avec leur fameuse semelle rouge qui a fait le succès de cette marque de chaussures. Je termine mon look avec des bracelets d'un gris métallisé et des pendants d'oreilles argentés.

Mon reflet dans le miroir en pied me plaît. Je me sens revivre. Je ramasse ma pochette et mes clés avant de me rendre à ma voiture. Durant le trajet jusqu'à Hedonas, je chante à tue-tête, accompagnant la radio. Lorsque je me gare devant le Thunder, j'ai les joues rouges de plaisir. Je retrouve Jeff dans la file d'attente. Je suis surprise qu'il soit si proche de la porte.

– Salut, Jeff !

– Salut, Eden… Wow ! Tu es ravissante… Si je n'étais pas gay, je te courtiserais, plaisante-t-il.

J'éclate de rire, cependant j'ai remarqué que plusieurs hommes me dévorent des yeux. Une petite bouffée de plaisir m'étreint. C'est agréable de se savoir l'objet du regard d'inconnus, de se sentir belle et désirée.

– Ça fait longtemps que tu es arrivé ?

– Une heure. Je me suis dit que si on voulait pouvoir en profiter au maximum, il fallait être tôt dans la file.

Je hoche la tête. Nous discutons un moment, puis soudain le portier nous fait signe que l'on peut entrer. La discothèque est superbe et la musique y est incroyablement forte. Nous nous dirigeons vers le bar et commandons une bouteille d'eau chacun, avant d'aller au milieu de la piste de danse. Rapidement, le tempo nous emporte et nous détend. Je ne peux m'empêcher de sourire. Je me souviens combien j'adore danser, et une vague de plaisir intense me submerge. Ma bouteille est à moitié vide et celle de Jeff l'est complètement quand il se penche vers moi.

– Je vais me chercher une bière, tu en veux une?

Je secoue la tête, lui montrant ma bouteille. Il me fait la moue puis disparaît dans la cohue. Je danse un moment, seule. J'ai soudainement l'impression d'être observée. Je fais demi-tour sur moi-même et parcours la foule du regard. Mon cœur s'arrête avant de faire une embardée pour repartir au grand galop quand je découvre Path, accoudé au bar du fond. Mes joues se mettent instantanément à brûler. Ses yeux bruns sont fixés sur moi et son visage affiche un demi-sourire, comme s'il se retenait de rire. Je lui souris doucement et me retourne pour voir Jeff qui s'avance vers moi. La marée humaine nous engloutit à nouveau. Je suis sûre que Jeff n'a pas remarqué Path, et je ne lui en parle pas. C'est mon petit secret. Nous dansons encore quelques minutes, puis Jeff se raidit. Il arrête de remuer et sort son portable de sa poche. Son regard s'illumine et un large sourire s'étire sur ses lèvres à la lecture du message qu'il vient de recevoir. Il se penche vers moi.

– Eden, Jerry est arrivé plus tôt. Il voulait me faire une surprise. Il est chez moi, mais n'a pas la clé... Ça te dérange si...

– Bien sûr que non ! Va le rejoindre.

Il m'adresse un visage radieux avant de me serrer dans ses bras. Lorsqu'il se recule, il regarde sa bière d'un œil perplexe.

– Merde, elle est pleine… Je vais devoir la jeter.

– Ben non, donne-la-moi, je me sacrifie, lui dis-je faussement héroïque.

J'éclate de rire, alors qu'il me tend son verre, avant de m'embrasser sur la joue.

– Prends soin de toi ce soir. Texte-moi quand tu seras de retour chez toi, d'accord ?

– Ouais Papa !

Il rigole à son tour et disparaît dans la foule. Je continue à danser, savourant sa bière. J'adore la musique qui joue et la basse qui résonne dans mon corps me fait vibrer. Je me sens bien, détendue. La chanson change et, tout à coup, j'ai l'impression que le sol bouge. Ma tête tourne et mes jambes se font lourdes. J'ai un instant de panique. Que se passe-t-il ? Ma bouche est pâteuse et je n'arrive pas à me concentrer. Mes yeux tombent sur Path et je me dirige vers lui. Dans mon étrange état, il semble être mon seul repère. Plus j'approche de lui, plus mon corps me résiste. Ma respiration devient hachée, laborieuse et ma vision se brouille, se courbe. Je le vois se lever, ses sourcils froncés et son regard perçant. Mes genoux lâchent et ses bras m'empêchent de m'écraser au sol.

– Eden, qu'est-ce que tu as ?

C'est la dernière chose que j'entends quand je m'évanouis.

6

Path

Habituellement, je ne sors pas le jeudi soir au Thunder, mais j'en avais marre d'enchaîner les nuits avec des nanas sans importance alors que je ne pense qu'à une seule femme.

J'arrive tout juste et le serveur me tend une bière froide. Je m'accoude au bar, regardant autour de moi. Soudain, mes yeux captent un éclat rouge dans la foule de danseurs. Lorsque je reconnais Eden sur la piste, je ne regrette plus du tout d'être venu. Ses mouvements sont souples et très sexy. Sa robe au dos nu est une invitation à caresser et lécher cette peau dévoilée. Je remarque qu'elle danse avec Jeff et une bouffée de jalousie me vrille les entrailles. Je serre ma bière dans mon poing, m'empêchant d'aller la rejoindre et de m'incruster entre elle et cet abruti.

– Hey ! Calme-toi, frère ! Tu vas la péter, et c'est toi qui vas nettoyer !

Je grogne à la réplique de Kill, et relâche la pression sur ma prise. Mon frère suit mon regard et rit doucement. Je le foudroie d'un œil méchant, l'avertissant de ne pas en mettre une couche supplémentaire. Il lève les mains au ciel avant de disparaître derrière le bar en rigolant.

Je reporte mon attention sur elle. Mon corps réagit à chacun de ses mouvements. Je dois me retenir pour ne pas aller la rejoindre dès que je constate que Jeff n'est plus là. Elle se tourne doucement et nos yeux se trouvent, s'accrochent. Je m'empêche de sourire en la voyant rougir. Elle se retourne vivement quand Jeff revient vers elle. Ils recommencent à danser face à face. Je la regarde finir sa bouteille d'eau dans un mouvement synchronisé avec Jeff qui avale une lampée de bière. Tout à coup, ce dernier sort son portable de la poche arrière de son jean. Ils arrêtent de remuer et discutent un moment. Il la prend dans ses bras un instant dans une accolade, à mon goût beaucoup trop longue. Quelques mots sont échangés, je l'aperçois tendre sa bière à Eden qui sourit, il l'embrasse sur la joue et s'éloigne. Mon regard le suit dans la foule dense. Il se dirige vers la sortie. Je contiens difficilement ma joie de le voir partir et reporte mon intérêt sur Eden. Elle se déhanche au rythme de la musique, attirant l'attention de la gent masculine qui l'entoure, tout comme elle cristallise la mienne.

Elle me fixe soudain de ses grands yeux bleu ciel. Ses sourcils sont froncés tandis qu'elle avance vers moi. Je remarque que sa démarche est lente et vacillante et qu'elle semble chercher son air.

Merde ! Qu'est-ce qui lui arrive ?

Inquiet, je ne réfléchis pas et me lève pour aller la rejoindre alors que son regard s'éteint. J'ai à peine le temps de tendre les bras pour l'attraper à l'instant où elle tombe.

– Eden, qu'est-ce que tu as?

Elle ne me répond pas et sa tête bascule, inconsciente. Je glisse ma paume sous ses genoux tout en récupérant sa bière dans ma main et me redresse. Je me tourne vers le serveur, qui n'a rien manqué.

– La porte! lui hurlé-je.

Je le suis vers l'arrière du bar et il s'empresse d'ouvrir, me donnant accès à la réserve. Je cours presque jusqu'au bureau de Kill situé au fond.

– Kill!

Presque instantanément, sa porte s'ouvre. Il me regarde et ses yeux glissent sur le corps inerte d'Eden. J'entre sans un mot et lui tends la bière. La pièce est assez grande, les murs lambrissés sans fenêtre donnent l'impression d'être dans un chalet. Son énorme table de travail en bois fait face à un divan deux places de cuir brun. Je m'y dirige et dépose doucement Eden sur les coussins. Je crois savoir ce qu'elle a et ça ne me plaît pas du tout.

– As-tu ton pd.id?

Kill fronce les sourcils et hoche la tête. Il ouvre un tiroir et sort une petite boîte blanche qui ressemble à s'y méprendre à une grosse clé USB. Le pd.id, ou *personal drink identifier*, est l'invention sans doute la plus salutaire des dernières années. Lorsqu'il est trempé dans un liquide, il reconnaît la présence de drogue diluée. Le témoin lumineux s'allume alors, avertissant l'utilisateur. Dans bien des cas, il est même capable de préciser la nature exacte de la substance. Kill dépose le dispositif sur son bureau et disparaît dans l'entrepôt quelques secondes pour revenir avec un verre propre. Je verse le restant de la bière dans le récipient et Kill plonge le pd.id dans le liquide ambré. Le témoin rouge s'allume et nous poussons un juron en même temps. Un instant plus tard, son Smartphone vibre d'une notification. Il regarde et grimace.

– GHB… Merde ! Qui lui a fait ça ?

– J'ai un doute sur son ami… Mais il est parti.

– Pourquoi la droguer et s'en aller ?

– Aucune idée ! Dois-je l'amener à l'hôpital ?

– Non, la drogue va s'éliminer toute seule de son système. L'hôpital est nécessaire s'il y a eu mélange de drogue et de détresse, ou possibilité de viol.

Kill applique deux doigts sur le cou d'Eden, puis il colle son oreille à sa bouche.

– Elle va bien. Emmène-la au club. Laisse-la se reposer. Elle va rester encore un petit bout de temps dans les vapes. Quand elle se réveillera, elle aura une bonne gueule de bois.

– Merci, mon frère.

– De rien. Pour une fois que ma formation d'assistant médical de terrain dans l'armée peut servir !

– Oui. Je vais la ramener. Tu peux vérifier les caméras ?

– Ouais, je te rejoins dès que j'ai visionné les bandes de surveillance. Comment vas-tu rentrer ?

Je fouille rapidement dans la pochette d'Eden et trouve ses clés. Je les lance à Kill avant de me pencher sur elle pour la reprendre dans mes bras. Une envie de tuer me consume alors que le petit corps inanimé d'Eden roule pour s'écraser contre mon torse. Je suis Kill qui nous fait sortir par la porte des employés donnant sur le côté.

Nous nous dirigeons ensuite vers le parking. Il regarde le trousseau, perplexe.

– Quel modèle?

– Fiat bleue.

Nous parcourons à toute allure les rangées de véhicules. Kill appuie sur les boutons de la clé pour actionner les phares de l'auto et nous indiquer laquelle est celle que nous cherchons. Nous la trouvons finalement. Je dépose Eden sur le siège passager et je l'attache. Sa tête retombe contre sa poitrine et la mienne se comprime. Je prends place du côté conducteur et Kill me serre l'épaule d'un geste rassurant, avant de me laisser partir.

Je démarre et me dirige vers le club. Le silence dans l'habitacle est une véritable torture. Je ne cesse de regarder Eden et une rage sourde bout en moi. Si je mets la main sur le connard qui a fait ça, je le tue! Je stationne le véhicule d'Eden dans la cour alors que Blue vient à ma rencontre. Je descends de la voiture et lui lance mes clés de moto.

– Ma bécane est au Thunder!

Je n'ai pas besoin d'en dire plus. Blue est déjà en route pour trouver une autre recrue afin de reconduire ma moto au club. Je me faufile par la portière du côté passager et détache Eden, avant de la reprendre délicatement dans mes bras. Comme j'arrive devant la porte-fenêtre, je cogne du bout du pied, étant incapable d'entrer sans risquer de la blesser. C'est Tips qui m'ouvre.

– C'est qui? Qu'est-ce qui s'est passé?

– La fille de l'entreprise de sécurité. GHB, au Thunder.

– Et merde!

Je me dirige vers ma chambre, Tips sur les talons.

– Merde ! J'ai donné mes clés à Blue !

– Je reviens, dit Tips avant de disparaître, pour me rejoindre peu de temps après avec le trousseau de réserve.

Il cherche la mienne et déverrouille finalement la porte de ma chambre. Je me déplace rapidement vers mon lit et dépose doucement Eden sur mon édredon.

– Je peux faire quelque chose ?

– Selon Kill, il n'y a rien à faire, Tips. Faut attendre.

Sa main me presse l'épaule et mon attention se reporte vers elle. Je passe mes doigts dans mes cheveux d'un geste rageur. Je me retourne et je suis à moitié surpris de voir que Tips m'a laissé seul. Je tire ma chaise de bureau et la place à côté du lit. La poitrine d'Eden monte et s'abaisse dans un mouvement lent et rassurant. J'aurais pu l'amener à l'hôpital, mais je me fie aux conseils avisés de Kill. Même si ses années dans l'armée ont été une torture pour lui et qu'elles lui ont été imposées par son vieux, il n'en reste pas moins qu'il en connaît un rayon sur la médecine. Je tends la main et prends celle d'Eden. Elle est chaude et molle. J'ignore combien de temps je demeure ainsi à fixer sa petite menotte dans la mienne. Je sursaute quand on cogne à ma porte. Avec regret, je relâche Eden pour aller ouvrir. Je découvre Kill, qui arbore un regard meurtrier.

– Suis-moi !

Je hoche la tête et sors en verrouillant derrière moi. Dans la cuisine, Blue me lance mes clés puis retourne à l'extérieur. Kill s'appuie sur le plan de travail et je m'installe sur le tabouret à ses côtés.

– J'ai visionné les caméras. On ne voit rien de clair. Mais il y a un gars suspect qui s'approche de son ami quand il attend sa bière. Il ne semble pas s'en rendre compte. Je n'arrive pas à l'identifier, il porte une casquette. Mais il retourne près d'elle par la suite, sur la piste de danse.

– Merde !

Je serre les poings. Je bous tellement en dedans que je ne serais pas surpris d'avoir de la vapeur qui me sort par les oreilles. Kill me sourit bizarrement.

– Viens sur le ring ! Je me dévoue !

– Ça me fera du bien de cogner ! grondé-je.

On se dirige d'un pas lourd vers la salle de sport. Nous enfilons en silence nos shorts d'entraînement. Nous nous avançons vers le ring, en attrapant au passage les casques protecteurs. Nous nous glissons sous les cordes pour nous retrouver face à face sur l'estrade. Nous sautillons sur place un instant, puis les coups se mettent à pleuvoir. Aussi bien lui que moi avons besoin de sortir cette rage de notre corps. Qu'on s'en soit pris à Eden, qu'on ne sache pas qui c'est et que cela se soit passé dans notre propre bar, tout cela menace de nous faire péter les plombs si on n'évacue pas. Nous avons le monopole de la drogue sur Hedonas, et les Dark Soldiers ne font pas dans le GHB. C'est une substance que l'on revend avec plaisir à des intermédiaires qui les revendent à leur tour dans d'autres États. Donc cette merde vient d'un autre club. Sans doute des Satan Riders ! Que cette dose se soit retrouvée chez nous, à Hedonas, nous irrite par conséquent énormément. Nos mouvements sont violents et rapides. J'en encaisse autant que lui. Lentement, notre fureur se calme. Nous finissons par nous tenir par les épaules, essoufflés et maîtres de nous-mêmes.

– Merci Kill.

– De rien, frère ! Saute dans la douche et va la rejoindre, dit-il pour une fois sans me taquiner, conscient que la situation est trop grave pour en rire.

– Ouais.

C'est exactement ce que je fais. Après une brève séance de nettoyage, je retourne auprès d'elle. La chambre est sombre et silencieuse. Je fouille dans ma commode pour sortir une couverture chaude que je dépose sur elle. Je m'étends ensuite sur le lit prenant soin de ne pas la toucher. Je sais que le sommeil ne viendra pas, mais je me dois d'être là à son réveil. Je ne la quitte pas des yeux, même quand le soleil levant sème ses rayons au travers de ma fenêtre.

7

Eden

Mon corps est lourd… si lourd. J'ai l'impression d'avoir un autobus sur moi. Je tente de bouger. En vain, mes muscles ne m'écoutent pas. J'essaie d'ouvrir mes yeux, mais sans résultat concluant. Une sensation de roulement me surprend alors que la surface sur laquelle je repose tangue doucement. Une voix grave fait vibrer ma peau. Je ne comprends pas ce qu'elle dit, mais son timbre chaud me rassure. Je laisse mon esprit replonger dans l'inconscient.

J'ignore combien de temps s'écoule avant qu'une exquise chaleur caresse ma joue. J'essaie de tourner la tête vers cette source de tiédeur bienveillante. Cette fois, j'arrive à bouger. Lentement. Je tente d'ouvrir mes paupières lourdes. Un rayon de soleil m'aveugle, me forçant à refermer mes yeux et me détourner.

– Hey ! Tout doux, ma belle !

Cette voix est si grave et si torride. Ma vision est complètement brouillée, mais je reconnais l'odeur qui m'entoure. Musc. Cuir. Virilité.

– Path ?

– Oui, ma jolie.

J'essaie de me redresser, mais mon corps semble refuser cet exercice. Mes bras sont encore lourds et mes jambes se sont changées en fourmilière. Je sens les larges mains chaudes de Path se poser délicatement sur mes épaules, elles diffusent une douce chaleur contre ma peau qui m'apaise presque instantanément.

– Ne bouge pas, Eden.

– Que m'arrive-t-il ?

Ma vue s'ajuste lentement et je reconnais les contours de sa silhouette.

– De quoi te souviens-tu ?

Je me concentre. Ma mémoire est floue et décousue. Des sensations, des mots… J'essaie de tout replacer en ordre, tel un casse-tête. Pièce par pièce.

– J'étais au Thunder… avec Jeff… Il m'a laissée… Que s'est-il passé ?

– Ton copain t'a refilé une bière au GHB.

– Quoi ? Mais, non… Ce n'est pas possible !

– Tu ne te rappelles pas t'être évanouie dans mes bras ?

– Non… non…

Je jette un œil autour de moi et réalise que je suis dans sa chambre. Une légère panique s'empare de moi.

– C'est impossible… Jeff ne m'aurait jamais droguée.

– Je suis désolé, mais ta bière était positive au pd.id.

– Oh non ! Jeff ! Il en avait bu deux gorgées… Où est mon téléphone ?

Il se lève et me donne ma pochette. Je prends un instant pour le regarder, maintenant que ma vision est claire. Il est décoiffé, style sorti de lit, son visage est sombre et tendu. Il semble fâché, mais j'ignore si c'est moi la cause de sa colère. Je devrais m'en soucier, mais pour l'instant je m'inquiète pour Jeff. Je compose rapidement son numéro. Mes bras sont si lourds que je dois mettre le haut-parleur. Je ne peux m'empêcher de soupirer quand on décroche. C'est la voix rocailleuse de Jerry qui me répond.

– Ouais ?

– Jerry, c'est Eden ! Est-ce que Jeff est bien rentré hier soir ?

– Ouais, il ne se sentait pas bien. J'ai dû aller le chercher en taxi à mi-chemin. Il dort encore.

– Il y avait du GHB dans notre bière.

– Et merde ! Ça va, toi ?

– Oui, ça va, merci.

– Attends ! Je l'entends qui m'appelle…

En effet, je perçois un bruit derrière lui, puis un second bruit étrange, avant que la voix de Jeff remplisse le combiné.

– C'est quoi ce bordel, Eden ? gueule mon associé et ami.

– Quelqu'un a mis du GHB dans ta bière.

– Quoi ? Ah… je comprends mieux maintenant pourquoi j'ai dormi comme ça… Mais toi ? Tu en as bu beaucoup ? Tu vas bien ? s'inquiète-t-il.

– Oui, tout va bien, je suis tombée sur Path. Il m'a emmenée au club.

– *Oh !* Je vois ! Ce n'est pas lui qui…

– Bien sûr que non, l'interromps-je, surprise d'en être aussi persuadée. Path m'a aidée !

– D'accord, ne t'énerve pas. Tu as besoin que j'aille te chercher ? Que je te remplace sur le contrat quelque temps ?

– Non ! résonne la voix tranchante de Path dans la chambre. Je m'occupe d'Eden. Le travail peut attendre qu'elle soit remise sur pied.

J'entends le soupir de Jeff à l'autre bout de la ligne.

– Si c'est bon pour Eden, c'est d'accord, dit-il à contrecœur.

– Oui, lui confirmé-je, je veux finir ce chantier Jeff.

– OK, appelle-moi quand tu seras rentrée chez toi alors.

– Oui, promis.

Nous raccrochons et je ferme les yeux un instant. Je peux presque sentir le regard de Path glisser sur moi, me détaillant, m'évaluant. Je réalise qu'un doux plaid me recouvre, mais j'ai aussi conscience de la présence du tissu soyeux de ma robe contre mon corps. Je tourne la tête vers cet homme immense au charme ravageur.

– Je suis dans ta chambre…

C'est plus une affirmation qu'une question. Mon pouls s'accélère alors que des scénarios coquins défilent dans mon esprit. J'espère qu'il ne s'est rien passé, car je n'en ai aucun souvenir… Et honnêtement, si Path et moi en venions aux actes, je veux pouvoir en garder chaque seconde en mémoire.

Mais qu'est-ce que je dis là ?

J'ai été droguée, évidemment qu'il ne s'est rien passé, sinon je serais en danger ici, dans sa chambre. Et puis Path et moi, ça n'arrivera jamais… Jamais en cent ans !

– Oui, tu es dans ma chambre et ne t'en fais pas, je ne t'ai pas touchée, me rassure-t-il.

Ne pleure pas, Eden…

Les larmes coulent sans que je puisse les empêcher. Un tourbillon d'émotions s'empare de moi. La peur, le choc, la vulnérabilité se mêlent à la reconnaissance et à un sentiment d'étrange sécurité. Rapidement, ses larges paumes encadrent mon visage. Ma main se lève pour se poser contre la sienne.

– Merci Path… Je… Je ne sais pas ce qui me serait arrivé si tu n'avais pas été présent. Merci…

Son regard se fait dur et froid une seconde. Avant de revenir à moi, cette fois indéchiffrable.

– T'as rien à craindre quand je suis là, OK?

J'ignore pourquoi, mais ces simples mots m'émoustillent. Je fixe sa bouche un instant. Depuis que j'ai rencontré cet homme, mes hormones et ma sensualité se sont réveillées de leur longue, très longue hibernation. J'aimerais l'embrasser, presser mes lèvres sur les siennes. Je voudrais redécouvrir ces plaisirs que mon corps a oubliés, retrouver la chaleur d'une étreinte, le bonheur d'être désirée. Je sens son regard se poser sur ma bouche. Un éclat de convoitise sauvage traverse ses prunelles. Avec un sursaut d'adrénaline, je me hisse sur les coudes pour rapprocher mon visage du sien. Nous sommes si près l'un de l'autre que je remarque une petite ligne blanche sur son front. Nos souffles se mélangent et un frisson parcourt ma peau. Mais à cet instant précis, je pense à la blonde qu'il regardait avec tant de tendresse dans les yeux… et mon estomac choisit ce moment pour émettre un gargouillis plutôt inopportun. Path me sourit et je baisse la tête, trop gênée pour parler.

– Je vais te chercher à manger. Reste tranquille.

Je lui adresse un rictus et l'observe quitter la chambre. Je me laisse tomber contre l'oreiller, fixant le plafond, et mes paupières se ferment un instant. J'imagine la sensation de ses lèvres contre les miennes. J'en gémis de plaisir. Puis mon fantasme m'entraîne plus loin… Je sens tout à coup sa large paume chaude effleurer ma joue, délicatement. J'ouvre mes yeux alors qu'un doux fumet titille mes narines. Je ne m'étais pas rendu compte que je m'étais de nouveau endormie. Ses doigts se faufilent sous ma nuque, tandis qu'il me détaille de ses prunelles ardentes.

– Tu peux t'asseoir?

Je hoche la tête et me redresse lentement. Ses mains glissent sous mes épaules pour m'aider. Il m'installe confortablement contre les oreillers avant de déposer un large plateau sur mes cuisses.

– Maggs t'a fait de la soupe. Il faut manger léger.

Je prends la cuillère pour goûter à cette soupe maison. Le goût est parfait, pas trop salé, pas trop fade… Juste parfait. Je gémis de bonheur.

– J'aime bien ce petit bruit-là!

Je m'empourpre instantanément. Path éclate de rire en me dévisageant.

– T'es aussi rouge que le potage!

Je ne sais pas quoi répondre et préfère me replonger dans mon repas que j'engloutis rapidement. Ses yeux ne me lâchent pas et je me sens rosir de plus en plus.

Quand j'ai fini de manger, Path se penche vers moi et ses lèvres se posent sur mon front dans un baiser léger. Son geste se répercute jusqu'entre mes cuisses. Je suis surprise par cette marque d'affection soudaine, mais j'ai à peine le temps d'y penser qu'il reprend le plateau et me regarde.

– Je vais descendre ça à cuisine. Je reviens.

Pendant sa brève absence, je réussis à balancer mes jambes en bas du lit. Je ne suis pas persuadée qu'elles parviendront à me soutenir immédiatement. Lentement, mais sûrement, je reprends possession de mon corps. Lorsqu'il est de retour dans la chambre, je suis presque certaine d'être en mesure de me lever et même marcher. Je me redresse calmement. Je vois dans ses yeux une lueur de peur, vite dissipée.

– J'aimerais rentrer chez moi… si cela ne te dérange pas.

– Non pas du tout. Tu veux que je te raccompagne ?

– Non, merci. Ça va aller.

– Tu es sûre ?

– Oui, Path. Merci pour tout.

– D'accord.

Il me guide vers le couloir. Avant d'emprunter les escaliers, sa main prend mon coude en étau. Il m'aide à descendre tout doucement. Je me concentre sur la sensation de ce contact, des frissons qu'il me procure. Je suis presque déçue quand il me lâche. En passant devant la cuisine, nous croisons Kill et une jolie femme plus âgée. Kill lève la tête et se dirige vers moi rapidement. Ses larges paumes se posent sur mes épaules. J'entends le léger grognement de Path derrière moi et je me demande ce qui lui prend. Je n'ai cependant pas le temps de l'interroger, car Kill me parle.

– Eden, j'suis désolé.

– Pourquoi dites-vous ça?

– Tu peux me tutoyer, Eden. Ce qui t'est arrivé s'est produit dans mon bar, je me sens responsable.

– Eh bien moi, je ne t'en veux pas, Kill, lui assuré-je avec sincérité.

Je lui souris. Je me tourne ensuite vers l'inconnue qui semble être la cuisinière si j'en crois son tablier.

– Merci beaucoup pour la soupe, madame. Elle était délicieuse!

– Appelle-moi Maggs, ma jolie. Ce n'est rien, heureuse qu'elle t'ait plu!

Nous prenons congé, puis Path saisit encore une fois mon coude et me guide dehors. Je remarque que ma voiture est garée entre deux motos.

– J'ai pris ta voiture et une recrue a ramené ma moto, m'explique Path.

– Une recrue?

– Je croyais que tu t'étais renseignée sur nous, me taquine Path.

– Comment tu le sais? l'interrogé-je, curieuse.

– Tu as rarement été étonnée devant nous, tu poses peu de questions… C'était une simple déduction. Et pour te répondre: pendant une année entière, les recrues doivent prouver leur loyauté et faire toutes les sales besognes avant de pouvoir devenir des Dark Soldiers à part entière.

– Oh, d'accord, je vois… Merci, Path. Merci d'avoir pris soin de moi.

Je lui suis sincèrement reconnaissante et veux le lui montrer. Mes bras encerclent son torse dur et chaud. Mon nez se loge contre ses pectoraux fermes et j'en profite pour renifler son odeur unique. Je le sens me serrer contre lui à son tour. Nous restons ainsi, dans une étreinte amicale remplie d'émotion, refusant de nous lâcher. Il dépose finalement un baiser sur le sommet de ma tête avant de me relâcher. Il se dirige vers ma voiture, déverrouille les portes et me tend mon trousseau de clés.

– Sois prudente sur la route.

– Promis.

– Texte-moi en arrivant, OK?

– Oui, je te préviens dès que je suis chez moi. Merci encore pour tout, Path.

Il balaie mon merci d'un revers de la main et m'ouvre la portière. Je m'assieds, m'attache et fais démarrer mon auto. Il se penche vers moi. Son pouce frôle ma lèvre et je m'empourpre.

– Ouais, j'aime vraiment te voir rougir…

Il referme ma portière et se recule. Je dirige mon véhicule vers la sortie et je sens physiquement la distance s'élargir entre nous…

8

Path

Si vous me demandez ce que j'ai fait cette semaine, je vous répondrai que j'ai aidé à avancer les travaux ; telle l'installation de la nouvelle grille et celle des infrarouges extérieurs. Je vous dirais peut-être que je suis épuisé, mais que tout va bien. Ce que je n'avouerais jamais, c'est que j'ai passé tellement de temps à regarder et admirer Eden, à m'assurer qu'elle était en sécurité, que ma fatigue est due au fait que je ne dors plus ou presque. Le sommeil me fuit, et quand il décide de pointer le bout de son nez, je fais toujours le même putain de cauchemar.

Je suis de nouveau au Thunder, j'observe Eden se déhancher au rythme du tempo. Elle me sourit avant de prendre une grande gorgée de bière. Je lui crie de ne pas boire cette bière, mais la musique couvre ma voix. Elle se sent mal devant moi. Puis, au ralenti, je la vois tomber au sol, au centre de la piste de danse. J'essaie en vain d'aller la rejoindre. Mes pieds ont littéralement fusionné avec le plancher. Je ne peux pas l'aider, alors que les hommes de la boîte de nuit se penchent sur elle.

Je me réveille en sueur et en hurlant. La vision de son corps inerte à la merci d'inconnus reste imprégnée longtemps dans la journée.

Encore aujourd'hui… Je regarde mon cadran, il indique quatre heures du matin. Je me lève et je sors m'entraîner. La salle de sport est vide à cette heure de la nuit, alors je mets mes écouteurs pour profiter de cet instant, seul, et me défouler sur les machines. La musique rythme mes mouvements puissants et directs. Je pousse mes muscles à leur limite. Mon corps est en feu et en sueur quand je décide que j'en ai assez, presque deux heures plus tard. Je remonte vers ma chambre pour prendre une longue douche chaude.

Quand je descends à la cuisine pour déjeuner, je croise Mace, Scott et Kill autour d'une assiette géante remplie d'œufs et de bacon. Je me coupe deux tranches de la miche sur le comptoir que je mets au grille-pain, et je me tourne vers mes frères.

– Path, t'as une tronche de zombie, mec !

– Merci du compliment, Kill, bougonné-je.

– Sérieux, mec, insiste-t-il, t'as pas l'air bien.

– J'ai mal dormi.

– Il s'est encore réveillé en hurlant !

La chambre de Scott est adjacente à la mienne. Et bien entendu, ce foutu Écossais a un sommeil trop léger. Mace me regarde longuement, avant de s'avancer pour prendre appui sur la table.

– T'as besoin d'en parler, Path ? s'inquiète-t-il.

– Nan… Ça va aller, affirmé-je d'un ton que j'espère convaincant.

Il acquiesce avant de se lever pour aller porter son assiette dans l'évier. Comme il arrive à la porte du club, il se retourne pour me faire face.

– N'oublie pas : ce soir, on fait la fête !

– Quoi ? On est déjà vendredi ?

– Ouais, mec. À ce soir !

Je hoche la tête. Je sors mes deux toasts du grille-pain et je dépose deux œufs et trois tranches de bacon dessus. Je prends mon sandwich-déjeuner avant d'aller attendre Eden à l'extérieur. Comme chaque matin, mon cœur s'accélère à l'instant où sa voiture bleue se gare devant le club. Elle descend et se dirige vers moi, son haut à manches courtes blanc soulignant son corps galbé, et son short en jean moulant son joli petit cul. Je lui décoche mon plus beau sourire. J'ai le bonheur de la voir me le retourner. Depuis l'incident au Thunder, je peux compter sur une main le nombre de véritables sourires qu'elle m'a faits.

– Bonjour, Path !

– Salut, Eden… Qu'est-ce qu'il y a au programme aujourd'hui ?

– J'aimerais que l'on s'attaque aux caméras extérieures.

– Parfait, ça me va.

Nous commençons par celles sur le toit. Nous sommes synchronisés et rapides. Lorsque l'heure du déjeuner arrive, nous avons installé les huit caméras de sécurité qui font le tour de la bâtisse. Je m'assieds au centre de la couverture et je cale ma bouteille d'eau. Elle vient prendre place près de moi. Je n'ai qu'à bouger le bras pour la toucher, mais je ne le ferai pas.

– On a été super efficaces, Path !

– Ouais, confirmé-je.

– Nous continuons lundi ? Je dois aller gérer quelques petits problèmes au bureau cet après-midi.

– Parfait ! Euh…

Je la retiens par le coude alors qu'elle se lève pour partir. Le contact de nos peaux est brûlant, électrique.

– Y a une fête ce soir… ici… T'es la bienvenue.

– Oh ! Je ne sais… Je…

– Ne t'en fais pas. Il ne t'arrivera rien. Pas avec moi.

Elle mordille sa lèvre inférieure et je sens une érection furieusement arriver. J'ai envie de mordre à mon tour cette lèvre rose et luisante. Mais je n'en ferai rien.

– Fais-moi confiance !

– Je vais y réfléchir, Path. C'est à quelle heure ?

– À partir de dix-huit heures. Il y aura de la bouffe et de tout à boire.

– OK, je vais voir… Peut-être.

Je souris. J'espère qu'elle viendra. Je la raccompagne à sa voiture et la salue de la main alors qu'elle disparaît au loin. Je profite de cet après-midi libre pour avancer la comptabilité du club. À dix-sept heures, je me dirige vers ma chambre pour prendre une bonne douche – me décrasser de la poussière et de la sueur. Travailler sur un toit plat en plein soleil ne donne pas le parfum le plus érotique au monde. J'enfile mon jean bleu foncé et ma veste de cuir. La soirée sera chaude, alors j'oublie le T-shirt. De plus, si Eden se pointe je sais que le spectacle de mes abdos lui fait de l'effet. Autant la gâter un peu. J'ai vu son regard sur mon corps quand on était dans ma chambre, et je suis persuadé qu'elle allait m'embrasser. Mais je voudrais être sûr que je ne me fais pas du cinéma… Et puis, ces derniers jours, je l'ai sentie plus distante, comme si elle se méfiait de moi. Je n'ai quand même pas rêvé cette tension entre nous ?

Bordel, c'était tellement plus simple avant !

Sauf que, bizarrement, l'époque où je choisissais un joli-cul en sachant qu'elle me suivrait dans ma chambre sans que j'aie à faire grand-chose, ne me manque pas plus que ça. Je souris en descendant aider mes frères à tout préparer. Rapidement, le bruit assourdissant et mélodieux des motos qui approchent retentit dans l'air. Des Dark Soldiers et des jolis-culs déboulent et remplissent le terrain. Hush et Lily arrivent à leur tour et se dirigent vers moi en rigolant.

– Salut, Hush, salut, Tigresse…

– Salut, Path, ça va ? me questionnent-ils en chœur.

– Ouais, on peut dire ça.

– J'ai entendu parler de l'incident au Thunder, comment va-t-elle ? demande Lily.

– Mieux. Elle a été chanceuse dans sa malchance. Si je n'avais pas été là, Dieu seul sait ce qui lui serait arrivé !

– En effet ! Heureuse de savoir qu'elle va mieux. Tu l'as invitée ce soir ?

– Ouais, mais je sais pas si elle va venir. Je crois qu'elle a peur de moi… Parfois quand elle me regarde, on dirait un chevreuil pris dans les phares d'une voiture… Vous voyez… Les yeux grands ouverts.

Je mets mes doigts en rond devant mes yeux pour bien imiter son regard. Hush éclate de rire. Lily secoue la tête. Elle dépose sa petite main sur mon avant-bras.

– Je pense que tu l'intimides, et non que tu lui fais peur. Tu es un mec bien et très canon. Ce ne sont pas toutes les femmes qui sont à l'aise avec les gros motards sexy !

Hush lui embrasse les cheveux dans un geste rempli d'amour.

– Tu sais, moi aussi j'ai cru que Lily avait peur de moi au début. Enfin... c'était un peu vrai, mais j'ai réussi à gagner sa confiance !

– Arrête, Hush, tu ne l'aides pas du tout ! l'engueule Lily. Ne l'écoute pas Path, j'avais peur de lui, mais aussi de ce que je ressentais. Et tu sais comment Hush m'a vraiment séduite ?

– Non, quel est son secret, dis-moi ? plaisanté-je, suspendu à ses lèvres et curieux de découvrir ce qui a bien pu faire chavirer le cœur de Lily.

– Il s'est ouvert à moi ! Je me suis sentie spéciale pour lui, tu comprends ? Avec moi, il était différent, il me parlait de ce qu'il ressentait... Le Hush que j'apprenais à connaître n'était pas celui que *vous*, vous connaissiez... Il m'a ainsi prouvé que je n'étais pas qu'un joli-cul pour lui, j'étais un peu plus que ça. Je méritais d'en savoir plus.

Je reste un instant décontenancé, je ne m'attendais pas à ça.

– Et, rassure-toi, Hush aussi était terrifié, j'en suis sûre ! s'exclame Lily pour rendre plus légère la conversation, lançant un sourire en coin à l'homme en question.

– Moi? Terrifié? Jamais! fait Hush, faussement scandalisé.

On éclate de rire tous les trois. Ça me fait vraiment plaisir de voir que Lily s'est complètement épanouie auprès de Hush. Ils sont heureux et l'ont bien mérité. Elle apporte un vent de fraîcheur et de joie dans notre univers noir.

Alors que je m'apprête à aller me chercher un verre, ils regardent autour d'eux et vont rejoindre Connor et Maggs. Je me dirige vers la glacière et en tire une bouteille de bière. En me retournant, j'ai une vision enchanteresse. Je cours presque à sa rencontre. Je suis ridicule, mais je m'en fous. Elle porte un jean hyper moulant bleu pâle et un maillot de corps blanc trop large qui dévoile un peu son soutien-gorge noir, le tout complété par une paire de cuissardes en cuir ébène. Elle est trop canon quand elle se décide à sortir de ses fringues de coincée. J'adore ça! Elle semble… je ne sais pas… plus épanouie, ou confiante. Enfin, peu importe, elle est radieuse. Elle sourit quand je m'approche rapidement avant que mes frères ne la confondent avec un joli-cul.

– Tu es venue!

– Oui, j'ai besoin de me changer les idées.

– Tu as bien fait alors.

– Ouais, tu diras ça à Jeff. Depuis l'incident au Thunder, il est sur les dents. Il m'a fait tout un sermon pour m'accompagner ce soir. Mais j'ai refusé. Son copain est en ville, et je…

– Tu?

– Rien.

– Eden, tu quoi?

Elle soupire en roulant les yeux. Elle détourne légèrement la tête et marmonne tout bas, comme si elle ne voulait pas me répondre. Sa voix est faible, mais je la comprends.

– Je voulais te voir.

Je m'étonne de sourire comme un benêt en la regardant. Non seulement, elle veut me voir, *moi*, mais en plus, j'ai la confirmation qu'elle ne couche pas avec Jeff. Je me doutais vaguement qu'il y avait anguille sous roche lorsque cet autre mec avait répondu à son appel, le lendemain du fameux soir, mais maintenant que je le sais en couple, toute ma jalousie à son endroit s'envole comme par magie. Je glisse ma main sur son épaule. Ses grands yeux de Bambi se posent sur moi. Soudain, je réalise qu'elle ne porte pas ses verres, ce qui lui donne un air beaucoup plus jeune.

– Tu n'as pas tes lunettes...

Elle rougit légèrement avant de secouer la tête.

– Non, j'en ai besoin pour lire ou pour conduire. Vu que je n'ai prévu ni un ni l'autre ce soir, elles étaient superflues.

– T'en avais au Thunder, remarqué-je.

– Oui, parce que j'avais conduit pour m'y rendre.

– Pas ce soir?

– Non, j'ai sauté dans un taxi.

– Un taxi de Jersey à Hedonas... Tout ça pour me voir, la taquiné-je, sans chercher à cacher ma satisfaction.

Elle rougit encore plus.

– Je suis flatté, Bambi.

– Bambi?

– Oui, tu as de beaux et grands yeux comme Bambi.

Elle éclate de rire. J'en profite pour la prendre par la taille et la guider à travers la foule. J'ai l'impression d'être léger : j'ai réussi à faire rire Eden et je la tiens contre moi sans qu'elle se dérobe. Je me sens serein, détendu. Je crois que je n'ai jamais connu un tel état et je souris encore comme un idiot. Son petit corps s'encastre à la perfection sur mon flanc.

Nous trouvons Hush et Lily en grande conversation avec Maggs et Connor. Je me penche à l'oreille d'Eden.

– J'aimerais te présenter des gens, dis-je, un peu maladroitement.

Elle hoche simplement la tête. Je n'ai jamais présenté de nana à mes parents. Mais… enfin… ce n'est pas *ma* nana, alors je tente de calmer cette pointe de stress qui m'agace les tripes. Quatre visages sympathiques se tournent vers nous.

– Eden, voici Connor, le président du club.

Elle tend la main et mon père la serre dans sa large paume. Elle lui offre l'un de ses plus beaux sourires.

– Enchanté, madame Taylor.

– Moi aussi, monsieur, dit-elle, un peu intimidée.

– Tu dois te souvenir de Maggs, la régulière de Connor ou, si tu préfères, sa femme, enchaîne Path.

– Oui, la merveilleuse cuisinière qui m'a fait une soupe. Ravie de vous revoir, Maggs.

– Je suis contente de te revoir aussi.

– Ce mastodonte s'appelle Hush, et la jolie brune, c'est sa régulière : Lily, ou Tigresse, comme je l'ai surnommée.

Lily me surprend quand elle étreint Eden dans une amicale accolade. QUand on l'a rencontrée, elle était si craintive que les contacts physiques semblaient une torture pour elle. Et pourtant, malgré ce qui lui est arrivé, elle s'épanouit chaque jour un peu plus. Elle devient de plus en plus confiante et ouverte. C'est sans doute l'« effet Hush » ! Les yeux d'Eden s'agrandissent de surprise. Hush éclate de rire.

– T'avais raison, Path ! s'exclame Lily. Elle a vraiment de beaux grands yeux.

Eden se tourne vers moi en pointant son petit index dans ma poitrine, un large sourire aux lèvres.

– Eh bien, voyez-vous ça ! Tu as parlé de mes yeux à tout le monde ! dit-elle, faussement outrée.

Je me fige. Serait-elle en train de me taquiner ouvertement ? Connor et Hush sourient, visiblement amusés. C'est rare que les femmes osent me provoquer de la sorte, c'est… rafraîchissant !

– Que veux-tu ! Ils sont en effet grands et beaux.

– Eh bien… Merci !

Je reprends la taille d'Eden entre mes mains pour la rapprocher de moi. Je la regarde avant de lui demander :

– Hey, Bambi, tu veux une bière ?

Elle hoche la tête.

– Bambi ? Ouais, ça le fait ! lance Hush.

– Ne t'en fais pas, Eden. Mon gars aime bien donner des sobriquets à tout le monde. Il a surnommé Lily Tigresse après un incident à son travail, raconte Maggs.

Je ris, me souvenant de son adorable coup de coude. Les grands yeux d'Eden voyagent de moi à Maggs.

– Votre… fils?

Je tousse dans mon poing avant de lui prendre la main.

– Tu ne m'avais pas dit ça, monsieur Abdos d'acier.

– Tiens donc… Monsieur Abdos d'acier?

– Bien oui! Tu aimes donner des surnoms, alors il t'en faut un!

Cette fois, Connor, Maggs, Hush et Lily éclatent de rire. Les frères ne vont pas me lâcher avec ça, à présent! Je dévisage Eden qui se retient de rigoler. Je savais qu'elle avait remarqué mon physique et qu'il lui plaisait. Elle ne fait que le confirmer. Je ne peux contenir le sourire niais qui s'étire sur mon visage.

– Papa, Maman, on se revoit tout à l'heure. Viens, Bambi, allons te trouver à boire.

Nous saluons le petit groupe et je l'entraîne à l'écart. Après lui avoir servi une bière, nous nous dirigeons vers une table de pique-nique non loin. Kill nous y rejoint et s'installe.

– Hey, vous deux, ça va?

– Oui, super! lui répond Eden, joyeuse.

– Tu es ravissante ce soir, Eden!

Je me retiens de grogner, mais mon regard furieux croise celui de Kill, qui me sourit largement.

– Merci, Kill! Alors, comment ça va au Thunder?

– Bien. Mais je suis désolé, nous n'avons pas trouvé qui a mis du GHB dans ton verre.

Elle hausse les épaules, mais je vois bien qu'elle aussi aimerait savoir qui lui a fait ça.

– Oublions cela. Je suis juste très heureuse que Path ait été là.

Ni moi ni Kill ne relevons. En effet, je suis heureux moi également d'avoir été présent au bon moment. Comme ma mère le dit souvent: il n'y a rien qui n'arrive pour rien. Le destin, le karma, Dieu... Mais peu importe quoi ou qui a croisé notre chemin ce soir-là, je le remercie! Si jamais je mets la main sur le salaud qui lui a fait ça cependant... J'apprécie beaucoup Eden et cet «incident» me reste en travers de la gorge.

– Alors comment se déroulent les installations?

– Bien, mais ne parlons pas de travail s'il vous plaît. J'ai besoin de décrocher! dit Eden avant de prendre une grande lampée de bière.

Je remarque que nos bouteilles sont vides.

– Eden, en veux-tu une autre?

– Oh oui, s'il te plaît!

– Pas de problème! Je vais en chercher... Kill?

Il regarde sa boisson avant de secouer la tête. Puis il me fait signe du menton et je comprends qu'il va rester avec Eden le temps de mon absence pour s'assurer qu'elle ne soit pas importunée. Je m'éloigne à grands pas. Quand je reviens, Kill est en grande discussion avec Eden et cette dernière rit à gorge déployée. Je lance un regard courroucé à Kill alors qu'une vague de jalousie me parcourt. Hush avec Lily... Et maintenant Kill avec Eden... Je m'assieds de l'autre côté d'Eden. Elle me remercie pour la boisson. Kill raconte une histoire dingue qui lui est arrivée au Thunder. Trois femmes soûles sont montées sur le bar et se sont mises à danser et à se déshabiller, devant tout le monde, jusqu'à ce qu'une des trois tombe du comptoir dans les bras de son père qui, visiblement, n'était pas content. Eden rit de plus belle. Je la contemple, elle est incroyablement belle. Mon pouls s'accélère et une érection commence à pointer. Je vois un mouvement du coin de l'œil. Connor me fait signe de le rejoindre. Je soupire, je n'ai pas envie de laisser Eden.

– Bambi, je dois aller gérer un petit problème, je reviens. Kill, occupe-toi bien d'elle.

Mon regard se fait dur. Il hoche la tête.

– Ouais, ne t'en fais pas, mon frère.

– Et garde tes mains pour toi ! Je lui ai promis qu'elle ne risquait rien ce soir !

– Ce n'est pas mon genre de conduire la moto d'un frère.

Je comprends ce qu'il me dit : il a saisi qu'elle est chasse gardée. Je suis soulagé, je peux compter sur lui. Je me dirige vers mon père. Un homme aux cheveux mi-longs noirs frisés se tient à côté de lui. Je le salue d'un mouvement de tête. Il arbore l'écusson des Dark Soldiers, mais avec celui du nomade. Donc un frère sans club officiel.

– Path, je te présente Rover. C'est un Dark Soldier nomade. Il a été mandaté par le boss pour faire le tour des clubs afin de s'assurer que la ligne de conduite des chapitres respecte celle du chapitre mère.

– Ouais, avec ce que son fils a fait à Lily, c'est un mal nécessaire, affirmé-je.

– Tu vérifies que c'est bien Boss qui l'envoie, juste pour être sûr.

– Ouais, j'y vais.

Je quitte mon père et Rover, pour me rendre dans mon bureau. Je compose rapidement le numéro du boss – qu'on appelle tout simplement « Boss ». C'est l'un des privilèges lorsqu'on est vice-président, on a le droit de joindre Boss directement. Après avoir confirmé les accès de Rover et discuté de l'état actuel de notre chapitre, je referme à clé et retourne à l'extérieur. Je me rends compte que Kill a allumé un feu au fond de la cour et qu'Eden a pris place non loin du foyer. Un sentiment d'urgence me submerge. Je dois me débarrasser de cette corvée pour aller la retrouver avant que Kill ne change d'idée et tente sa chance. Je vais rejoindre mon père et Rover. Je serre la main de ce dernier.

– On fera la révision de la ligne de conduite du club demain, OK ?

– Ouais, pas de problème, je ne suis pas pressé.

Mes yeux croisent ceux d'Eden au loin. Je lui souris et me dirige vers elle, comme attiré comme un aimant. À mi-chemin, des doigts fins m'arrêtent, m'agrippant par le bras. Je détourne mon regard d'Eden pour découvrir Dee, qui me saute au cou.

– Salut, frérot !

– Hey, Dee ! Ça roule ?

Elle se rapproche de moi et colle sa bouche à mon oreille, cachant ses lèvres.

– Dis-moi… Qui est-ce ? Le beau mâle avec Papa ?

J'éclate de rire. Je jette un œil à Eden en répondant. Elle semble furieuse. J'espère que Kill n'a pas déconné !

– Rover, un nomade.

– Rover… hmm… C'est…

Je n'entends pas le reste de sa phrase car mon attention est tournée vers Eden qui s'est levée et se dirige d'un pas rapide vers la sortie, sa chevelure volant derrière elle. Sans réfléchir, j'abandonne Dee et je cours vers Eden pour lui bloquer le chemin.

Je jure que je vais faire la peau à Kill, il devait veiller sur elle.

– Eden, qu'est-ce qu'il y a ?

– Laisse-moi passer, Path !

Je remarque que sa diction est un peu plus lente. Je me demande combien de bières elle a bues.

– Eden, explique-moi.

– Path, je ne suis vraiment pas d'humeur pour tes petits jeux, dit-elle d'un ton farouche.

– Quels petits jeux ? m'étonné-je, car je n'ai aucune idée de ce dont elle parle.

– Pourquoi m'as-tu invitée ici, alors que ta nana est là ?

– Ma… nana ?

Je n'en reviens pas ! Eden est jalouse ! Elle me fusille du regard alors que j'éclate de rire. Je me bidonne tellement que je dois me tenir les côtes et que des larmes pointent au coin de mes paupières. Elle fait un pas de côté et j'arrête de rigoler, mais je suis encore secoué de petits sursauts d'amusement.

– C'est pas ma nana, c'est ma sœur !

– Ta… sœur ? balbutie-t-elle en rougissant.

Je hoche la tête.

– Elle ne te ressemble même pas… bougonne-t-elle. OK, maintenant que j'y pense, elle a des airs de ta mère, mais…

Pour se donner contenance, elle me dévisage des yeux cherchant des similitudes entre nous. Mais je vois bien qu'elle est mortifiée d'avoir réagi ainsi. Et moi, je souris comme un idiot à l'idée qu'elle est jalouse de l'attention qu'une autre fille me porte, même si cette nana en question est ma petite sœur. S'il y a une chose que je sais au sujet des meufs, c'est que quand elles sont jalouses, ça veut dire qu'elles ont un minimum de sentiments pour le mec. Et je dois avouer que le fait qu'Eden éprouve de l'intérêt pour moi fait accélérer mon pouls et bouillir mon sang. Je ne peux pas la laisser filer ce soir. J'apprécie Eden et je ne veux pas que cet incident ternisse notre relation. Elle serait bien du genre à se sentir tellement honteuse qu'elle n'oserait plus me regarder dans les yeux. Je dois la retenir.

– Viens, suis-moi.

Elle fixe ma main tendue, mais hésite à la prendre.

– Hey, tu me fais confiance ?

Elle hésite encore, mais hoche finalement la tête – avant de glisser sa paume dans la mienne. J'improvise totalement. Je ne sais pas ce que je vais faire pour la faire rester, et pour qu'elle ne s'inquiète pas. Je l'entraîne à la glacière. Je dois la lâcher pour choper quatre bières. Je lui fais signe de me suivre et je nous dirige vers le fond de la cour. Je dépose les bouteilles au pied d'un grand arbre et je m'assieds contre son écorce. Je saisis la main d'Eden pour l'inviter à s'installer entre mes jambes. À mon grand étonnement, elle ne résiste pas. Son dos contre mon torse, elle appuie sa tête contre mon épaule. Un puissant sentiment de bien-être m'enveloppe, et je me surprends à souhaiter rester ainsi très longtemps. Nous sommes non loin du feu. Sa lumière nous éclaire faiblement. Je décapsule une bière et la lui donne, puis j'en prends une pour moi. Je commence à paniquer, incapable de savoir quoi lui dire. Et puis les paroles de Lily me reviennent en tête : « Il s'est ouvert à moi ! Je me suis sentie spéciale pour lui, tu comprends ? Avec moi, il était différent, il me parlait de ce qu'il ressentait… Le Hush que j'apprenais à connaître n'était pas celui que *vous*, vous connaissiez. »

Je sais soudain ce que je dois faire. C'est un vrai saut dans le vide pour moi, alors je ne réfléchis pas et me lance :

– Ce que je vais te dire, il n'y a pas grand monde qui le sait…

9

Eden

Je dois avouer que, de prime abord, je ne voulais pas venir à cette fête. Mais quand j'en ai parlé à Jeff et qu'il est monté sur ses grands chevaux, je me suis braquée. Jeff et moi, on se dispute tellement rarement que lorsque c'est le cas, c'est intense. Il me répétait sans cesse que je ne pouvais pas y aller seule, que c'était trop dangereux et qu'il ne serait tranquille que s'il m'accompagnait. Je lui ai répondu qu'il n'était pas mon père et que si je voulais y aller, j'irais. Et seule.

Tout se déroulait merveilleusement bien. J'aime vraiment être avec Path, j'apprécie sa compagnie. Il est sympa et… tellement sexy ! La bière froide était bonne et la soirée était juste parfaite. Jusqu'à ce que Kill me propose d'aller faire un feu. J'ai toujours adoré regarder les flammes d'un feu. C'est hypnotique et relaxant. En admirant les étincelles qui montaient dans le ciel, j'ai été surprise par une vague de… de colère ou de… quoi… de jalousie, peut-être. Je l'ai vu rire avec sa nana ! Je n'ai jamais souhaité être la cinquième roue du carrosse. Je ne sais pas si c'était l'alcool ou juste les nerfs, mais c'était trop. Je me suis levée et je me suis précipitée vers la sortie, ignorant complètement les cris de Kill derrière moi. Maintenant, je me sens comme la pire des imbéciles ! Sa sœur ! Non mais dans l'art de se ridiculiser, difficile de faire mieux, n'est-ce pas ? Pourtant, lorsqu'il m'a demandé de le suivre, je l'ai fait sans hésiter. Je crois que je l'aurais suivi n'importe où tant je me sentais stupide d'avoir paru si jalouse. Alors me voici, adossée au torse le plus parfait au monde, dans la chaleur des bras qui hantent mes nuits. Son odeur unique m'enivre, et lorsqu'il parle, sa voix fait vibrer mon âme.

– Ce que je vais te dire, il n'y a pas beaucoup de gens qui le savent…

Il avale une grande gorgée de bière et je dépose la mienne au sol. Il n'a pas l'air à l'aise, comme s'il regrettait déjà cette amorce de confession. Mais il prend une inspiration et continue. Je n'ose pas parler, de peur qu'il renonce à se confier. J'ai l'impression que ce qu'il va me dire est de la plus haute importance et nécessite toute mon attention.

– Connor et Maggs ne sont pas mes véritables parents. Je n'ai pas beaucoup de souvenirs de mes parents biologiques, et ceux qui me restent sont pas mal merdiques. J'avais 5 ans quand ma mère s'est pendue dans la salle de bains. C'est moi qui l'ai trouvée quand la voisine m'a ramené de l'école. Mon père était soûl dans le salon… comme chaque jour. Lorsqu'il a compris ce qui se passait, il m'a frappé en me disant que c'était de ma faute. J'ai longtemps cru que c'était vrai. Mais je sais maintenant que c'est lui qui l'a poussée à se suicider. Il la battait et lui faisait vivre l'enfer. Elle n'était plus là, et c'est moi qui ai écopé.

Il boit une autre gorgée. Je me presse contre lui essayant d'enrayer la tristesse dans sa voix. Sa voix grave est imprégnée de notes douloureuses à l'évocation de ces souvenirs. Ce qu'il a vécu est vraiment pénible, et en parler n'est franchement pas évident. Mon cœur se serre. Je me demande pourquoi il me raconte ceci, mais je lui suis reconnaissante de le faire. Je suis avide d'en apprendre plus sur lui.

– Je devais voler pour trouver de l'argent ou à manger, parce que cette grosse merde ne s'occupait pas de moi, sauf pour me battre. Ça faisait trois jours que je n'avais pas bouffé quand j'ai remarqué deux belles motos garées dans une petite allée. Je me suis dépêché de fouiller les coffres, dans l'intention d'y prendre tout le fric et tous les objets de valeur possibles. Mais Connor m'a surpris la main dans le sac. Il m'a hurlé dessus, et, d'instinct, je me suis roulé en boule, attendant les coups – qui ne sont jamais venus. Quand mon paternel criait, les beignes pleuvaient. J'étais tellement faible que je n'avais même plus la force de pleurer. Connor a vu mes blessures et contusions, et j'ai toujours pensé qu'il a eu pitié de moi. Il m'a demandé de le conduire chez moi. Je croyais qu'il allait me dénoncer à mon père, mais une fois devant la maison, il m'a prié de rester dehors. Il est entré, puis peu de temps après il est ressorti et il m'a dit: «T'as le choix, petit bonhomme… Tu rentres chez toi ou tu viens avec moi. Si tu me suis, tu ne manqueras jamais de rien et personne ne te touchera.» Quand t'as 6 ans et que t'es affamé, c'est ton bide qui décide.

Il me sourit doucement et porte la bière à ses lèvres. Je me colle un peu plus à lui, plus troublée qu'il ne peut l'imaginer. Son histoire ébranle mon être, secoue les murs de mon cœur. Il ignore presque tout de moi, et pourtant il me confie son passé sombre et lourd. Devant mes yeux, des images trop précises se dessinent. Je dois me retenir de trembler contre lui. J'admire son courage. Se livrer ainsi à quelqu'un n'est pas facile, j'en sais quelque chose. Malgré tout le mal qu'il a enduré plus jeune, lui aussi, a trouvé un sauveur: Connor. Qui sait ce qui lui serait arrivé si leurs routes ne s'étaient pas croisées? Je me pose parfois la question quand je pense à mon propre passé. J'ai l'impression d'être soudainement plus proche de lui, comme si cette révélation nous reliait d'une certaine façon. Sa voix se fait plus sereine alors qu'il recommence à parler.

– Il m'a traîné à l'hôtel où ils logeaient. J'ai rencontré Maggs et elle m'a tout de suite pris sous son aile. Cela faisait quatre ans qu'ils essayaient d'avoir un bébé. Ils avaient fait des tests et il s'est avéré qu'ils n'en auraient jamais. Connor disait qu'il fallait prendre un nouveau nom pour une nouvelle vie, alors il m'a rebaptisé Path. Ils m'ont amené ici et présenté comme leur fils.

– Personne ne s'est posé de question sur ce soudain enfant?

– Non, à cette époque les Dark Soldiers et les Satan Riders étaient en guerre ouverte depuis quelques années. Le monde des motards était sens dessus dessous. Le père de Connor était le préz du chapitre des Dark Soldiers à

Jasper Falls, dans le Colorado. Il a envoyé son fils ici pour aider ce chapitre. Personne ne le connaissait vraiment. Il a rapidement conquis le club, devenant vice-président puis préz.

– Et Dee?

– C'est l'enfant miracle! J'avais 8 ans quand elle est née. On n'a pas le même sang, mais c'est ma petite sœur.

Un silence léger s'installe entre nous. Je digère toutes ces informations. Au loin, le bruit assourdissant des discussions se mêle au fond de la musique rock qui est diffusée par les larges enceintes. Je n'arrive pas à croire que cet homme fort qui me tient contre lui ait vécu un pareil enfer. Je remercie le Ciel d'avoir mis Connor et Maggs sur son chemin. Mon cœur est rempli d'un sentiment intense qui me chamboule. Je suis touchée et surprise par lui, par son histoire, mais aussi par le fait qu'il se livre à moi, une quasi-inconnue.

– Tu m'as dit que peu de gens sont au courant. Pourquoi moi? ne puis-je m'empêcher de lui demander.

– Je ne veux pas que tu imagines que je te cache des choses, comme une petite copine secrète, me dit-il en souriant. Et puis, j'ai envie que tu me fasses confiance. J'ai un passé, disons, «agité» avec les femmes. Tu as peut-être déjà entendu mon surnom: «Path le Tombeur.» Mais je ne suis pas que ça…

Il inspire un grand coup. J'ai l'idée qu'un fardeau se libère de ses épaules alors que ses yeux trouvent les miens. J'avale difficilement la boule qui s'est logée dans ma gorge.

– Depuis que je t'ai rencontrée, j'ai même l'impression que je ne suis plus du tout ce mec-là. Tu es spéciale, Eden… Tout ce que tu fais – ton travail, ton assurance, ton professionnalisme – me renverse. Je n'ai jamais connu de femme comme toi… Et puis, d'habitude, les nanas ne remarquent même pas l'absence de ressemblance entre moi et ma famille… Toi… Je ne sais pas… C'est différent, tu es différente.

La douceur de ces mots coule sur moi comme du miel. Personne, sauf Kyle, ne m'a jamais ébranlée ainsi en parlant de moi. Je me sens fondre entre ses bras durs. Je ne pensais plus possible de ressentir ce genre d'attirance pour un mec depuis la mort de Kyle. Pourtant Path a réveillé en moi l'envie des plaisirs de la chair. Il m'a touchée par son histoire, ce qu'il est, et je le désire encore plus maintenant qu'il m'a dévoilé cette partie de lui. Et j'aime la manière dont il me considère. Je me redresse lentement et me tourne pour lui faire face.

– Une dernière question…

Il rit et sa poitrine vibre sous mes doigts. Je sens ma féminité pulsée sauvagement.

– Juste une ?

– Pour l'instant, oui.

– Vas-y !

– Connor t'a appelé Path, mais ce n'est pas ton véritable nom, n'est-ce pas ?

– En effet. Comme la majorité des motards, Path est mon nom de route. Mon vrai nom, seuls Connor et Maggs le savent.

Sa phrase tombe comme une brique. Je comprends qu'il ne veut pas me le dire. Derrière ses mots, j'entends la douleur et la fragilité de son enfance brisée. L'atmosphère s'épaissit entre nous. J'ignore pourquoi il ne veut pas me confier son prénom après tout ce qu'il m'a révélé. Je prends ma bière et la vide d'une longue gorgée, tentant de calmer la brûlure insensée que son refus m'occasionne.

Ce n'est pas la fin du monde, Eden... Toi aussi, tu as des secrets !

Je me secoue.

– Merci, Path... Cela me touche beaucoup que tu m'aies raconté tout ça.

– Je dois avouer que cela me surprend moi-même de l'avoir fait. Comme je te le disais, très peu de gens sont au courant. Mais si jamais tu en parles à quiconque, je devrais te supprimer !

Il me sourit mais je le dévisage. Vient-il vraiment de me menacer ou était-ce une blague ? Soudainement, il se raidit comme s'il avait fait une bévue.

– Hey ! Désolé, je ne voulais pas te faire peur !

Je lui souris à mon tour. Finalement, il me taquine, et ça, je sais faire, moi aussi !

– Je n'ai pas peur.

– Non ?

Je me tourne légèrement pour approcher ma bouche de son oreille. Tandis que mon cœur accélère et que mon corps s'embrase, je lui chuchote :

– Non. Tu serais incapable de me faire du mal...

– Tu crois ?

Je recule un peu la tête et le regarde d'une manière coquine. Il me dévisage et ses lèvres sensuelles se courbent en un sourire incertain. Nos souffles se mêlent un instant.

– J'en suis sûre.

– Eh, merde !

Ses larges mains s'emparent de mon visage alors que sa bouche se pose violemment sur la mienne. Je ne peux réprimer le gémissement de plaisir qui m'échappe. J'agrippe le rebord de sa veste de cuir pour ne pas perdre pied tant l'émotion est intense. Les mains chaudes de Path inclinent ma tête et sa langue caresse mes lèvres. Je me raidis – j'ai un instant l'impression de tromper Kyle – mais je me reprends. L'odeur entêtante de Path me tourne les sens et mes lèvres s'ouvrent. Lorsque sa langue trouve la mienne, une véritable onde de choc me parcourt. Je fonds littéralement contre lui, gémissante.

Je resserre ma poigne sur son blouson et m'agrippe à lui comme à une bouée dans la tourmente. Ma langue caresse sa langue. Je l'entends gronder contre moi, sauvage, viril. Ses paumes glissent sur ma nuque, me maintenant en place. Ce mec embrasse comme un dieu ! Sa langue est chaude et possessive. Je me surprends à gémir, je devrais me sentir gênée mais je m'en fous, j'adore ce qu'il me fait ressentir. Une de mes mains se perd dans la soie de ses cheveux et je me presse contre lui. J'en veux plus, beaucoup plus. Ses doigts quittent mon cou et frôlent mon corps jusqu'à mes hanches. Il recule la tête, rompant le baiser. Ses yeux sont remplis de l'effet que je lui fais, et, Dieu, que j'aime ça !

– Suis-moi, m'intime-t-il d'une voix saturée par le désir.

Il se lève et me tend la main. J'hésite. Je sais comment sont considérées les femmes ici. Je l'ai même vu de mes propres yeux avec le nombre de filles que Path a escortées hors du club les matins des premiers temps où l'on travaillait ensemble. Pourtant il m'a dit qu'il a l'impression d'avoir changé... J'ose le croire. Après tout, il m'a toujours traitée avec respect. Il aurait pu profiter de moi quand j'étais sous l'effet du GHB. Il semble vraiment sincère. Il m'a dit des secrets que seuls ses parents connaissent. S'il me fait confiance, je peux sans doute lui offrir la mienne en échange, au moins pour une nuit. Finalement, je glisse ma main contre la chaleur de sa peau. Il nous dirige vers le club. Il ne se retourne pas lorsqu'un homme massif et roux l'interpelle. J'entends un rire guttural résonner derrière moi. J'ignore si nous sommes la cause de cette hilarité mais je m'en contrefiche et je suis Path. Nous montons les marches; il s'arrête devant la porte de sa chambre, qu'il déverrouille d'un geste rapide. Il l'ouvre d'un geste si brusque que le battant cogne contre le mur avant de revenir vers nous. J'ai à peine le temps d'entrer qu'il m'attrape par la taille et m'écrase contre la porte que l'on a évitée de justesse et qui s'est refermée derrière nous dans un claquement sonore. Il appuie son front contre le mien.

– Depuis le premier jour où je t'ai vue, j'attends cet instant!

Ses mots me rassurent et m'excitent plus qu'il ne peut l'imaginer. Et dire que j'ai cru ne pas l'intéresser, qu'il avait une petite amie! La bouche de Path trouve la mienne et il m'embrasse avec passion. Son corps chaud et dur se presse contre moi. Un régal ! L'une de ses paumes glisse sous mes fesses pour me soulever. Mes jambes s'enroulent automatiquement autour de ses hanches. Je sens sa puissante érection s'écraser contre moi. Il nous retourne, s'avance dans la chambre et nous fait tomber délicatement sur le lit, sans briser le baiser. Je me laisse complètement submerger par le désir, ne pensant qu'à nos corps l'un contre l'autre. Une main dans mes cheveux et l'autre qui monte de mon cul à ma poitrine, il me fait gémir. Sa paume se pose contre mon sein et mon téton durci à son contact. Je me cambre, fermant les yeux. Seigneur que ça m'a manqué !

L'image de Kyle me revient à nouveau en mémoire. Je me tends, nerveuse. Path s'interrompt immédiatement.

– Eden, ça va ?

Je secoue la tête, puis la hoche. Une vague de tristesse, accompagnée des visions d'un autre corps, d'une autre vie heureuse, me percute. Path se redresse sur un coude, perplexe. Sa main quitte ma poitrine et une sensation de manque me surprend. La moitié de sa personne se presse encore contre moi.

– Tu… Tu veux que j'arrête ?

Je plonge mon regard dans le sien. Le désir noircit ses pupilles, mais je vois qu'il est sincèrement inquiet pour moi. Il a été honnête avec moi, je me dois de l'être avec lui.

– Je ne sais pas… J'ai envie de ça… de toi. Mais…

Je mordille ma lèvre.

Oh, oui ! J'ai tellement envie de toi, trop !

– Mais ?

Ses phalanges qui glissent contre ma joue tout en douceur me rassurent et me calment.

– Mais je n'ai jamais... Le seul avec qui j'ai couché, c'est Kyle. Et...

– Quoi? Ton mari est mort depuis deux ans et t'as pas baisé depuis? s'étonne-t-il, choqué.

Son air surpris serait presque comique si l'instant n'était pas si grave.

– En fait, je n'ai rien fait depuis presque trois ans. La chimio l'épuisait et l'envie était moins présente, lui raconté-je tristement.

– Oh! Eden...

– J'ignore si... Je ne sais pas si j'en suis capable.

– Je comprends. Allons-y en douceur, OK?

Je hoche la tête tout en me demandant ce qu'il veut dire par «en douceur». Sa main caresse ma joue, un geste à la fois anodin et rempli de tendresse. Venant d'un *biker* comme Path le Tombeur, ce geste me surprend et me fait fondre littéralement.

– Reste dormir avec moi ce soir... s'il te plaît...

– J'ai... Je n'ai jamais fait ça.

– Moi non plus.

Je hausse un sourcil, dubitative. Il me sourit.

– Oh! Je ne suis pas un saint. Loin de là, putain! Mais jamais une femme n'a dormi avec moi. On baise, elles s'en vont. Elles le savent. Je ne suis pas du genre qui passe la nuit en cuillère.

– Et tu me demandes de rester? Moi?

– Oui, je te l'ai dit. Tu n'es pas comme les autres. J'ai envie que tu sois entre mes bras ce soir.

Je le regarde longuement. Est-ce que moi j'ai envie de dormir entre ses bras, contre lui, dans son odeur? La question ne se pose même pas. De plus, il me laisse le droit de choisir. Lui, Path le Tombeur, que toutes les femmes rêveraient d'avoir dans leur lit – et pas pour dormir – désire passer la nuit en cuillère avec moi. Comment refuser? Je m'empresse d'acquiescer. Il me sourit et se redresse.

– Tu veux prendre une douche?

– On ne retourne pas à la fête?

– Non, j'ai sommeil, plaisante-t-il en me faisant un clin d'œil.

J'éclate de rire. Sa douceur et sa prévenance me touchent et m'encouragent à lui faire confiance. Il m'ouvre la porte de la salle de bains. Je m'y dirige lentement, l'alcool rendant mes mouvements plus alanguis. Il disparaît alors que je fais couler l'eau. En un rien de temps, je suis lavée. La douche a eu du bon, elle m'a permis de réfléchir. Je ne peux pas passer le reste de ma vie à coucher avec mon vibromasseur. Je dois prendre sur moi et réapprendre à vivre. Path est quelqu'un de bien. Je sais qu'il ne me fera pas mal et qu'il sera des plus patients. Je finis de me sécher et j'enfile avec difficulté le T-shirt que Path m'a laissé. Le plancher semble bouger sous mes pieds et les murs ne sont plus du tout à leur place. Je rigole comme une collégienne sans raison apparente en sortant de la salle de bains. Je découvre Path assis, en jean et torse nu, sur le lit. Je m'appuie contre le cadre de porte pour l'admirer. Il se lève et son front se plisse révélant de petits sillons d'inquiétude. Quand il est suffisamment proche de moi, mon index glisse sur son thorax traçant de larges arabesques.

– Tu sais qu'un corps comme le tien, ça devrait être interdit?

Il hausse un sourcil et un sourire coquin naît sur ses traits.

– Interdit?

– Oui, il donne de mauvaises idées aux jeunes femmes. De très mauvaises et très vilaines pensées!

Il prend mon visage en coupe, et m'embrasse doucement. Mon doigt trace le sillon de son grand oblique, jusqu'à la limite de son jean. Mon index parcourt la lisière de son pantalon dans un geste que j'espère chaudement sensuel. J'ai conscience de ses muscles qui se raidissent contre moi. Lorsqu'il rompt le baiser, ma vision tangue un peu plus. Je cligne des yeux, tentant de remettre la terre dans son bon axe.

– Tu sens tellement bon, Path.

– Ah oui?

– Oui, tu sens... C'est... hum... Comme, euh... Oui! Tu sens le sexe! Le plaisir brut et sauvage.

Quand je me rends compte de ce que je viens de dire, je rougis, choquée par mes propres mots. Ça ne me ressemble pas, de parler comme ça. Path, lui, rit à gorge déployée et me guide vers le lit.

– Je crois qu't'es soûle, Bambi!

– J'aime bien quand tu m'appelles comme ça... Tu crois que je suis soûle? ris-je, sans aucune raison.

– Ça ne fait aucun doute et je t'ai promis qu'on irait en douceur. Alors je vais faire comme si je n'avais rien entendu et faire mon gentleman.

– Mais je ne veux pas que tu le sois, Path.

– Et moi, je m'en voudrais si tu avais des regrets demain.

Mon cœur chavire un peu plus à ses mots. Je sais que les Dark Soldiers n'ont aucun scrupule à coucher avec une femme soûle, et nullement peur des regrets de leurs amantes d'un soir. Path me montre encore une fois une nouvelle facette de lui qui me plaît… beaucoup !

Il me repousse délicatement sur l'édredon, mais je perds l'équilibre et m'effondre sur le matelas. Le plafond se met à tanguer. Path se penche et embrasse mon front.

– Je vais prendre ma douche. Je reviens.

Je hoche la tête pendant qu'il remonte les draps sur moi. Il s'enferme dans la salle de bains. Je me tourne pour amorcer ma descente du lit et aller le rejoindre sous la douche, mais malheureusement, mon projet avorte quand mes yeux se ferment dans un sommeil d'ivrogne.

10

Path

J'ai vécu la plus belle et la plus horrible nuit de ma vie. Après avoir couché Eden, j'ai sauté dans une douche froide pour tenter de calmer mon excitation. Cependant, mon érection en béton n'a pas semblé s'en rendre compte. Je suis sorti de la salle de bains, bandé comme un cheval, me répétant mon nouveau mantra : « Y aller doucement, y aller doucement… » Et je l'ai vue.

Elle était endormie sur le bord de *mon* matelas, ses cheveux noirs brillants et bouclés formant une corolle sur l'oreiller. Je me suis étendu de l'autre côté du lit et elle s'est retournée dans son sommeil. Ses lèvres roses et luisantes se sont ouvertes sur un léger gémissement, tandis que son petit corps se moulait naturellement au mien. Elle a déposé sa main en travers de ma poitrine, et d'un mouvement, je l'ai prise dans la mienne. Cette nuit allait être une véritable torture. À chacune de ses respirations, je sentais ses seins appuyer contre mes côtes. Un merveilleux supplice.

J'ai serré les dents en me souvenant de son aveu. Plus de deux ans et demi sans baiser, sans passion… J'en serais mort, mes couilles auraient explosé, j'en suis sûr ! Elle s'était confiée à moi de façon si simple, si pure. J'ai vu l'éclat du passé, rempli de tristesse, traverser son visage. C'est la première fois que je me bats contre un fantôme. Je sais qu'elle me désire, mais j'ai l'impression que le sexe ne sera pas suffisant.

Et que dire de ma propre confession ? Je lui ai raconté des choses que même Connor et Maggs ignorent. Ils sont au courant que mon père me frappait et me maltraitait. Mais je ne leur ai jamais révélé que ma mère s'était pendue et que c'est moi qui l'avais trouvée. Ils savent uniquement qu'elle est morte. Je ne comprends pas pourquoi je le lui ai dit. Je ne l'ai rencontrée qu'il y a peu, mais je souhaite… Non, j'ai *besoin* qu'elle apprenne à me connaître en entier, tout comme je désire tout découvrir d'elle. Pas juste la surface professionnelle et légèrement froide qu'elle montre en permanence. Je veux savoir ce qui la fait vibrer d'anticipation, ce qui lui fait peur, ce qui la motive à avancer, ce qui la passionne… J'aimerais la côtoyer chaque jour, deviner la couleur de son chemisier, de sa jupe… Je veux la voir sourire de manière coquine comme sous l'arbre avant que je ne m'empare de sa bouche… sa délicieuse bouche.

Ce baiser… Putain ! Jamais personne ne m'a embrassé ainsi. La fraîcheur de ses lèvres contre les miennes, la douceur de sa langue contre la mienne, sa saveur fruitée légèrement masquée par le houblon. J'ai cru perdre la tête. Et que dire de son petit corps moulé entre moi et la porte ! J'étais à deux doigts de jouir dans mon jean. Ce qui, je dois le préciser, ne m'est jamais arrivé.

Le sommeil est finalement venu mais il fut de courte durée. Le soleil s'est rapidement levé et a inondé ma chambre. Eden est encore complètement collée contre moi. Le drap a glissé jusqu'à notre taille. Une chance puisque je suis incapable de dormir autrement qu'entièrement nu. Je suis censé me comporter en gentleman, et si elle me voit à poil, elle pourrait douter. Sa tête repose contre mon épaule, et mon bras est ancré derrière elle. Je passe mon autre bras sous mon crâne pour mieux l'apercevoir. Ses grands cils noirs en éventail sur ses joues blanches lui donnent un air si fragile. Une érection se met rapidement en route, tout en puissance. J'embrasse son front avec précaution. Ses yeux papillonnent doucement et elle dépose un baiser si simple contre ma clavicule que j'en frissonne. Ses iris d'un bleu plus clair qu'un ciel sans nuages trouvent les miens. Elle me sourit et je ne peux m'empêcher de lui sourire en retour.

– Bonjour, Bambi !

– Bonjour, monsieur Abdos d'acier !

Elle réalise alors notre position et rougit légèrement. Ses doigts contre mon torse se mettent à tracer des arabesques sensuelles. Je sens ma peau se hérisser de bonheur et suis soulagé qu'elle ne me repousse pas. Elle aurait pu regretter notre baiser une fois le matin venu.

– T'as bien dormi, Bambi ?

– Oui, j'avais un super oreiller.

Elle se redresse lentement sur un coude. Elle se penche doucement vers moi et s'arrête trop près de ma bouche.

– Je voudrais t'embrasser, mais…

– Mais quoi ?

Ma main joue dans ses longs cheveux et je dois me retenir de rapprocher son visage du mien.

– J'ai peur de mon haleine du matin, dit-elle en rougissant.

J'éclate de rire avant de lever ma tête à sa rencontre. Sa bouche fond contre la mienne, et je la sens se détendre dans mes bras. Mes phalanges dans son dos la caressent doucement. J'aimerais toucher la soie de sa peau contre mes doigts, mais le coton de mon T-shirt est entre nous. Elle gémit contre mes lèvres, si sensuellement. Je m'empare de sa nuque pour presser son visage contre le mien.

J'en ai rien à foutre, de son haleine du matin !

J'ai besoin de la sentir contre moi. Comme si elle avait lu dans mes pensées, elle bouge et l'instant d'après elle est étendue sur moi. Ses jambes sont repliées près de mes hanches. Elle rompt le contact de nos lèvres et parsème ma mâchoire de petits baisers. Je dois serrer les dents pour ne pas la prendre à l'instant même. Elle se redresse lentement en replaçant ses cheveux derrière son oreille dans le mouvement le plus sensuel que je n'ai jamais vu. Ses yeux scrutent mon visage et j'aperçois l'ombre du désir pur dans son regard.

– On est le matin, Path.

– Ouais.

– Je ne suis plus soûle et je sais que je n'aurai aucun regret…

Je ferme les paupières un instant, cherchant la force en moi – je dois être gentleman pour ne pas lui faire peur. Je la sens se relever et me chevaucher. Je perçois le satin humide de sa chatte contre mon érection. Ma respiration devient hachée et difficile.

– Hey, Bambi… Tu ne portes rien sous mon T-shirt?

– Non…

Elle se mord la lèvre avant de plonger dans un autre baiser sensuel. *Eh, merde! Je ne suis pas un gentleman!*

Mes mains trouvent ses petites hanches, que je serre tandis que mon bassin se dresse pour se presser contre le sien. Elle gémit contre ma bouche.

Oh oui…

J'empoigne le bas de son T-shirt et elle rompt le contact alors que je le passe par-dessus ses épaules, pour le jeter au sol. Je me redresse sur mes coudes et je suis nez à nez avec la plus belle poitrine que je n'ai jamais vue. Parfaite, galbée avec une auréole d'un rose irréprochable. Je la questionne du regard et elle hoche la tête. Sans attendre, ma langue glisse sur son sein. Je tourne autour de son mamelon qui durcit sous mon attaque. Je l'avale et le suce doucement. Je sens l'entrejambe d'Eden pulser contre moi. Avec un grognement, je donne un coup de hanche et la fais basculer sur le lit. Je me redresse et l'admire.

– Putain! Tu es parfaite!

Mes mots semblent la toucher puisqu'un grand sourire s'étire sur son visage. Mes lèvres capturent les siennes. Un tango sensuel entraîne nos langues. Elle presse son bassin contre moi, en gémissant.

– Path…

– Oui ?

– S'il te plaît…

Son entrejambe cherche la rédemption. Je souris. Je descends lentement contre elle. Et commence par m'occuper de ses deux adorables tétons tendus. Je les lèche, les suce et les mordille. Ses hanches s'activent contre moi et je dois les prendre entre mes mains pour éviter que cette joyeuse danse n'ait raison de moi. Je trace un chemin de baisers sur son ventre plat, laissant ma langue taquiner son petit nombril. Arrivé à destination, je caresse de mes lèvres son mont de Vénus. Elle gémit plus fort tout en se cambrant sous moi. Ses joues sont rouges et son souffle est rapide. Sans attendre, ma langue glisse sur son clitoris.

Oh ! Putain !

Je ne suis pas un amateur du cunnilingus, mais sa saveur et sa douceur me montent à la tête. Je n'en aurai jamais assez. Je la lèche longuement, suçant son bourgeon. Elle geint plus fort. Ma main se fraie un chemin et mon index joue avec ses lèvres. D'un geste lent et mesuré, mon doigt s'insère en elle. Elle gémit de nouveau, cette fois plus fort. J'enfonce mon index en elle pour le retirer avec précision. Son dos se cambre de plus belle sous mes caresses. Mon majeur se joint à l'action. Elle se crispe autour de mes phalanges.

– Path !

– Oh oui, bébé !

Une ondée de son nectar inonde ma paume et ma langue.

Bordel ! C'est délicieux !

Je savoure son miel, lapant chaque goutte. Mes doigts s'agitent en elle, je suçote encore son clitoris. Sa jouissance est puissante et longue. Je la sens redescendre doucement de son apogée sensitif. Je redresse la tête et l'admire avidement. Elle est simplement sublime. Je n'ai jamais eu plus belle vision qu'Eden toute rouge après un orgasme. Mes doigts glissent hors de sa chaleur. Elle me sourit et je me rapproche de son visage, en la rejoignant à quatre pattes. Elle m'embrasse langoureusement, ses ongles caressent mon cuir chevelu. Une de ses mains frôle la peau de mon dos en direction de mes fesses qu'elle pétrit doucement. Sa langue rencontre la mienne tandis que sa paume effleure mon ventre. Je romps le baiser en grognant quand sa main brûlante trouve ma queue. Elle se mordille la lèvre alors que ses doigts parcourent mon membre tendu jusqu'à son extrémité. Je gémis et ma tête bascule vers l'arrière. Putain, que c'est bon !

– Path, ce que tu m'as fait… c'était… Et tu es dur, et chaud…

J'aurais aimé qu'elle m'en dise un peu plus sur cet orgasme, le premier depuis si longtemps pour elle, mais je perds l'usage de ma voix quand je sens sa poigne serrer la base de mon gland. Elle embrasse ma pomme d'Adam dans un geste si intime que quelque chose en moi se brise. Instinctivement, je me recule pour me trouver à genoux devant elle, tant physiquement que mentalement. Ses yeux se posent sur ma puissante érection. Ses paupières s'agrandissent alors qu'elle pique un fard et mordille sa lèvre.

– Mon Dieu ! Tu es tellement beau…

Sa main glisse contre ma queue tendue. Je dois me concentrer pour ne pas jouir sur ses doigts. Je m'étire vers ma table de chevet. J'en sors un préservatif et le lui montre en haussant un sourcil. Elle me sourit en rougissant, mais hoche la tête. Je déchire rapidement l'enveloppe et l'enfile avant de la regarder. Elle semble mal à l'aise.

– Qu'y a-t-il, bébé ?

– J'ignore comment tu veux le faire.

Je souris, caressant son sein, avant de m'étendre contre elle. Mon érection se positionne naturellement sur son bassin.

– Ne t'en fais pas ! Peu importe comment… On a tout le temps d'explorer, lui dis-je avec une sincérité qui me surprend moi-même, car je ne suis pas du genre à le prendre, le temps !

Elle hoche la tête alors que je m'installe entre ses cuisses ouvertes. Je sens les lèvres de son sexe contre mon gland.

– Tu es sûre ?

– Oui, Path, s'il te plaît !

Je m'insère lentement en elle.

Putain, qu'elle est serrée !

Elle gémit mon nom et je m'enfonce encore plus loin. Quand je suis entièrement en elle, je m'arrête, complètement essoufflé. Mes yeux trouvent les siens, remplis de luxure, la rendant tellement désirable.

– Ça va, Path ?

Sa propre respiration est rapide et hachée. Sa chatte est un étau autour de moi. Je sais que bouger sera un adorable supplice.

– Oui, bébé. T'es serrée ! Bordel !

Je recule lentement lui soutirant le plus joli des sons. Je veux entendre à nouveau ce chant. Je replonge en elle. Son dos s'arque à ma rencontre.

Merde, je ne vais pas tenir longtemps !

Je me retire légèrement et elle me gratifie de ce petit, mais si sexy bruit. Je sens ses jambes encercler mon bassin alors que ses pieds se pressent contre mes fesses.

– Eh ! merde ! Eden, bébé...

– Vas-y !

J'accélère le mouvement et la puissance de mes coups de reins. L'angle de ses hanches ainsi placé me procure une sensation incroyable. Ses gémissements se transforment en cris.

– Oh, oui ! Bébé, jouis avec moi !

Elle se cambre encore plus alors que je la martèle littéralement. Son corps se raidit et la pression contre mon membre est incomparable. Elle hurle mon nom tandis que le plaisir l'emporte, j'y vais de plus en plus fort et plus vite, mes yeux rivés à son visage en pleine extase. Elle m'attrape par le cou et m'embrasse à nouveau à la base de la nuque. Je ne m'en croyais pas capable, mais je plonge encore plus rapidement en elle, durcissant jusqu'à la limite de l'endurance, et je jouis en elle, dans une longue série de puissants jets. Ma vision se brouille cependant que mes hanches s'activent pour libérer mon désir. C'est tellement bon – et tellement douloureux tant c'est bon. Je finis par m'effondrer contre elle. Je balance mon corps repu sur le côté, prenant soin d'enlever la capote que je laisse tomber dans la corbeille à côté du lit. Je presse ensuite Eden contre moi. Nous restons un moment en silence, reprenant nos esprits. J'en profite pour caresser du bout des doigts la peau de ses côtes et m'émerveille de voir son épiderme se dresser à mon contact. Je ne suis pas un puceau, mais je vous jure qu'à cet instant tous mes autres coups tirés semblent insignifiants comparés à cette baise. J'ai l'impression d'avoir joui pour la première fois de ma vie. Et j'ai bien l'intention de recommencer !

– C'était… Wow !

– Ouais bébé, c'était wow !

– Je ne me souvenais plus que ça pouvait être aussi intense.

– C'est grâce à toi, bébé.

– Hmm… Je pense que tout le mérite te revient, Path.

– Ben moi, je te garantis que c'est grâce à toi !

Elle rit contre moi. J'embrasse son front.

– Tu peux sauter dans la douche si tu veux, pendant que je vais nous chercher à déjeuner ?

– Oh oui, merci !

Elle sort du lit et se dirige vers la salle de bains. Son petit cul rebondi me donne le goût de m'enfoncer en elle à nouveau. Je mords ma lèvre pour refouler mon désir. Je dois la nourrir avant. J'enfile un jean pour descendre nous prendre à grignoter. À mi-chemin, j'entends des voix. Trop de voix. Je ne suis pas prêt à croiser autant de monde. J'imagine déjà leurs questions et leurs blagues : « Path le Tombeur ? Toi ? Tu as dormi près d'elle sans rien faire ? Tu es malade, frère ? »

Je secoue la tête pour chasser ces idées. Ce qui m'arrive est juste terrifiant, mais je ne veux pas y penser ainsi. Je vais en profiter. D'Eden. De son corps.

Je remonte dans ma chambre. Entendant l'eau de la douche, j'enlève en vitesse mon pantalon. Avant que je puisse mettre en action mon plan diabolique, le bruit dans la salle de bains s'arrête. Je soupire et, quand je me rapproche de la porte, un joli petit son étrange parvient à mes oreilles. Je ne peux m'empêcher de sourire : c'est la voix enjouée d'Eden. Elle chantonne. J'ouvre doucement la porte, et l'aperçois se dandiner devant le miroir, complètement nue.

Bordel !

Une nouvelle érection me prend en force. Je me dirige rapidement vers elle. Quand elle me voit, elle me sourit. Je pose mes mains contre ses hanches et presse mon sexe dur contre ses fesses. Elle courbe le dos et appuie sa tête contre mon épaule. Ses iris me fixent dans la glace. La vision de son corps cambré vers moi dans le miroir est des plus sexy.

– C'est fou l'effet que tu me fais, bébé.

– Je vois ça…

Ma paume glisse contre son ventre et je saisis un de ses magnifiques seins entre mes doigts. Il est lourd, tendu et chaud contre ma main.

– Tu es si belle, bordel !

Je pince son téton et le plaisir remplit subitement ses yeux. J'embrasse son cou et sa respiration s'accélère.

– Putain, Eden ! Je te désire encore ! Je veux m'enfouir en toi… Te sentir autour de moi et jouir sur ton joli petit cul.

Elle gémit. Ces mots crus ne semblent pas l'effrayer, au contraire ! Sans attendre, je l'entraîne avec moi vers le lit. Mais elle s'arrête. Je m'apprête à me retourner quand je sens sa main libre caresser mon échine. Ses petits doigts fins tracent le contour des tatouages qui recouvrent mon dos. Une Harley, deux roses et trois mots : « *In perpetuum gratus.* » Sa voix est remplie de notes sensuelles lorsqu'elle parle de nouveau.

– Mon latin est un peu rouillé.

– « À jamais reconnaissant. » La moto représente Connor, la vie qu'il m'a offerte et que j'adore. Les roses, c'est Maggs et Dee.

– Oh, c'est… tellement beau.

Elle embrasse le haut de mon dos et je frissonne. Je me dirige vers la table de nuit et je sors une nouvelle capote que j'enfile rapidement. Je m'assieds sur le matelas et la guide sur mes cuisses.

– Chevauche-moi, bébé !

Elle rougit, mais glisse une jambe de chaque côté de mes hanches et prend mon membre entre ses doigts. Lentement, elle descend contre moi. La vision de mon érection qui plonge en elle est presque suffisante à me faire jouir. Presque. Arrivée au bout, elle gémit de nouveau. Elle prend appui contre mes abdos et se met à bouger de haut en bas dans une véritable torture. La tension monte entre nous. Son ventre plat se contracte devant mes yeux et ses seins parfaits dansent au rythme de ses coups de bassin. Elle emplit ma vision et je m'en repais. Je pose mes mains sur ses hanches la guidant et l'aidant à garder le rythme. Sa peau est si douce que l'on dirait du satin, luisant d'une fine couche de sueur.

Je la serre contre moi. Elle bouge de façon incroyablement sensuelle. Je l'embrasse, ses bras entourent mon cou et ses doigts se perdent dans mes cheveux. D'un mouvement brusque, je me lève et la coince entre le mur et moi. Ses jambes encerclent mes hanches tandis que je la martèle. Elle gémit mon nom et je la sens jouir contre moi. Je m'enfouis en elle et mon orgasme est encore plus puissant. Comme si c'était possible. Mes genoux tremblent pendant que ma semence remplit le préservatif et que ma vision se brouille. Je nous fais tomber sur le lit. Elle rit alors que je me retire lentement. Je jette la capote et l'embrasse.

– Je suis désolé… Je devais y aller doucement…

– J'aime bien ton « doucement ».

Je l'embrasse à nouveau avant de me lever. Je lui tends la main.

– Viens, on se douche en vitesse puis je t'emmène déjeuner… Y a trop de monde ici.

Elle mordille sa lèvre.

– Je te promets qu'on va juste se laver. J'ai déjà assez abusé de toi !

Elle éclate de rire à cette drôle de promesse. Et cette fois-ci, je tiens parole… Enfin presque. On se nettoie, mais j'en profite pour l'embrasser à toutes les occasions et pour laisser mes mains déposer des caresses légères un peu partout sur son corps parfait. Et je suis ravi qu'elle réponde à chacun de mes baisers avec enthousiasme. J'ai l'impression d'être un drogué en manque et Eden n'est pas en reste.

Je ne sais pas par quel miracle, mais nous réussissons à sortir du club sans croiser âme qui vive. Je nous dirige vers ma moto et lui tends un casque. Ses yeux s'agrandissent tandis qu'elle n'ose toucher le casque.

– Que se passe-t-il?

– Je n'ai jamais... euh... Tu n'as pas une voiture?

Je souris, me mordant l'intérieur de la joue pour m'empêcher de rire quand je réalise qu'Eden a peur de monter sur ma bécane, mais n'a pas bronché lors de notre première rencontre.

– Ne t'en fais pas, Bambi. Elle ne va pas te manger.

– Je... Je ne suis pas sûre...

– Je te garantis que tu vas adorer. Fais-moi confiance.

Avec hésitation, elle saisit le casque et le pose sur sa tête en tremblant légèrement. J'enfourche ma Harley. Elle prend place derrière moi. Ses petits seins qui se pressent contre mon dos et ses petits bras qui encerclent ma taille fermement... Je pourrais facilement m'habituer à cette sensation. Je démarre et engage ma bécane sur la route.

11

Eden

Honnêtement, je ne sais pas ce qui m'a pris quand je l'ai laissé m'embrasser hier, c'était peut-être l'alcool, mais ce matin? En fait, j'ai un doute… Un énorme doute. Cet homme est tout simplement un bâton de dynamite lancé contre les murs de mon cœur. Il a su réveiller en moi cette flamme que la mort de mon mari avait éteinte. Aucun mec ne m'a fait vibrer à ce point de désir, même Kyle, paix à son âme.

Assise derrière Path sur sa moto, je resserre mes bras autour de son torse ferme. Son odeur unique mélangée à celle du cuir de son blouson me donne le vertige. Le moteur vrombissant m'effraie, mais la présence de Path suffit pour que je me sente en sécurité. Une de ses mains lâche le guidon pour venir effleurer mes doigts joints devant lui. Une simple caresse qui ébranle tout en moi et propage un frisson délicieux jusqu'à mon entrejambe. Le souvenir des trois extraordinaires orgasmes qu'il m'a offerts me revient. Mon sang se réchauffe et mon clitoris pulse soudainement.

Je refoule un soupir de plaisir en mordant ma lèvre. Je sens le torse de Path vibrer alors qu'un grognement à peine contenu s'échappe de sa large poitrine. Je crois que j'ai sans doute mal retenu mon gémissement.

Il arrête sa moto devant un petit restaurant. Il enlève son casque pendant que je descends, les jambes tremblantes. Je lui tends le mien et il l'attrape en même temps que mon poignet. Il m'attire brusquement contre lui. Nos corps sont joints du nombril aux épaules. Il dépose rapidement le casque sur le siège de la bécane avant de plaquer sa main derrière ma nuque. Ses yeux trouvent les miens et je me noie dans cette teinte unique de brun.

– Tu as aimé le voyage, Bambi?

– Une vraie torture!

Il me sourit langoureusement avant de coller ses hanches contre moi. Je sens son excitation qui presse contre moi. Mon bassin s'enflamme et je dois mordre ma lèvre pour ne pas jouir sur place. Je ne suis pas la seule à avoir apprécié la balade!

– Eh, merde, Eden, ne fais pas ça!

Je n'ai pas le temps de lui demander ce qu'il veut dire que sa bouche s'empare de la mienne, possessive et brutale, il aspire mes gémissements. Mon cœur s'accélère et mes mains trouvent ses cheveux, que je tire pour l'approcher de moi. Je me sens sauvage, en feu, et j'en désire plus. Il rompt le baiser en grognant lourdement.

– Allons manger… Mais le dessert sera servi en privé!

Je dois rougir de la racine des cheveux jusqu'aux orteils, mais je le suis comme s'il n'en était rien. Lorsqu'on entre dans le restaurant, je remarque qu'il est presque vide. Une petite famille déjeune dans un coin et un couple de personnes âgées mange en silence non loin de la porte. Path nous emmène vers une table entre les deux et nous nous asseyons face à face. Une serveuse d'un certain âge vient prendre notre commande, avant de nous laisser en tête-à-tête. Le regard de Path est plus sombre et soudain ses lèvres se pincent en une ligne dure. Je fronce les sourcils.

– Tout va bien ?

– Oui. Ne t'en fais pas, répond-il d'un ton ferme.

Je vois bien que quelque chose le travaille, mais je n'insiste pas. Il m'en parlera s'il en a envie. Il ne me doit rien et je respecte ça. Il tend le bras sur la table et ses doigts glissent contre mon poignet. Je frissonne à son toucher et ma peau se hérisse de plaisir. Il sourit langoureusement.

– Tu es si réceptive, Eden…

Je ne sais que répondre à son affirmation, alors je concentre mon attention sur ses avant-bras puissants. Les muscles dessinés se contractent au rythme de mes caresses. Une envie folle de les lécher me surprend. Depuis la veille, je ne me reconnais plus. Je vais devoir faire le tri dans ce nouveau moi sous peu. Nos assiettes arrivent et, sans un mot, nous dégustons notre déjeuner. Le silence entre nous est loin d'être lourd, mais il est rempli de luxure à peine contenue. Je remarque qu'il a terminé son repas et qu'il sirote son café, le regard perdu dans le liquide noir. Prise d'un accès soudain de folie, je retire subtilement ma bottine et glisse la pointe de mes orteils contre son mollet. Immédiatement, ses yeux trouvent mon visage. Je remonte mon pied lentement contre ses cuisses avant d'appuyer ma plante de pied contre son entrejambe. Je souris d'un air polisson en mordillant ma lèvre. Il avale une gorgée de son café pendant que sa large paume attrape ma cheville. Il hausse un sourcil alors qu'il presse mes doigts de pied contre sa puissante érection. Son pouce trace des sillons de volupté contre ma peau. Il dépose sa tasse et fait un signe de la main à l'intention de la serveuse. Il règle l'addition tandis que je remets le plus discrètement possible ma botte. Sans un mot, il se lève et nous sortons rapidement du restaurant. Path me tend le casque que je saisis, sans hésiter cette fois. Je me glisse derrière lui sur la moto. Il se retourne à demi vers moi.

– Tu m'indiques la route, que je te ramène chez toi ?

– Oui, sans problème. Ce n'est pas loin du bureau, dis-je, un peu déçue qu'il veuille si vite mettre fin à ce début de journée à deux.

Il hoche la tête et dirige sa bécane vers Jersey. Arrivé près du bureau, je lui montre le chemin. Il se gare à côté de ma voiture. Je glisse lentement du siège et lui remets le casque. Il regarde un instant le bâtiment devant nous.

– Tu... Tu veux entrer ? demandé-je, soudain intimidée.

Il se retourne vers moi et je le vois s'assombrir comme au restaurant. Mais il reprend rapidement contenance et hoche la tête, descendant de la moto. J'ignore si je fais bien de lui demander cela. Son attitude est étrange. Pourtant, je suis heureuse qu'il accepte. Je n'ai pas envie que ce merveilleux intermède se termine immédiatement. Je n'arrive pas à décrypter ce qu'il ressent. Est-ce que j'aurais dû attendre avant de l'inviter chez moi ? Est-ce qu'après cette nuit, il est déjà lassé de moi ?

Perdue dans ses pensées noires, je le guide à l'intérieur de l'immeuble. Ce n'est pas très grand, nous sommes que six locataires, mais c'est propre et bien entretenu. Je le précède au rez-de-chaussée et déverrouille ma porte. Il entre dans mon logement et une vague de panique me surprend. Aucun homme n'a mis les pieds chez moi depuis Kyle… Pas même Jeff. Pourtant, le spectacle de Path qui s'avance dans mon salon en observant autour de lui ne m'a pas l'air pas déplacé. Cela me semble naturel.

Path se retourne et me sourit. Enfin ! Il est redevenu le Path que je connais. Nous nous regardons longuement et la tension entre nous atteint des sommets. Mes tétons sont durs et douloureux. Mon entrejambe pulse rapidement et mon souffle s'accélère. J'ai l'impression que nous sommes maintenus en place par un mince fil bandé. Sa langue passe sur sa lèvre inférieure et le fil casse. Oubliant tout de mes peurs, je me jette contre son torse. Ses mains capturent ma nuque et nos bouches se trouvent. Ce baiser dépasse les autres en puissance et en sensualité – comme si cela était possible ! Pourtant c'est la sensation que j'ai. Mes doigts s'aventurent sous son T-shirt, caressant sa peau brûlante. Il gronde contre moi alors que ses abdos se contractent sous mon toucher. Il brise le contact le temps de retirer son T-shirt puis il s'empare de nouveau de ma bouche. C'est à mon tour de gémir tandis que sa paume ferme glisse sous mes fesses pour me soulever contre lui. Ses baisers descendent le long de ma mâchoire sur la peau tendre de mon cou jusqu'à ce petit creux aphrodisiaque de ma clavicule.

– Ta chambre ?

– Au fond… porte… de droite !

Il s'y dirige rapidement. Il nous bascule sur mon lit, son corps m'écrasant contre le matelas. Mes doigts trouvent ses mamelons que je frôle lentement. Il ronronne de plaisir avant d'effleurer de sa langue l'épiderme sensible sous mon oreille. Mes jambes encerclent ses hanches, pressant mon bassin contre le sien. Comme ce matin, les gestes me viennent naturellement et j'oublie tout. Sa puissante érection s'appuie contre mon clitoris et je suis à un cheveu de jouir. Sa large main glisse sous mon haut, caressant ma peau jusqu'à ma poitrine. Il empoigne mon sein encore prisonnier de mon soutien-gorge. Je crie alors que ses doigts chauds pincent mon téton tendu. Mon corps s'arque sous lui.

– Oh, oui ! Bébé… Crie pour moi.

Il se redresse un moment et rapidement il me débarrasse de mes vêtements. En moins de temps qu'il ne faut pour le dire, je suis nue sur mon édredon, offerte à son regard avide. Sous ce regard, je me sens belle. Il se couche contre moi et sa main recouvre instantanément mon sein. Sa bouche s'empare de l'autre mamelon et il le mordille douloureusement avant de le lécher puis de le sucer durement. Je geins en me tortillant sous lui. Il se redresse et caresse ma lèvre du pouce.

– J'aimerais sentir tes adorables lèvres sur moi. Me perdre dans ta jolie bouche…

J'ai envie moi aussi de le goûter. Il se relève et enlève son jean. Son incroyable érection pointe vers moi et je passe ma langue sur mes lèvres, impatiente. Il est épais et beau, son gland suinte du liquide qui précède l'éjaculation.

Il glisse la main sur son membre dur étalant son jus de façon si sexy que je pourrais jouir juste en le regardant. Il presse la base de son pénis en me dévisageant.

– Tu veux me goûter?

– Oui, oh que oui, Path.

Il s'étend à côté de moi. Ses larges paumes me soulèvent pour me placer au-dessus de lui, en sens contraire. Je me retrouve face à la plus belle et la plus désirable des érections. Je fais voyager mes doigts contre lui, il soupire de plaisir. La vibration du son se répercute contre mon ventre. J'embrasse sa hanche et je suis récompensée par un soubresaut de son bassin. Je laisse ma langue glisser contre la soie de son aine. Je trace un lent chemin jusqu'à la base de son puissant membre dressé. Puis je me relève doucement. J'admire son gland un instant avant de lécher le bout de son pénis, et son goût âcre et typiquement masculin me submerge. J'ai toujours adoré faire des fellations à Kyle et, sans me vanter, je suis vraiment bonne dans cet art. Je n'éprouve à présent plus cette tristesse dévorante en pensant à lui. Je souris et regarde mon amant, si différent de Kyle. Mon désir pour lui est écrasant. Je suis affamée et n'attends pas plus longtemps. Je glisse son gland contre ma langue. Je tourne autour et me délecte de lui. Une douce pression contre mon clitoris me fait avaler son membre un peu plus profondément. La langue de Path suçote mon bourgeon, avide, et ses doigts caressent mes lèvres. Je m'applique à le dévorer. J'aspire plus fort sa verge et je suis récompensée par ses doigts qui me pénètrent. Je prends appui contre le matelas et remue contre lui. Il mordille ma boule de nerfs et un éclair de jouissance me parcourt. Je le sens sourire contre moi.

Ça se joue à deux, Path !

Je détends ma gorge lentement et prends de grandes respirations par le nez. À chaque va-et-vient, je l'enfonce plus profondément dans ma bouche, dans mon gosier. Il se raidit alors que son gland entre dans ma gorge.

– Merde, Eden !

Je le sens trembler sous moi. Le sentir perdre le contrôle est ma plus belle victoire. Voir cet homme si sûr de lui complètement soumis à ma volonté nourrit ma propre excitation. Ma main caresse ses lourdes bourses et je descends plus bas contre lui. Mes lèvres se posent contre son bassin. Je le sens vibrer contre moi alors que je le baise de ma bouche, de ma gorge, insatiable.

– Je vais… Merde !

J'accélère le mouvement et accentue la pression en creusant les joues. Je suis récompensée par un hurlement de jouissance.

Mon nom ! Il crie mon nom !

Je l'enfonce au fond et de longs jets chauds s'écoulent dans ma gorge. J'avale tout ce qu'il me donne. Je me régale de son essence. Lorsque son corps se détend, je le relâche et j'embrasse le creux de sa hanche.

– Putain ! C'était… Bébé, à ton tour !

Il reprend mon clitoris entre ses lèvres. Ses doigts se remettent à bouger en moi. Je les sens se courber contre ma chair. Mais il les retire avant de les glisser contre mon anus. Je me raidis et mon souffle se bloque.

– Chut ! Bébé, laisse-moi faire… Relaxe-toi !

Je tente de me détendre, mais je reste nerveuse. Je n'ai jamais fait cela. Il tourne son index contre mon antre interdit, mais je l'oublie alors qu'il mordille de nouveau mon bourgeon. Je me concentre sur les sensations incroyables qu'il me procure. Par je ne sais quel miracle, je réussis à me décontracter suffisamment et son doigt glisse en moi.

– Ouais bébé ! Pousse contre moi !

La pression est étrange, mais agréable. Je n'aurais jamais cru que j'aimerais qu'un homme s'infiltre en moi ainsi, pourtant c'est le cas. La langue de Path sur mon clitoris me fait valser sur des vagues de volupté de plus en plus profonde. Ma respiration s'accélère et Path suçote plus fortement mon bourgeon. Sa langue glisse en moi. Ses doigts s'activent lentement, et je sens que mon corps s'ouvre toujours plus à ses caresses. Je me redresse légèrement sur mes mains. Il retire son index de mes fesses tandis que son autre main s'insinue entre nous. Ses doigts remplacent sa langue et il mordille gentiment mon clitoris. Ses doigts se courbent et touchent un point particulièrement sensible en moi. Je me retrouve alors, à la lisière de l'orgasme. Path s'en rend compte et il accélère ses mouvements. Ses doigts me fouillent et ma respiration se fait superficielle.

– Pour moi, Eden !

Trois mots… C'est tout ce dont j'ai besoin. Je jouis comme je n'ai jamais joui ! Des étoiles se forment dans ma vision, mon corps se tend et tremble. Je sens ma chatte devenir très mouillée et des pulsations nouvelles me secouent. J'entends des bruits étranges, mais je suis trop loin. Je m'effondre contre Path, complètement vidée. Lorsque je reprends pied dans la réalité, je suis étendue sur mon matelas, dans les bras de Path, qui me caresse les cheveux.

– Que s'est-il passé ?

– Tu as joui, ma belle…

– Ce n'était pas comme d'habitude… c'était… plus !

Il rigole contre moi, et mon corps tremble sous la vibration de son rire. Je le dévisage perplexe.

– Tu as inondé ton lit, ma chérie. J'ignorais que tu étais une femme-fontaine !

– Euh… moi aussi, avoué-je, mal à l'aise.

Je me souviens alors qu'il était sous moi… Je suis tellement embarrassée que je rentre les épaules et je me sens rougir violemment. Il prend mon menton entre ses doigts et me force à le regarder.

– Ne sois pas gênée, Bambi ! J'ai adoré !

– Mais j'ai…

– J'ai joui dans ta bouche et toi dans la mienne… Tout était juste parfait.

Il m'embrasse, coupant court à ma timidité et à mes hésitations. Qu'un mec comme lui, qui fait tomber toutes les filles sous son charme, me dise ces mots, cela me flatte et je me sens… heureuse. Lorsque Path rompt le baiser, il promène sa main dans ses cheveux, signe de frustration que j'ai appris à reconnaître.

– Je dois retourner au club, soupire-t-il. J'ai des affaires à régler aujourd'hui. J'aurais préféré rester avec toi, mais je n'ai pas le choix.

Je refoule ma déception. Moi aussi j'aurais aimé passer

la journée avec lui. Je comprends cependant qu'il ait du travail à faire au club. Je me demande quel genre d'affaires il peut avoir à régler. J'espère juste que ses problèmes ne riment pas avec femme. Je me force à sourire avant de lui répondre. Après tout, il ne m'a rien promis et n'a mis aucune étiquette sur ce qui se passe entre nous.

– On se voit lundi, lui dis-je simplement. On finira l'installation extérieure sur le toit avec les émetteurs sans fils.

Il me regarde un long moment, puis il hoche la tête. Il pose ses lèvres sur mon front, puis d'un mouvement souple, il saute du lit pour s'habiller. J'enfile un peignoir et le suis jusqu'à la porte. Il m'embrasse une dernière fois, rapidement, avant de partir. Avec un soupir, je me dirige dans la salle de bains. Je décide que j'ai besoin d'une troisième longue douche chaude et je me lave lentement, profitant de ses instants de bonheur pour comprendre ce qui m'arrive.

Alors que je prends ma bouteille de shampoing, la réalité me percute de plein fouet. J'ai cessé de vivre quand Kyle m'a quittée. J'ai répété les mêmes routines, les mêmes habitudes, comme un robot. Je me suis laissée glisser dans un état second, arpentant le quotidien sans but, sans regarder autour de moi. Path m'a sortie de cette léthargie, et ce, sans le savoir. Je n'étais pas allée dans un bar depuis le décès de Kyle et je ne m'étais jamais autant amusée que depuis que j'ai rencontré Path. Sans en être conscient, il m'a redonné goût à la vie, il m'a ramené cette envie d'exister… Je comprends maintenant ce que mes parents essayaient de me dire, en vain. Je suis vivante et je dois faire plus que survivre. Grâce à ce motard, tout de cuir vêtu et tout en muscle, j'ai enfin percuté!

Mes doigts tremblent et la bouteille m'échappe des mains pour tomber lourdement au sol. Mon souffle s'accélère alors que mes iris s'agrandissent de stupeur. C'est exactement comme si l'on m'enlevait un bandeau posé sur mes yeux, ma vie s'éclaire soudainement. Dans ma tête, un monde différent se dessine. Je m'imagine considérer des avenues variées, m'ouvrir à d'autres horizons. Je regarde mes mains, j'ai l'impression d'être une nouvelle femme, une femme épanouie, une femme… vivante. Je souris et je me dis que mon existence vient de prendre un tournant important. Pour la première fois depuis Kyle, je m'offre une chance d'être heureuse. Je n'oublierai jamais mon mari, mais il est temps que je cherche le bonheur.

Je ramasse ma bouteille de shampoing et finis de me laver en chantant sous le jet d'eau, chose que je n'avais pas faite depuis des années. Soudain, je me fige, j'ai cru entendre un bruit. Je reste un instant à écouter. Peut-être que Path a oublié quelque chose? Mais aucun carillon de sonnette ne retentit. Ça doit encore être le voisin du dessus. Je me remets à chantonner puis je me sèche presque en dansant. J'enfile des vêtements confortables et me dirige vers ma petite pièce aménagée pour le travail, afin d'avancer certains dossiers. En me glissant sur ma chaise, mes yeux se posent sur la pile de documents au coin du bureau. Je me relève vivement en tremblant. Je regarde partout autour de moi, soudainement prise de panique. Quelqu'un a fouillé dans mes dossiers, j'en suis sûre!

12

Path

Mes yeux parcourent le document devant moi, pourtant je ne lis rien. Mon esprit est prisonnier d'un regard bleu ciel en pleine jouissance. L'image de son corps rougi, tendu avant la délivrance, flotte dans ma caboche, m'empêchant de vraiment me fixer sur la tâche à faire.

Merde!

– Tout est OK, Path?

Je lève la tête vers l'homme face à moi. J'essaie de chasser mes idées concupiscentes pour me concentrer de nouveau sur le papier devant moi. Un stylo roule sur le bureau et je revois ses lèvres roses en mordiller le bout.

Je n'y arriverai pas!

– Ouais, je ne vois rien de nouveau. C'est déjà nos lignes de conduite.

Rover hoche la tête. Je signe le document et je me dépêche de m'en faire une copie. Je lui donne l'original et classe le double dans le dossier pour la prochaine messe, soit notre prochaine rencontre privée entre frères du club.

Les femmes et les recrues n'ont pas accès à la salle fermée que l'on utilise pour nos messes. Seuls les membres en règle, nomades ou officiels du chapitre, peuvent y assister. C'est dans nos messes que nous votons nos règles, choisissions nos recrues et nos nouveaux membres, et décidons de tout ce qui a trait au club. J'y ferai la lecture du document sur nos lignes de conduite juste pour m'assurer que tous les frères sont au diapason. Rover range le papier dans sa valise de travail avant de se relever. Il me tend sa main que je serre avec plaisir.

– On se voit bientôt. Je vais revenir de temps en temps pour faire la liaison entre les clubs.

– Super ! Tu seras toujours le bienvenu ici.

Avec un hochement de tête, il sort du bureau. Je regarde la pile de factures à trier. Je réalise que je suis vraiment à la bourre sur mon travail. Moi qui suis habituellement à jour dans mes dossiers ! Je soupire, passant la main dans mes cheveux. Je me tourne vers mon ordi et commence le classement. Les chiffres accaparent rapidement mon esprit. Après un certain temps, je suis satisfait du travail accompli. Je me lève et me rends à la salle de sport. Une fois en short, je me dirige vers le sac de frappe. Je me permets enfin d'évacuer la pression.

J'ai fait une putain de belle connerie.

Je fais craquer mon cou et me mets à sautiller sur place. Avec précision, mes poings s'enfoncent dans le cuir, libérant ma frustration. Perdu dans mon défoulement, je n'entends pas Hush entrer dans la pièce. La sueur recouvre ma peau et mes muscles sont douloureux et en feu, mais je continue.

– T'es déchaîné aujourd'hui, Path !

Je sursaute et attrape le sac au rebond. Je m'y agrippe, prenant une grande inspiration pour calmer mon rythme cardiaque qui est trop rapide après m'être autant donné. Je le dévisage un instant et il en fait de même.

– Tu veux en parler ?

– Il n'y a pas grand-chose à dire…

Je détache les gants protecteurs et les jette non loin, dans un geste lent. Je glisse mes doigts dans mes cheveux complètement trempés par la sueur. Hush ne dit rien, mais demeure à mes côtés. Je me dirige vers le banc et m'y laisse tomber. Sans le regarder, je perçois qu'il m'a suivi. Hush n'a pas reçu ce surnom pour le plaisir. *Hush*… « silence »… c'est l'homme le plus discret que je connais. Je n'ai jamais eu peur de me confier à lui, car je sais que tout resterait entre nous.

– J'ai… Merde, par où commencer ?

Il ne me pousse pas. Je fais le tri dans mes idées. Il reste à côté de moi, muet. Mes coudes enfoncés dans mes genoux, je fixe le mur en face de nous.

– J'ai fait une gaffe. J'ai couché avec Eden.

Je lève un sourcil en le dévisageant. Il ne semble pas surpris. Son regard m'encourage à continuer. Je soupire avant de reprendre en croisant mes doigts devant moi. La tête basse, je contemple le sol.

– J'ignore ce qui s'est passé, mais j'ai… Je lui ai raconté des choses sur moi que très peu de gens savent. Je… Je n'aurais pas dû… Elle et moi, c'est une erreur. Et maintenant, quand je la regarde j'aperçois dans ses yeux une lueur que je ne veux pas voir.

– Tu penses qu'elle serait peut-être amoureuse?

– Je crois. Elle n'a rien dit de tel, mais…

J'avale difficilement. Son regard au restaurant… Ses yeux si expressifs devant chez elle. Est-ce qu'elle a conscience que je peux lire en elle comme dans un livre?

– Et toi?

Je relève les yeux vers lui. Il a un air soucieux.

– Moi? Tu sais bien que je suis incapable d'aimer, Hush… Je baise, je n'aime pas.

– Je peux être honnête, en tant qu'ami?

– Ouais.

– Je crois que tu te refuses le droit d'aimer, et non que tu en es incapable. Tu aimes la facilité du sexe sans attache.

Je ne m'attendais pas à ça… Une vague de colère mal placée me surprend. Je le foudroie des pupilles. Je ne suis pas ainsi. Je suis incapable d'aimer. Ceux que j'aime me font du mal et s'en vont. Ma mère, mon père… Sans se soucier de mon regard, il continue.

– Elle a ébranlé tes repères. Elle a réussi à s'infiltrer sous ta carapace protectrice. Elle t'a offert du sexe rempli de sentiment, et pour la première fois, tu as accepté cet amour. Maintenant, tu refuses de voir qu'elle peut t'aimer, car tu ne veux pas te blesser… J'ai tort?

Je le regarde en silence un moment. A-t-il raison? Ses mots sonnent faux, et pourtant beaucoup trop vrais. Suis-je capable d'aimer? Tout s'embrouille en moi.

– Je ne sais pas, Hush…

– J'ai été dans cette situation, il n'y a pas si longtemps. Et c'est toi qui m'as aidé à voir clair dans les sentiments que j'éprouvais pour Lily. J'étais autant dans le noir que toi en ce moment. Si je me souviens bien, nous avons eu sensiblement la même conversation.

Sa large paume se dépose sur mon épaule qu'il serre d'une poigne réconfortante. Je soupire en passant ma main dans mes cheveux à nouveau. Je le regarde, complètement perdu.

– Merde ! Qu'est-ce qui m'arrive ?

– Le seul conseil que je peux te donner, mon frère, c'est de prendre ton temps. Prends le temps d'analyser ce qu'il y a là-dedans.

Il tapote mon front en souriant.

– Et ne fais rien de stupide, comme la repousser, avant d'avoir compris exactement ce qui se passe. Parce que ça… dit-il en pointant son doigt sur ma poitrine, c'est facile à briser. Et ça fait un mal de chien, je te dis ça en connaissance de cause.

Je soupire de nouveau. Je le dévisage un instant et je réalise qu'il y a une part de vrai dans ce qu'il m'a balancé. Je dois faire le point sur ce qui se passe exactement, avant de décider de ce que je fais. Je me relève et attrape Hush par les épaules dans une accolade peu virile.

– Merci, mon frère.

– De rien, je te renvoie juste l'ascenseur. Tu m'as fait comprendre ce que Lily représentait pour moi. J'espère que tu réaliseras ce qu'Eden est pour toi.

Il me tapote l'épaule et disparaît dans le vestiaire. Je me rassieds sur le banc, laissant les images d'elle remplir ma tête et se mélanger avec les paroles de Hush. Je dois découvrir ce qui se passe en moi, ce que je ressens vraiment, avant lundi. Je finis par me relever pour sauter dans la douche. Une fois lavé et rafraîchi, je me dirige vers ma moto. J'ai besoin de m'aérer les méninges. Je roule longtemps, sans but précis. Quand je rentre finalement au club, il fait noir dehors et ce n'est pas plus clair dans ma tête. Je me joins à Maggs et Dee pour grignoter avant de me sauver dans ma chambre.

Étendu sur mon lit, je décide de prendre mon questionnement à l'envers. Au lieu de me demander comment me sortir de cette situation et comment avancer sans tout bousiller, je me pose la question suivante : puis-je vivre ma vie et ne plus la voir ? Suis-je capable de simplement couper les ponts avec elle ?

Non !

Je ne suis pas amoureux d'elle, mais je l'apprécie. C'est une amie, même une très bonne, et sans doute le meilleur plan cul que j'ai jamais eu. Je me dois d'être honnête avec elle. Si je précise les choses avec elle immédiatement, elle ne se fera pas de fausses idées, et notre amitié sera sauve. Je souris. J'ai enfin résolu mon problème. Maintenant, je dois agir en gentleman d'ici à ce que tout soit clair entre nous.

Je passe la journée du dimanche au club à jouer au billard avec Kill et Mace. Vers l'heure du dîner, je retrouve Hush chez lui pour l'aider à peindre la future chambre du bébé. Ne sachant pas le sexe du rejeton, Hush a opté pour des couleurs neutres. On profite de l'absence de Lily pour monter le berceau et préparer la pièce. Lorsqu'elle revient avec Dee de sa séance de shopping et qu'elle découvre la surprise, elle éclate en sanglots. Après une longue étreinte avec Hush, elle me serre à mon tour dans ses bras. Ces magnifiques yeux caramel me scrutent.

– Toi, ça va ?

– Oui ! J'ai mis les choses en perspective grâce à ton homme !

– Bien ! J'en suis heureuse.

J'embrasse ses cheveux avant qu'elle ne retrouve les bras de Hush. Avec un sourire, je retourne au club ; demain, Eden revient et je dois être prêt à l'affronter.

13

Eden

Je me regarde dans le miroir et réprime un gémissement de dégoût. Les cernes sous mes yeux seront difficiles à cacher.

J'ai l'air d'un raton laveur!

J'ai passé le pire week-end de ma vie depuis le décès de Kyle. Après la découverte de l'intrusion chez moi, j'ai rapidement vu que la fenêtre du salon était brisée. Pourtant, rien ne semble avoir disparu. Ce qui m'a laissée perplexe. Dans la panique, j'ai d'abord cru que c'était Path le responsable, mais ça n'avait pas de sens! Il aurait pu attendre que je sois dans la douche et fouiller mon appart en toute tranquillité s'il l'avait voulu. Mais non, il est parti très vite de chez moi. Alors, qui, et pourquoi?

Incapable de trouver une réponse à mes questions, j'ai porté plainte. Mais j'ai été à cran toute la journée de samedi, sursautant au plus petit bruit. Et bien entendu, je me suis offert une belle insomnie.

Comme un malheur n'arrive jamais seul, j'ai été réveillée par Jeff dimanche matin. On était entré par effraction chez lui ainsi que dans les bureaux de Taylor Sécurité. Sans prendre la peine de me changer, j'ai rejoint Jeff pour constater l'étendue des dégâts. Un méchant bordel ! Les vandales ont vidé tous les classeurs, les dossiers étaient éparpillés dans toutes les pièces. J'ai appelé Brittany et elle est venue nous aider à ranger jusqu'à tard hier soir. Il nous reste encore énormément de classement à faire aujourd'hui. Pour l'instant, nous n'avons pas relevé de documents manquants ni rien d'étrange. La coïncidence avec l'effraction de mon appartement et de celui de Jeff est vraiment perturbante, mais tout ça n'a aucun sens !

Avant de partir au boulot ce matin, je sors mon téléphone de ma poche et compose le numéro de Path. Il décroche après deux sonneries.

– Salut, Eden !

– Salut, Path. Je ne viendrai pas aujourd'hui. Je dois aller au bureau. Mais je serai là demain.

– Pas de problème, à demain !

Je n'ai pas le temps de lui répondre qu'il a déjà coupé la communication. Je regarde mon appareil avec surprise. Est-il fâché ? Que se passe-t-il ?

Oh, et puis merde !

J'ai suffisamment de tracas avec ces intrusions. Ses hormones sont le cadet de mes soucis actuellement. J'enfile ma veste et quitte mon logement en m'assurant que tout est bien verrouillé.

Une fois au bureau, je me lance dans le classement. Je suis tellement concentrée que je ne remarque pas que Jeff arrive avec une large boîte en carton blanc en main.

– Tu peux arrêter cinq minutes pour manger un peu.

– Il est quelle heure ? je lui demande.

– Presque quatre heures de l'après-midi.

– Je n'ai pas vu le temps passer, soufflé-je, épuisée.

Il rit doucement et ouvre la boîte dans laquelle je découvre avec plaisir un assortiment de sushis frais. Je m'assieds en tailleur au sol devant lui et il fait de même en déposant le repas entre nous. Je prends un *nigiri* aux crevettes et le savoure lentement.

– Ça avance. On a bientôt fini, me lance Jeff.

– Ouais. Ce soir, tout sera en ordre.

Il enfourne un *futo maki* et j'en fais autant. Je ne peux retenir le gémissement de plaisir qui s'échappe de ma gorge à l'instant où le mélange de saveurs inonde ma bouche. Celui qui a inventé les sushis est un génie !

– Eden, est-ce que tu as bien tous tes dossiers ? Je viens de réaliser que celui des Jamieson manque, m'avise-t-il, l'air stressé.

– Oh, mais c'est très étrange, non ? Le dossier des Jamieson n'est pas complet et puis ce sont des particuliers, ils n'ont pas grand-chose de valeur…

– Ouais, plutôt. J'ai contacté la police pour le leur signaler.

J'en demeure perplexe. Qui peut faire un tel saccage pour ce genre d'informations ? Ils ont quand même fracturé tous les tiroirs verrouillés de nos bureaux. La facture de réparation va être salée. Sans parler de notre réputation qui en prend un coup.

Nous mangeons le reste des sushis en silence. Une fois que nous sommes repus et que la boîte est vide, il se relève et va jeter les déchets.

– Et je viens de penser à un truc, s'arrête soudain Jeff. Le dossier du club d'Hedonas n'a pas disparu ? Ce sont de gros clients, et exigeants, il ne faudrait pas qu'on perde le contrat.

– Non, ne t'inquiète pas ! Je le garde en lieu sûr. Je sais ce que ça représente pour nous ! le rassuré-je immédiatement.

J'ai une petite pointe de culpabilité à l'idée des plans et de l'arrangement signé qui ne quittent jamais ma boîte à outils pas vraiment sécurisée, mais en tout cas actuellement en sûreté dans ma voiture.

– OK, je te fais confiance.

– Merci, Jeff.

Je me redresse et on reprend le travail. Un sourire satisfait s'invite sur mon visage alors que je remets en place le dernier dossier quelques heures plus tard. Tout est enfin classé, rangé et vérifié. J'étire mes muscles courbaturés et tourne mon regard vers l'accueil. Brittany est rentrée chez elle depuis un bout de temps et le soleil est allé se coucher. Ce que je devrais faire d'ailleurs. Je me rends au bureau de Jeff et le trouve endormi, le front posé sur une chemise en carton. Je secoue la tête en souriant, avant d'aller le réveiller doucement. Je traîne mon zombie d'ami hors du bureau que je verrouille après avoir enclenché le système d'alarme. Malgré nous, nous frissonnons, inquiets d'être seuls dans la nuit après tout ce qui nous est arrivé. Puisqu'il a laissé sa voiture à Jerry pour la journée, je le reconduis chez lui, puis je me dirige vers mon appartement. Je vérifie ma serrure avant d'entrer. Tout est en ordre. J'ai fait réparer la fenêtre dès samedi et j'ai changé le code de l'alarme par précaution. Je fais le tour du logement et rien ne semble avoir bougé. Je soupire, rassurée. Mes yeux tombent sur ma montre et je me rends compte qu'il est presque minuit. Je me déshabille en vitesse et me glisse dans mon lit. Cette fois, je suis si épuisée que le sommeil m'emporte rapidement.

Malheureusement, la nuit est courte et mon réveil me sort de mon repos trop tôt. Je grogne et je me retourne pour l'éteindre. Je regrette presque d'être de ces personnes allergiques au bouton *snooze*. Quand mon alarme sonne, je suis incapable de me rendormir. Je m'assieds en m'étirant. Je suis complètement fourbue de mon classement de la veille. Je me dirige difficilement vers ma salle de bains et saute dans la douche. Je laisse les jets brûlants masser mon dos meurtri, et détendre mes muscles endoloris. Une fois revigorée, j'enfile ma tenue de travail et me mets en chemin pour le club. Je pense à Path et à son corps si sexy, si ferme… Je me rappelle soudain son attitude étrange et sa froideur au téléphone. Je me demande si tout va bien. Dois-je lui parler de l'entrée par effraction chez moi et à mes bureaux? Du dossier manquant? Non. Je ne veux pas ébranler sa confiance. Son contrat et ses plans sont en sécurité. Rien ne sert de l'inquiéter. En route, je m'arrête pour prendre un grand café noir bien chaud. Lorsque je gare finalement ma voiture devant le club, mon gobelet est presque vide.

D'un pas leste, je me rends à l'arrière de la bâtisse pour cogner à la porte-fenêtre. Maggs m'ouvre avec un énorme sourire aux lèvres.

– Bonjour, Maggs !

– Bonjour, Eden ! Path est sorti, il ne devrait pas tarder.

– Pas de problème, je vais prendre quelques cartons et commencer sans lui, si cela ne vous dérange pas.

– Pas du tout. Fais comme chez toi.

Je lui souris puis me dirige vers le fond du salon. Nous avons entreposé l'équipement dans un coin le temps des rénovations. J'attrape les deux boîtes dont j'ai besoin et ressors pour emprunter l'échelle. Une fois sur le toit, je m'attelle à préparer le matériel pour pouvoir connecter les caméras extérieures aux émetteurs sans fil. Je relève la tête en entendant un grondement de moteur et j'aperçois Path entrer dans le parking sur son énorme moto. Il enlève son casque et me jette un regard rapide avant de disparaître à l'intérieur.

Je mords ma lèvre. J'ignore ce qui se passe, mais il finira bien par me le dire, non ? Je sais que les Dark Soldiers sont très secrets sur leurs activités. Il a peut-être un souci avec le club ? Je travaille un long moment en silence. Soudain, le bruit des bottes de quelqu'un qui grimpe à l'échelle me fait tourner la tête. Un sourire s'étend sur mon visage avant de s'effacer. Ce n'est pas Path, mais Kill.

– Salut, Bambi !

– Bonjour, Kill !

– Tu veux un coup de main ?

– Euh… bien sûr.

Je lui explique comment bien brancher les émetteurs. Je me retiens pour ne pas m'effondrer. Visiblement, Path m'évite, et ça me blesse plus que ça ne le devrait. Lorsque

Kill a tout saisi, nous travaillons chacun de notre côté, en silence. Je m'affaire machinalement, mon esprit repassant sans cesse ma dernière rencontre avec Path. J'ai beau chercher, je ne vois pas du tout ce qu'il a pu arriver pour qu'il m'ignore ainsi. Alors que je finis une installation de mon côté, je n'ai qu'une seule envie : partir le plus rapidement et le plus loin possible de cet endroit. Kill s'approche de moi lentement.

– Terminé, beauté.

– Super ! Demain, ce sera le tour des caméras intérieures.

– Parfait ! Je suis un pro maintenant, ça va aller comme sur des roulettes.

Il me sourit et je comprends que dorénavant je travaillerai avec lui. Je me force à lui rendre son sourire et il saisit mon désarroi.

– Ne t'en fais pas, Bambi. Laisse-lui un peu de temps.

– J'ignore ce que j'ai fait de mal…

– Tu n'as rien fait de mal.

Je sens les larmes picoter derrière mes paupières. Je ne peux pas pleurer devant lui. Je me tourne promptement vers l'échelle et redescends. Il me suit. Avant qu'il ait rejoint la terre ferme, je me dirige d'un pas décidé et rapide vers ma voiture, et, sans me retourner, je lui lance un bref « À demain. »

Le trajet pour me rendre chez moi et long et pénible. J'en oublierais même presque cette histoire de cambriolage. Je ne comprends pas pourquoi je suis si triste… Path ne m'a jamais rien promis. Malgré tout, j'ai l'impression d'avoir été trahie, d'avoir été utilisée tel un joli-cul. Je croyais sincèrement que j'étais plus qu'un plan sexe. Je croyais qu'à tout le moins nous étions amis. Je suppose que je suis surtout triste parce qu'il n'a pas eu le courage de me parler en face et qu'il a choisi la solution facile de m'éviter. Je ne suis pas du genre à faire une scène… Enfin, je ne l'ai jamais été.

Une fois dans le confort rassurant de mon appartement, je me jette sur mon congélateur, en tire un pot de glace et m'assieds dans mon salon. Je sors mon portable et appelle le seul numéro possible dans une telle situation.

– Allô, chérie ! me répond-on.

– Allô, Maman, ça va ?

– Que se passe-t-il, ma chérie ?

Ma mère me connaît trop. Même au téléphone elle sait quand je ne vais pas bien. Rien ne sert de tenter de lui cacher mes émotions, et c'est ce que j'aime d'elle.

– C'est compliqué. J'ai… J'ai décroché un gros contrat. Un super contrat.

– Bravo, ma chérie ! Mais cela ne me dit pas pourquoi tu es si triste.

– J'ai rencontré un homme sur ce contrat.

Le silence au bout de la ligne m'annonce que ma mère est surprise. J'entends le frottement d'une chaise contre le plancher et je devine qu'elle s'assied.

– Un homme… répète-t-elle, pour m'inciter à développer.

– Oui. Il est différent de Kyle.

– Kyle était Kyle. C'était ton premier amour. Les hommes sont tous différents, tu en sais quelque chose. Prends ton père et Dean, par exemple, on ne peut faire plus différents.

– En effet.

– Tu l'aimes ?

– Je… Je l'ignore, Maman. Je le trouve attirant, sexy… Mais je ne sais pas si je l'aime. Je suis bien quand je suis avec lui, mais…

Un instant de silence se fait sur la ligne. Ma mère attend que je poursuive, mais je ne sais pas quoi dire. Je suis perdue.

– Et lui ?

– Je pensais que c'était réciproque, avoué-je, les larmes au bord des yeux, une boule dans la gorge.

– Peut-être que tu devrais lui en parler, me conseille-t-elle de sa voix douce.

– Peut-être… Maman, pour la première fois depuis l'annonce du cancer de Kyle, je suis heureuse. Et j'ai peur que cela cesse.

– Tu ne peux pas vivre dans la peur, ma chérie. Tu dois embrasser la vie et la laisser t'embrasser en retour. Cela fait plus deux ans que tu t'interdis le bonheur. Kyle n'aurait pas voulu que tu t'empêches d'être heureuse. Il aimait ta joie de vivre, ta fougue et je suis sûre qu'il espère te voir heureuse de là où il est ; il veille sur toi.

– Peut-être… ouais… Tu as raison, comme toujours, lui dis-je tendrement. Je vais lui parler.

– C'est bien !… Tu vas nous le présenter ?

– Maman, je ne sais même pas si Path est sur la même longueur d'onde que moi !

– Path, alors…

Je grogne et le rire de ma mère résonne dans le combiné.

– Je vais y aller, Maman. Merci pour tes conseils !

– De rien, chérie. Dis bonjour à Path de notre part ! me taquine-t-elle.

Je ne relève pas.

– Je t'aime ! Embrasse Dean pour moi.

Avant de raccrocher, j'entends la voix de ténor de mon beau-père demander qui est Path. Je secoue la tête, amusée. Visiblement, ils ne vont pas me lâcher. Je m'étire en bâillant. J'ai le temps de faire une petite sieste avant dîner. Je me déshabille et me couche, épuisée.

Je sursaute quand mon alarme me réveille. En regardant l'heure, je comprends que j'ai dormi plus de quinze heures ! Finalement, j'avais beaucoup de sommeil à rattraper. Tandis que je me prépare, une résolution nouvelle s'impose en moi. Si monsieur le motard ne veut plus me parler, soit ! Je ne m'empêcherai pas d'être heureuse pour autant. La terre est remplie d'hommes, et il n'est pas le seul qui puisse me faire jouir !

Je souris encore de ma nouvelle idée quand je retrouve Kill à la porte du club. Je le dévore du regard un moment. Il est beau et bien bâti. Je suis sûre qu'il est une bête au lit. Je dois rougir, car ses iris qui me scrutent s'enflamment.

– Salut, Bambi !

– Bonjour, Kill. Prêt pour l'installation intérieure des émetteurs ?

– Je suis à tes ordres !

Il me guide vers les boîtes et je le mange des yeux. Je dois être honnête, ce n'est pas Path, mais puisque ce dernier a décidé de m'ignorer et que ma nouvelle résolution m'oblige à vivre pleinement, la vision de Kill reste très agréable. Il se retourne un instant et s'arrête à quelques pas de moi.

– Ne me regarde pas ainsi, poupée.

– Comme quoi ?

– Comme si tu voulais savoir quelle saveur j'ai ! Et tu sais aussi bien que moi que ce n'est pas la saveur que tu recherches.

– Oh !

Je le dévisage et rapidement nous éclatons de rire. Je comprends à ce moment que je ne pourrais jamais coucher avec lui. Je l'apprécie, mais il a un énorme problème : il n'est pas Path. Mes épaules s'affaissent quand je réalise à quel point je suis entichée de mon *biker*. Les yeux de Kill me quittent, puis l'instant suivant je me retrouve écrasée contre son torse dur. Ses larges bras me serrent et me maintiennent contre lui. Ses iris noirs me fixent intensément. Je suis si surprise que je n'ose pas bouger. Lorsqu'il s'adresse à moi, sa voix est forte et assurée.

– Mais je ne vais tout de même pas laisser une belle femme comme toi se languir dans un coin…

Avant que je puisse parler, ses lèvres chaudes se posent sur les miennes. Un frisson inconnu s'empare de moi. Il capture mon menton de sa main et incline ma tête pour approfondir le baiser alors que je ne réagis toujours pas, tétanisée. Sans comprendre ce qui se passe, je me sens brusquement projetée hors des bras de Kill. J'en perds l'équilibre tant le changement est soudain. Je lève les yeux pour découvrir le blouson de cuir de Path entre nous.

– Eden, tu ne bouges pas d'ici, m'ordonne-t-il avec violence.

Sa voix glaciale et sourde me terrifie. Mes pieds s'enfoncent dans le sol et mes muscles se tendent, prêts à me faire déguerpir au moindre geste de sa part. Il ne se retourne pas, fixant Kill. Ce dernier hoche la tête, avant de me jeter un regard pétillant.

– À plus, Eden...

Il fait volte-face et disparaît à toute vitesse dans l'escalier qui mène à l'étage inférieur. Indécis, Path se tourne vers moi lentement. Ses yeux bruns sont presque noirs de colère. Je comprends alors que Kill ne m'a embrassée que parce qu'il savait que Path était là, pour le faire réagir. Mais je ne suis pas certaine que ce soit une bonne idée.

– Reste ici, m'intime à nouveau Path durement. Je reviens dans quinze minutes.

Il se retourne et se dirige d'un pas brusque et rapide à la suite de Kill. Je fixe un moment avec horreur l'endroit où ils viennent de disparaître. Des taches noires dansent devant mes yeux alors que je réalise que je retiens mon souffle. Inspirant une longue goulée d'air, je me ressaisis. La peur s'insinue en moi. Je n'ai jamais vu tant de fureur se dégager de quelqu'un... Si, en fait, je l'ai déjà vu... Je refoule tant bien que mal un souvenir vivace qui s'éveille dans ma mémoire. Je secoue ma tête, tentant vainement de reprendre contenance. La peur me vrille l'estomac pour la première fois depuis que j'ai mis les pieds ici.

Ai-je vraiment envie de m'éterniser ici en attendant mon

tour pour passer un sale quart d'heure – car, visiblement c'est ce qui va m'arriver ? Je pensais connaître Path, mais je me suis peut-être trompée. Ai-je vraiment cru qu'il n'était pas comme ce que mes recherches m'ont appris ? Violent, dangereux ? Dans quoi me suis-je fourrée ? L'angoisse me tord les entrailles et j'ai de nouveau l'impression d'avoir 8 ans. Sans réfléchir une seconde de plus, je prends mes jambes à mon cou. Je dois mettre le plus de distance entre moi et le club.

L'instant suivant, je suis au volant de ma voiture en direction de mon logement. La peur qui coule dans mes veines m'incite à conduire plus rapidement qu'à mon habitude. À peine garée devant mon immeuble, je cours jusqu'à ma porte que je referme derrière moi. M'appuyant contre le mur, je m'aperçois que je tremble de la tête aux pieds. Le flot d'émotion des derniers jours prend le dessus et je craque. Je me laisse tomber au sol alors que les souvenirs douloureux affluent.

***

Je suis de nouveau cachée sous la table… Ma mère qui pleure… Mon père qui beugle… Ces paroles n'ont pas de sens pour mes jeunes oreilles… Le bruit de chairs qui se rencontrent… Ma mère qui s'effondre au sol… Ses larmes qui coulent… Sa lèvre qui saigne… BANG ! BANG ! BANG !… Mon père qui me hurle dessus… Ma mère qui s'interpose de nouveau… Une ecchymose de plus…

***

– Merde ! Eden !

***

Le salon baigné dans la lueur de la lune… La lampe cassée au sol… Les éclats de verre reflétant l'horreur… Le cercle grandissant de sang qui teinte le tapis… Ma mère qui pleure… Moi qui hurle… La pièce illuminée de variations synchronisées de couleur…

***

– Chérie… Eden…

Des bras forts et réconfortants… Dean… ? Non… ce ne sont pas les siens… Path ?

Je cligne des yeux et tente de reprendre pied dans la réalité. Mon passé et mon présent se mélangent dans une danse macabre. Lentement, le passé disparaît et je prends conscience que Path est dans mon appartement et qu'il me tient contre lui. Une vague d'adrénaline monte en moi, et je le repousse vivement pour me réfugier le plus loin possible de lui. Je secoue la tête. Il ne peut pas être chez moi…

Merde ! J'ai oublié de verrouiller cette satanée porte !

Je me mords la lèvre en tentant de refréner mes larmes.

– Eden, chérie, que se passe-t-il ?

– Non… Tu ne peux pas… sangloté-je. Non. Sors de chez moi.

Il se rapproche de moi, et instinctivement je me recroqueville, me protégeant de mes bras.

– Bordel, Eden ! Je ne vais pas te faire de mal.

– Sors !

– Putain, bébé ! Regarde-moi !

Je secoue vivement la tête. Je tremble comme une feuille, incapable d'obéir. Les souvenirs encore frais dans ma mémoire et son ton dur alimentent ma peur et ma panique.

– S... sors...

Je détourne la tête et me ramasse le plus possible sur moi-même. Il soupire et un bruit feutré se fait entendre. J'ai l'impression qu'il s'approche de moi à pas de loup. Lorsqu'il me parle à nouveau, sa voix est faible, tendre, exactement comme s'il s'adressait à un animal blessé.

– Bébé, qui t'a fait mal ?

Je relève la tête, décontenancée. Mes yeux trouvent les siens et je suis légèrement soulagée de n'y apercevoir aucune trace de colère. Il s'est en effet approché, et il est maintenant accroupi face à moi. Voyant que je ne réponds pas, il continue.

– Tu agis comme quelqu'un qui a été battu... Je sais ce que c'est, bébé.

Sa main glisse contre mon avant-bras. Je dois me forcer pour ne pas repousser son toucher. Je frémis, incapable de dire quoi que ce soit. Ma peur doit se lire en lettres capitales sur mon front.

– Je ne te ferai jamais mal, bébé. Je ne suis pas fâché contre toi, mon ange. Je suis inquiet. S'il te plaît, parle-moi.

Je mords ma lèvre qui tremble. Je vois la sincérité sur

son visage. Lorsque je parle enfin, ma voix n'est qu'un murmure rempli de douleur et de peur.

– Mon père battait régulièrement ma mère. Il ne m'a jamais frappée, ce n'était pas faute d'avoir essayé, mais ma mère s'interposait toujours entre nous. Ton regard… Ton regard tout à l'heure… Cette colère… Ça me l'a rappelé…

– Merde, bébé ! Jamais je ne lèverai la main sur toi… Tu le sais, n'est-ce pas ?

– Je… J'ai eu terriblement peur. J'ai paniqué… J'ai peur, Path. Tu as cette colère en toi. Le genre qui peut faire du mal.

– Je sais, bébé… J'ai parfois du mal à gérer mes émotions. Il m'arrive de faire des trucs moches, mais jamais… Eden, *jamais* ma colère ne sera contre toi. Crois-moi, je ne suis pas comme nos ordures de pères. J'espère qu'il est sorti de ta vie à présent ?

– Euh… oui, j'avais 8 ans.

Je frissonne à ce souvenir. Il me regarde, essayant de deviner mon histoire.

– Tu veux m'en parler ? Que s'est-il passé ?

– Il a tenté de… de me battre, et ma mère s'est encore une fois interposée, mais j'ai eu peur et je me suis sauvée. Il m'a rattrapée et comme il s'apprêtait à me cogner… ma… ma mère l'a frappé avec la lampe du salon. Il est mort en se vidant de son sang. Le verre cassé lui a sectionné la jugulaire. Ma mère s'en est tirée sans trop de problèmes, elle a plaidé la légitime défense.

Il glisse son bras derrière moi, m'attirant contre lui. Son odeur m'enveloppe et instantanément je me calme. Je pensais pouvoir avancer, l'oublier, passer au suivant, mais je me rends compte que je suis déjà… quoi, amoureuse? Il dépose un baiser léger comme un papillon sur mon front et mon cœur s'accélère. Bon sang! Je suis amoureuse de ce mec trop sexy pour être vrai. Et trop dangereux pour être aimé. Je sens que je vais avoir mal. Vraiment mal. Il ne peut en être autrement.

– Je te demande pardon, ma belle. J'étais en colère, oui, mais pas contre toi. Kill n'aurait pas dû t'embrasser.

– Mais tu m'ignorais, rétorqué-je d'une voix qui sonne un peu trop désespérée à mes oreilles.

– Désolé, j'avais besoin de réfléchir. J'aurais dû te parler, s'excuse-t-il.

Je baisse les yeux en attendant le coup de grâce. La fameuse phrase «Je dois te parler… », ce n'est jamais bon signe. Ses doigts chauds m'empoignent délicatement le menton, me forçant à relever la tête.

– Écoute, Eden, commence-t-il, l'air perdu. Je ne sais pas si je suis le genre de mec à être en couple. Je ne suis même pas sûr d'être capable d'aimer. Cependant, je sais que je ne veux pas que toi et moi, ça s'arrête.

Je ne comprends pas trop ce qu'il désire, mais moi non plus je ne souhaite pas que ça cesse entre nous.

– Path, je ne sais pas trop où on va tous les deux, mais promets-moi seulement que tant qu'on ne saura pas vraiment ce qu'il y a entre nous, tu ne verras pas d'autres femmes?

– C'est sans doute l'une des promesses les plus faciles que j'ai eu à faire! Je suis incapable de penser à une autre femme que toi, dit-il en me regardant avec intensité. Je te promets aussi de faire attention à mes accès de colère… Mais je dois t'avouer que voir un autre homme te toucher, ça me rend dingue.

Lentement, il incline la tête vers moi. Sa bouche capture la mienne, mettant le feu à mon sang. De la lave en fusion coule instantanément dans mes veines, réveillant ma libido. Je dois prendre appui sur ses épaules pour ne pas m'effondrer. J'ouvre les lèvres et ma langue trouve la sienne. Trop rapidement, il brise le baiser. Posant son front contre le mien, il laisse ses doigts courir le long de mes bras, me donnant la chair de poule. Mes mains sont maintenant à plat sur son torse ferme et chaud, puisant leur chaleur pour me réchauffer.

– Bébé, autant j'aimerais te porter jusque dans ton lit pour me perdre en toi, autant je désire faire les choses correctement avec toi pour me faire pardonner.

– Ce serait pourtant une belle façon de te faire pardonner, le provoqué-je.

Il rit doucement. Il m'embrasse à la base du cou et je frissonne de plaisir, détournant ma tête pour lui offrir plus d'espace et de peau.

– Ouais, je n'en doute pas, mais je t'ai promis, ainsi qu'à mes frères, de bien me comporter avec toi.

Il redresse la tête. Un langoureux sourire aux lèvres, charmeur jusqu'au bout des ongles.

– Je t'invite à sortir avec moi vendredi. Un repas en tête-à-tête, dans les règles de l'art, histoire de bien faire les choses avec toi. Ensuite, je te le jure, je me ferai pardonner.

Je tapote mon menton faisant mine de réfléchir, et Path semble soudain inquiet que je n'accepte pas.

– Avec plaisir, finis-je par lui dire en souriant, pour mettre fin à son supplice.

– Super! s'exclame-t-il sans cacher son soulagement. Je dois m'éloigner d'Hedonas avec le club pour quelques jours. Je serai de retour vendredi dans le courant de la journée. Je viendrai te chercher vers dix-huit heures, d'accord?

– Et que dirais-tu si je te rejoignais?

– Parfait, je te textoterai l'adresse du restaurant.

– Tu seras donc absent le restant de la semaine?

Je n'ose pas poser plus de questions de peur de briser ce fragile cocon de confiance qui se tisse doucement autour de nous. Mais j'espère de tout cœur que son voyage pour le club n'est pas dangereux.

– Oui. D'ailleurs, à ce propos, les travaux seront suspendus jusqu'à la semaine prochaine. Tu vas bosser uniquement avec moi à l'avenir. Je ne veux pas avoir à casser la gueule à un autre de mes frères.

Je le repousse, sidérée.

– Tu n'as pas frappé Kill?!

– Bien sûr que si. Il savait ce qui allait arriver quand il t'a embrassée. Je ne pouvais pas passer outre l'affront. Mais si cela peut te rassurer, j'ai ménagé mes coups, puisqu'il l'a fait dans l'intention de me réveiller et non de me nuire.

J'ignore si je dois être tranquillisée. Je continue à le dévisager, mortifiée par cette violence gratuite. Path semble lire en moi et secoue la tête.

– Eden, ce n'est pas ce que tu penses… Dans mon monde, il y a des lois. Quand tu les transgresses, il y a des conséquences. Ce n'est pas comme nos pourris de pères qui frappaient sans raison. De plus, quand on règle nos comptes, c'est toujours sur le ring et on s'entend avant sur le nombre de coups. C'est notre façon de fonctionner, de nous respecter.

En autres mots, c'est plus une question de respect de l'autre que de violence gratuite… Suis-je à l'aise avec ce genre de conventions ? Je ne sais pas… C'est aussi une manière pour Path de se défendre et, d'un certain point de vue, d'extérioriser cette colère en lui. Même si je trouve cela barbare, je comprends ce qu'il m'explique ; ce n'est pas ma façon de fonctionner, mais c'est la sienne. Je hoche doucement la tête. Il se redresse et me tend la main. À peine ai-je déposé ma paume dans la sienne qu'il m'attire contre lui dans un baiser passionné avant de partir. Quand il a quitté mon appartement, je me dirige lentement vers ma chambre et m'écroule sur mon lit. Trop d'émotions extrêmes en peu de temps ont raison de moi et je m'endors, exténuée.

Le reste de la semaine se déroule tranquillement. Je me rends compte que le terrain me manque et que le job d'administration ne m'intéresse plus autant que par le passé. De plus, je me languis de Path. Énormément. Je n'ai aucun signe de lui jusqu'à vendredi matin. Je suis fébrile et j'espère de tout mon cœur que tout va bien pour lui. J'ai dû à plusieurs reprises cette semaine me retenir de lui envoyer un message pour me rassurer. J'ai presque peur qu'il m'ait oubliée ou qu'il ait seulement changé d'avis. Après tout, il m'a bien avoué qu'il n'était pas du genre à être en couple. Il a eu du temps pour y réfléchir… Mon cœur se serre à cette idée. C'est incroyable comme Path s'est glissé rapidement dans mon intimité. Je suis légèrement soulagée lorsque mon téléphone s'éclaire d'un simple texto de sa part, m'indiquant un restaurant à mi-chemin entre mon Jersey et son club. Ce matin, avant de partir de chez moi, j'avais prévu le coup, et j'ai apporté au bureau mes vêtements en vue de notre rendez-vous. Ainsi vais-je pouvoir me changer et décoller directement du boulot pour le rejoindre. À dix-sept heures, je m'enferme et troque ma tenue stricte et professionnelle pour quelque chose de plus sexy. Comme j'émerge de mon bureau pour gagner les toilettes dans l'espoir de me maquiller, je croise Jeff. Il me reluque des pieds à la tête en souriant.

– Tu es très jolie… Oh! C'est vrai, c'est ton dîner romantique ce soir!

– Oui, je pars sous peu.

– Alors, bonne soirée! s'exclame-t-il d'un ton enjoué.

Je le regarde s'éloigner vers la sortie pour rejoindre Jerry qui est venu le chercher. Je le salue de la main, et il me renvoie mon geste. Je fonce finir de me préparer. Une fois prête, j'arme le système d'alarme et verrouille la porte avant de me diriger vers ma voiture garée en face. Mon téléphone sonne alors que je démarre. J'enclenche le kit mains-libres.

– Oui?

– Tu m'as manqué, bébé.

Sa voix grave résonne dans l'habitacle de mon véhicule, me procurant un frisson d'excitation et d'anticipation.

– Path… Toi aussi. Terriblement. Comment a été ta sortie pour le club ?

J'accélère un peu pour accéder à la petite route champêtre qui me fait faire un léger détour, mais qui est tellement jolie que je l'emprunte toujours au lieu de prendre l'autoroute. Je crois que ce sont les arbres de chaque côté qui me plaisent autant. On a vraiment l'impression d'être loin en forêt, c'est relaxant.

– Ça a été. La route a été longue, mais nous n'avons eu que du beau temps.

Je comprends qu'il ne m'en dira pas plus. Je ne sais pas pourquoi, mais cela me blesse un peu. Mais bon, je me doute que cela doit faire partie de leur façon de fonctionner… Après tout, je ne suis pas un membre de leur club. Je m'approche d'un petit virage et j'appuie sur le frein pour ralentir. Rien. J'enfonce la pédale encore, mais ma voiture ne ralentit pas.

– Qu'est-ce que… Mais, merde !

– Que se passe-t-il ?

– Je n'ai plus de freins ! crié-je presque.

– QUOI ?

– Ma voiture ne veut pas freiner !

Ma voix tremble autant que mes mains sur le volant.

– T'es où ?

Je regarde devant moi et mon cœur s'accélère. Je connais ce chemin sur le bout des doigts. Après ce petit virage se trouve mon passage préféré. La pente qui longe la falaise de Jersey et qui se termine dans une magnifique courbe avec vue sur la forêt en contrebas et Hedonas au loin. Merde ! Je dois m'arrêter avant !

– Je suis sur la 592 ! J'arrive bientôt à la descente, je ne sais pas quoi faire, Path ! paniqué-je.

– Eden, essaie le frein à main. J'arrive !

Je n'y avais même pas pensé prise dans l'angoisse de la situation. Je saisis le frein manuel et le tire de toutes mes forces, mais encore, aucun succès.

– Ça ne marche pas !

J'aperçois le contour de la courbe se dessiner devant moi. Je respire pour essayer de me calmer. Je n'ai pas le choix, il faut que je garde mon sang-froid. Quand je sens la panique refluer doucement, je réfléchis rapidement. Regardant mon compteur, je réalise que je ne roule pas si vite que j'en ai l'impression. Cependant, engager ma voiture sur la pente, c'est du suicide. En un éclair, ma décision est prise. La voix grave de Path gorgée de notes de frayeur est la dernière chose que j'entends.

– Bébé… Bébé ?

Puis, plus rien.

14

Path

Je roule sur ma bécane en souriant ; dans quelques minutes, je vais retrouver Eden. C'est fou comme elle m'a manqué. Jamais je n'aurai cru que moi, Path le Tombeur, me languirais d'une nana un jour. C'est pourtant le cas. J'ai rêvé d'elle toutes ces putain de nuits depuis mon départ. Je m'en veux d'avoir agi en salopard avec elle et j'ai bien l'intention de me faire pardonner ce soir. J'active le kit mains-libres dans mon casque et demande à Siri de composer le numéro de Bambi. Quelques secondes plus tard, sa voix douce résonne dans mes oreilles.

– Oui ?

Je l'imagine dans un ensemble tailleur-jupe trop moulant et je me retrouve instantanément avec une belle érection. Je me retiens de gémir.

Putain, que j'ai hâte de la revoir !

– Tu m'as manqué, bébé.

– Path, toi aussi… Terriblement. Comment a été ta sortie pour le club ?

– Ça a été. La route a été longue, mais nous n'avons eu que du beau temps…

Le léger silence sur la ligne est coupé par un hoquet de surprise.

– Qu'est-ce que… Mais, merde !

Son ton est nerveux. J'entends la peur faire vibrer ses cordes vocales.

– Que se passe-t-il ?

– J'ai plus de freins !

Je manque faire une embardée. Mon cœur s'accélère et la panique s'infiltre par tous les pores de ma peau.

– QUOI ?

– Ma voiture ne veut pas freiner !

Sa voix est faible et tremblotante. Je dois la retrouver rapidement.

– T'es où ?

– Je suis sur la 592. J'arrive bientôt à la descente, je ne sais pas quoi faire, Path !

Mes méninges tournent à plein régime. J'entends son affolement dans sa voix, et le mien s'amplifie. Je sais exactement de quelle pente elle parle. Elle doit s'arrêter avant, sinon elle ne pourra pas suffisamment ralentir et sortira de la route… La falaise…

– Eden, essaie le frein à main. J'arrive !

J'accélère et prends le premier embranchement pour quitter l'autoroute et aller retrouver la 592.

– Ça ne marche pas !

Je calcule mentalement le temps qui me reste avant de la rejoindre.

– Bébé… Bébé ?

Rien, aucune réponse. Soudain, j'entends le bip caractéristique de la ligne qui coupe.

Merde !

Je pousse ma moto à son maximum. Je n'ai jamais été à cette vitesse sur ma bécane. L'aiguille du compteur fait des bonds dans la section hors chiffres. Mon cœur bat aussi rapidement que les pistons du moteur entre mes jambes.

Elle est vivante… Elle est vivante…

La peur me gèle les entrailles et je réalise à quel point je l'aime… Oui, moi, Path, l'homme qui n'aime pas, j'aime Eden plus que tout ! J'aime sa détermination au travail, quand elle se concentre en mâchant son stylo, sa joie de vivre malgré ce qu'elle a traversé, les petits bruits sexy qu'elle fait quand elle jouit, sa façon de rougir, de me regarder… Tout, j'aime tout chez elle ! Cette prise de conscience me percute. Je ralentis à peine à la foutue courbe avant de m'engager pour gravir la côte. Mes yeux longent le garde-fou. Je ressens un infime soulagement à la vue de cette barrière intacte. Parvenu en haut, je lance immédiatement mon regard à la recherche de traces sur le bas-côté. Mon cœur manque un battement en apercevant la Fiat bleue d'Eden encastrée dans un arbre de la forêt environnante.

Non, pas ça, pitié !

Le capot avant forme un V parfait et de la fumée légère s'échappe de la tôle froissée. L'angoisse palpite dans mes veines. Je n'ai jamais eu aussi peur de toute ma vie. Je m'arrête en dérapant, et à peine ai-je placé ma moto sur sa béquille que je me précipite vers le côté conducteur, jetant au sol mon casque sans ménagement. Je me mets à suffoquer alors que ma vision se pose sur l'airbag gonflé. Eden est assise contre le dossier de son siège, les paupières fermées dans une expression étrange. J'ouvre rapidement la porte. Elle bat immédiatement des yeux et tourne la tête vers moi.

Elle est vivante !

Je découvre une légère entaille à son front. Rien de dramatique cependant. Ses iris sont presque noirs, et sa peau est plus blanche qu'à l'habitude.

– Path…

Sa voix est faible et des notes de souffrances résonnent entre nous.

– Je vais te sortir de là, lui promets-je, soulagé au-delà de ce que j'aurais pu imaginer. Tu peux te détacher ?

– Non, je… je n'arrive pas à bouger. J'ai la tête qui tourne… gémit-elle.

– Merde ! Je reviens.

– Path… ne me laisse pas.

Des larmes coulent sur ses joues blêmes. Je glisse ma paume contre l'épiderme fin de son cou. Son pouls est saccadé sous sa peau légèrement moite.

– Je reviens tout de suite, ma chérie, je vais chercher de quoi te sortir de là dans ma Harley.

Je lui souris et cours jusqu'à ma moto dont j'ouvre la valise pour en extraire mon canif suisse. De retour au véhicule, je remarque qu'Eden est encore plus pâle. Sans attendre, je déchire l'airbag qui se dégonfle immédiatement. Je referme mon couteau et reporte mon attention vers Eden.

Je ravale la bile qui me monte à la gorge quand j'aperçois son avant-bras droit visiblement cassé, dans une étrange forme. Je plonge dans l'habitacle et détache sa ceinture en prenant grand soin de ne pas toucher son bras blessé. Puis je m'accroupis de manière à rester proche d'elle et sors mon portable.

J'envoie un texto rapide à Mace lui disant de demander à une recrue de venir avec mon camion sur la 592 en urgence. Une fois qu'il m'a répondu, je lui précise qu'il me faudra aussi une remorqueuse, mais que ce n'est pas la priorité.

– Chérie, je dois te sortir de là et t'emmener à l'hôpital. À part ton bras, as-tu mal quelque part?

Elle secoue la tête se mordillant la lèvre.

– Ça va être douloureux quand je vais te bouger, je suis désolé.

Je sais que j'aurai dû appeler l'ambulance, que je ne devrais pas la déplacer. Mais je suis incapable d'attendre que ces crétins d'ambulanciers se pointent. Je glisse mes paumes sous ses cuisses et dans son dos puis la soulève doucement. Elle gémit tenant le poignet de son bras cassé avec sa main valide. Je la dépose au sol non loin de ma moto et m'installe contre elle, la laissant s'adosser contre mon torse, entre mes jambes. J'embrasse ses cheveux et une vague de soulagement me submerge. Elle est vivante. Elle aurait pu y rester. J'ignore combien de temps nous demeurons ainsi, assis dans l'herbe, l'un contre l'autre, quand j'entends un puissant bruit de moteur. Je tourne la tête et je souffle un peu en voyant apparaître mon camion noir et chrome. Ce dernier s'arrête dans un nuage de poussière juste avant ma moto. Je suis surpris lorsque Kill sort de l'habitacle. Il se précipite à notre rencontre.

– Nouvelle recrue?

– J'étais avec Mace quand il a reçu ton message. Je savais que tu étais en train de rejoindre Eden. Je voulais m'assurer que tout allait bien.

– Pas vraiment...

Je regarde mon frère s'agenouiller devant elle. Je ne sais que penser de sa présence ici... Il m'a garanti qu'il n'éprouvait rien de plus que de l'amitié pour Eden. Mais le voir accourir ainsi réveille en moi un élan de possessivité incroyable. Sans m'en rendre compte, mes bras se resserrent contre le ventre d'Eden. J'entends un petit gémissement filtrer des lèvres d'Eden et je relâche la pression immédiatement. Eh, merde! J'agis en vrai connard. Je lui fais mal alors qu'elle ne va déjà pas bien.

Calme-toi, Path! Il ne l'aime pas!

Les yeux d'Eden se posent sur l'hématome presque guéri qui colore encore le côté de la mâchoire de mon frère. Un bel hématome, dois-je avouer... J'en suis plutôt fier!

– Que s'est-il passé, Bambi? demande Kill.

– Mes freins ne voulaient plus fonctionner. Pourtant j'ai réussi à faire quelques stops en partant du boulot...

– Le frein à main?

Elle secoue doucement la tête. Il s'accroupit.

– Alors tu as embouti ta voiture pour ne pas prendre la côte? poursuit-il.

– J'ai éteint le moteur et j'ai roulé sur le bas-côté. Je croyais pouvoir m'arrêter, mais mon auto a glissé et a atterri dans l'arbre.

Un bruit de gros véhicule nous annonce l'arrivée de Mace et la remorqueuse. Il a fait vite. Kill se relève et pose ma main sur mon épaule.

– Emmène-la à l'hôpital. Je m'occupe de ta bécane. Mace et moi, on va aussi prendre la voiture en charge.

Je hoche la tête et soulève Eden dans mes bras. Kill m'ouvre la portière et je glisse le corps tremblant d'Eden sur le siège. Je l'attache avec mille précautions. Je salue d'un mouvement de tête Mace qui arrive. Je fais le tour du véhicule avant d'embarquer et démarrer en trombe. Le trajet jusqu'à l'hôpital est plombé d'un silence pénible. La main intacte d'Eden dans la mienne me réconforte autant que la froideur de sa peau m'effraie. Une fois stationné devant les urgences, je me dépêche pour la porter à l'intérieur. Des souvenirs terrifiants de Lily inerte sur une civière me reviennent, et sans m'en apercevoir, je la serre un peu plus contre moi.

– Path… Tu me fais mal…

– Désolé, chérie… Merde ! Désolé…

Il faut vraiment que je me contrôle ! Une infirmière arrive avec un fauteuil roulant dans lequel je dépose délicatement Eden, avant de raconter ce qui s'est passé. La femme m'explique qu'elle va lui faire des radiographies et le médecin viendra ensuite me voir pour me tenir informé. Je ravale la boule de stress qui me monte à la gorge alors que je regarde l'employée médicale pousser Eden loin de moi. Incapable de rester sagement en place, je sors et j'appelle Kill.

– Alors ?
– Tu n'aimeras pas.
– Crache le morceau.
– Ses freins ont été sectionnés, ainsi que le frein d'urgence.
– Merde !
– Ils ont coupé ça net. Elle a dû vider le reste du liquide en freinant quelques fois. Mace pense qu'il peut réparer la voiture.
– Dis-lui de faire son possible. Je le payerai.
– OK. Comment va-t-elle ?
– Je n'en sais pas plus que toi. Dès que j'ai des nouvelles, je t'en fais part.
– Merci !
J'inspire profondément avant de retourner à l'intérieur.
Qui a bien pu faire ça ?
La haine qui monte en moi est d'une intensité rare. Le salaud responsable de ça va payer, et pas qu'un peu. Je suis perdu dans mes pensées quand un toussotement me tire de mes réflexions. Je lève les yeux vers un homme assez âgé, aux cheveux de neige et avec des petites lunettes, qui me regarde drôlement. Je remarque ensuite sa blouse blanche et son stéthoscope au cou, c'est sans doute le médecin d'Eden.
– Vous êtes « Path » ?
– Oui, comment va-t-elle ?
– Elle s'en tire somme toute à bon compte. Son cubitus et son radius ont tous les deux été fracturés. Les cassures étaient nettes, donc faciles à réduire et normalement la guérison devrait très bien se faire. Nous lui avons administré un antidouleur assez puissant. Elle se sent beaucoup mieux,

elle ne souffre pas pour l'instant. Cependant, ses propos étaient un peu décousus et j'avais quelques doutes. J'ai donc demandé qu'on lui fasse une IRM. Elle a une bonne commotion cérébrale. Je prescris un arrêt de travail pour une semaine minimum. Beaucoup de repos, rien de trop épuisant mentalement… Elle est actuellement en salle de plâtre. Elle pourra partir ensuite. Toutefois, pour les prochains jours, il serait préférable qu'elle ne soit pas seule.

– Je vais rester avec elle.

– Bien. Il y a quelques symptômes temporaires qui peuvent apparaître au cours des jours à venir, tels que des problèmes de mémoire ou de concentration, des troubles du sommeil, des changements d'humeur et de l'hypersensibilité à la luminosité et au bruit. Elle peut aussi avoir des vertiges ou des nausées. Mais tout devrait rentrer dans l'ordre d'ici une semaine. Cependant, si les symptômes perdurent ou si elle se plaint de douleur à la tête après les trente-six prochaines heures, il serait préférable qu'elle revienne nous voir.

Je lui tends la main, qu'il serre virilement.

– Merci, docteur.

– Prenez soin d'elle. Je veux la revoir dans un mois pour refaire son plâtre et vérifier l'évolution de la guérison de son bras.

– Bien.

Il me quitte et je me rassieds en attendant Eden. Lorsque celle-ci sort enfin, je me précipite vers elle. Je me penche et la prends contre moi. Je sens son nez frotter contre la base de mon cou et je savoure cette caresse.

Elle est bien vivante !

J'embrasse ses cheveux avant de pousser le fauteuil roulant hors de l'hôpital et de nous conduire en silence vers mon camion. La nuit est bien avancée, et une fois installée dans l'habitacle, Eden bâille. J'attrape sa main valide que je serre. Je suis heureux de constater que ses doigts sont plus chauds qu'à son arrivée ici. Ses grands yeux bleus se posent sur moi.

– Je t'emmène au club, l'informé-je.

Je ne lui dis pas que j'aimerais qu'elle soit auprès de moi autant pour surveiller sa commotion que pour la protéger. Quelqu'un lui veut du mal et je ne compte pas le laisser faire. Mais pour l'instant, je ne lui dis pas. Je ne veux pas qu'elle se fasse du souci. «Repos», a dit le médecin!

– Je peux rentrer chez moi, Path, soupire-t-elle, visiblement épuisée.

– Nous irons chez toi demain, chercher tout ce dont tu as besoin pour passer la semaine au club. Le médecin a dit que tu ne devais pas rester seule. De plus, tu es en arrêt de travail pour huit jours.

– Mais je peux aller chez mes parents... Je ne veux pas être un fardeau pour toi.

– Tu es loin d'être un fardeau, Eden, affirmé-je avec douceur.

Mon pouce caresse le dessus de sa main valide. J'apprécie la chaleur qui s'en dégage. Le silence remplit l'habitacle. Je me gare dans l'entrée du club. Je la regarde et remarque son air abattu.

– Bébé... J'ai été un gros abruti. Il a fallu que je passe à un cheveu de te perdre pour comprendre à quel point tu es importante à mes yeux.

Ses iris me fixent d'une lueur incandescente. Je tremble de la tête aux pieds, je ne me suis jamais senti aussi vulnérable. Elle doit me croire, il le faut.

– Écoute, je sais que j'ai été froid et distant avec toi, mais… c'est que tu me déstabilises. Tu ébranles mes convictions et tout ce que je croyais être. Tu m'as changée et j'ignore comment agir dorénavant. Je n'ai jamais éprouvé ce que je ressens pour toi. Je suis désolé.

Elle serre ma main et me sourit.

– Ça va, Path. Moi aussi, ça m'a déstabilisée. Allons-y par étapes… En douceur, d'accord?

– Avec plaisir, bébé.

Je suis sincère même si je ne m'attendais pas à ce que ce soit elle qui veuille ralentir. Je n'ai plus peur de ce que je ressens, mais je suis terrorisé à l'idée qu'elle n'ait pas à mon égard des sentiments aussi forts que les miens pour elle.

Les rôles sont maintenant inversés, Path !

Je sors du véhicule que je contourne pour aller la prendre dans mes bras. Une fois bien calée contre mon torse, je l'emmène vers le bâtiment. Nous sommes accueillis par un petit comité. Mes yeux parcourent le groupe et je souris, heureux de voir que ma famille est là pour moi – et pour elle. Je dépose Eden sur une chaise et Maggs, Dee et Lily s'approchent rapidement pour lui donner une franche accolade. Kill, Connor, Hush et Mace me sourient, et les tapes sur mon épaule pleuvent. Nous discutons un bon moment avec eux, puis je m'aperçois qu'Eden perd peu à peu de ses couleurs, épuisée.

– Après toutes ses émotions, je crois qu'Eden devrait aller se coucher.

Les femmes s'embrassent et lentement chacun retrouve sa chambre. C'est un plaisir de déposer Eden sur mon lit. Je l'aide à se déshabiller et lui enfile un de mes T-shirts. Une fois à l'aise, je me dénude complètement avant de me glisser sous les draps avec elle.

– Ne t'en fais pas, ma belle, pas de sexe ce soir. Tu as eu assez d'émotions pour aujourd'hui. C'est juste que je suis incapable de dormir autrement que tout nu.

– Ça va, je comprends.

Elle me sourit et son petit corps se presse contre le mien. Je m'abandonne au bonheur simple de la sentir contre moi. Le sommeil me gagne quand je l'entends murmurer.

– Merci, Path.

Je souris à mon tour tandis que je me laisse glisser vers l'inconscience.

15

Eden

J'ai la très nette impression qu'un marteau-piqueur a élu domicile sous mes cheveux. Mon corps en entier est sensible, comme si un camion m'avait roulé dessus. J'essaie d'ouvrir mes yeux, mais la lueur du soleil accentue mon mal de tête, alors je les referme rapidement. Mon bras droit est raide et endolori. Je tente de me rappeler où je suis et ce qui a bien pu arriver, mais les souvenirs me coulent entre les doigts telle l'eau d'un ruisseau. Une odeur masculine m'enveloppe.

Path !

Je suis dans sa chambre, ou en tout cas avec lui. Un bruit de porte qui s'ouvre et se referme me fait presque sursauter. Je tourne la tête et lève un peu les paupières.

– Désolé, je ne voulais pas te réveiller…

– Je l'étais déjà, le rassuré-je.

Il s'approche et je vois l'inquiétude sur son visage. Il s'assied doucement à mes côtés. Ses doigts glissent lentement sur ma joue, laissant une traînée de feu sur mon épiderme.

– Comment te sens-tu ?

Je grimace. Ses traits se durcissent avant qu'il n'inspire un grand coup.

– J'ai mal partout, mais surtout à la tête, précisé-je. Que s'est-il passé ?

– Tu ne t'en souviens pas ?

– Non, tout est flou.

– Tes freins ont lâché. Tu as embouti un arbre et je t'ai emmenée à l'hôpital. Mais tu n'as rien de très grave, me dit-il avec douceur.

Les souvenirs affluent d'un coup. Violents et intenses. La peur et la douleur me frappant de plein fouet à nouveau. Ma tête se met à pulser insupportablement. Mon estomac en profite pour me rappeler sa présence. La bile remonte dans ma gorge, âcre et brûlante. Faisant fi de mon piteux état, je cours vers la salle de bains pour vomir. Je suis agenouillée au sol, le front contre la cuvette, et je sens Path me tenir les cheveux. N'ayant rien mangé depuis mon déjeuner de la veille, mon ventre se contracte sur des restes d'acidité, ce qui forme un cercle vicieux de régurgitation, douleur, régurgitation… Je finis par serrer les dents et tenter d'inspirer un grand coup. Un linge froid se presse sur ma nuque et la sensation de vertige s'estompe. Sans bouger, je me concentre sur ma respiration, me calmant. La douleur est encore présente, mais maintenant je la contrôle.

– Ça va ?

– Oui… Désolée, ce n'est pas très classe !

– Ne t'en fais pas, j'ai vu pire.

Doucement, Path me prend dans ses bras et me dépose

sur le meuble du lavabo. Il me tend une brosse à dents et un gobelet. Il caresse ma joue un instant, ses yeux qui scrutent mon visage sont à la fois remplis d'inquiétude et de bonté.

– Je te laisse te brosser les dents, je reviens dans une seconde.

Je hoche lentement la tête. Je réalise que le fait de me concentrer sur une tâche en particulier est moins difficile que de céder à mon esprit vagabond. Je suis presque surprise en voyant le plâtre sur mon bras. Je tente tant bien que mal de me brosser les dents. Path réapparaît dans l'embrasure de la porte et me sourit. J'ai du dentifrice sur le nez et sur la joue.

– Je ne savais pas que ton fantasme, c'était les faciales au Colgate, dit-il en riant avec insouciance.

– Très drôle ! Je suis droitière ! Et visiblement une piètre gauchère.

Son sourire s'étire langoureusement, alors qu'il s'avance vers moi de sa démarche féline. Je dois avaler ma salive tandis que mon regard se pose sur lui. Il s'installe devant moi entre mes jambes ouvertes. Il me prend lentement la brosse de la main et avec un clin d'œil, me fait signe d'ouvrir la bouche. Je m'exécute, légèrement gênée. Il commence ainsi à me nettoyer les dents, et la sensualité ainsi que l'intimité du geste ne passent pas inaperçues. Ni pour lui ni pour moi. J'agrippe sa hanche gauche de ma main valide pour éviter de basculer dans l'évier. Sa peau chaude à travers le tissu de son chandail éveille mes sens. Je sens son érection se presser contre moi. L'ardeur de son désir pour moi m'étonne chaque fois un peu plus. Path écarte la brosse et me demande de cracher. Je lui souris avant de m'exécuter. Puis il s'attaque à mes dents inférieures. Je croise une jambe derrière lui, et il se tend. Je me sens bien et surtout vivante. Ma main glisse dans son dos puis sur ses fesses dures. Ses yeux trouvent les miens et j'y lis un désir sauvage. Il retire la brosse et me donne le gobelet rempli d'eau. Je me gargarise avant de cracher dans l'évier. Il prend une serviette dans le panier à côté. Il se penche vers moi pour la mouiller et mes seins se pressent contre lui. Il siffle. À l'aide du linge humide, il essuie avec délicatesse mon nez et ma joue tachée. Alors qu'il le jette dans la corbeille, j'en profite pour déposer un baiser à la base de son cou. Ses paumes chaudes agrippent mes hanches et il soupire. Je continue à embrasser sa peau jusqu'à son oreille. Il frissonne contre moi.

– Arrête, bébé…

– Pourquoi ?

– Tu dois te reposer. Tu as une commotion cérébrale, et tu viens tout juste de sortir d'un grave accident. Tu aurais pu y rester…

Je glisse ma main valide contre sa puissante érection. Je presse mes doigts contre lui. J'adore le sentir trembler contre moi. Cet homme étonnant frémit sous mes caresses.

Incroyable…

Quelle sensation indescriptible de pouvoir et de sensualité !

– Justement, je suis en vie… Et je veux que tu me montres à quel point c'est bon d'être vivante.

– Bordel, Eden…

Ma main ouvre maladroitement son pantalon et se faufile sous son boxer. Mes doigts rencontrent la soie de sa peau brûlante et tendue. Il bascule la tête vers l'arrière en un long gémissement alors que ma paume enveloppe son gland et commence un mouvement langoureux de va-et-vient.

– Merde !

Il m'empoigne délicatement par les cheveux et m'embrasse comme si sa vie en dépendait. C'est un baiser fougueux, passionné et intense comme la braise. J'enserre son pénis tandis qu'il mordille gentiment ma lèvre. Une de ses larges mains glisse sur ma poitrine et, d'un geste très érotique, il relève le T-shirt sur mon ventre pour effleurer mon épiderme. Je gémis contre sa bouche et il pince mon mamelon tendu. N'en pouvant plus, je pousse mes fesses légèrement vers l'avant et je presse son gland contre ma culotte. Il grogne en lâchant mes cheveux au profit de mon sous-vêtement – qu'il déchire d'un mouvement rapide. Son membre frotte contre moi, chaud et dur. Je le positionne à l'endroit désiré, mais il ne me pénètre pas. Il m'embrasse rapidement et se recule. Il me demande une seconde de l'index. Il disparaît dans la chambre et revient aussitôt, un préservatif à la main. Il me le montre en le promenant entre ses doigts, haussant un sourcil. Il déchire l'enveloppe métallique avec ses dents et il se rapproche en l'enfilant sans me lâcher du regard. Je ne peux m'empêcher de le trouver encore plus sexy et de le désirer encore plus ardemment.

Il reprend sa position entre mes jambes. Sa bouche cherche la mienne et il m'embrasse d'une façon si tendre, si douce, que j'en ai le vertige. D'un seul coup de hanches, il me pénètre violemment. Je dois me retenir de ne pas jouir immédiatement. Une onde de choc se répercute dans mes reins et ma chatte pulse de bonheur de le sentir en moi. Il commence un va-et-vient régulier et puissant. D'une main, il me repousse délicatement contre le meuble du lavabo. Je prends appui sur mon coude valide alors qu'il remonte mon T-shirt sur mon ventre pour dévoiler ma poitrine. Il serre mon sein tandis que son autre paume s'insinue entre mes jambes pour caresser mon clitoris. Je jouis si violemment que des taches noires dansent devant moi. Il se retire peu de temps après, enlève prestement le préservatif et éjacule sur mon ventre. Sa semence sur ma peau est l'une des visions les plus érotiques qu'il m'ait été donné de voir. Je ne suis pas la seule à aimer cette vision, car ses yeux sont brillants de plaisir alors qu'il étale son sperme de son gland. Enfin, il prend un linge propre et m'essuie avec attention. Je suis sur un nuage, mon corps semble momentanément guéri de toutes les douleurs de l'accident.

Path se rhabille, et son pénis – maintenant au repos, mais toujours aussi imposant – disparaît. Mon *biker* me soulève, me recouche dans le lit et se dirige vers la fenêtre pour fermer les rideaux. Il s'étend ensuite à mes côtés et me serre contre lui.

– Endors-toi, ma chérie, susurre-t-il d'une voix tendre. Tu as besoin de te reposer.

Je secoue la tête, mais déjà le sommeil m'attire. Lorsque je me réveille, mon mal de crâne semble s'être apaisé. Je suis seule dans la chambre et il fait noir. Je me lève lentement, heureuse de voir que mon corps est un peu moins douloureux. Je me dirige vers la fenêtre et regarde derrière le rideau. Je suis surprise. La nuit est tombée et je contemple le ciel étoilé. À l'exception de ce très bel interlude, j'ai dormi toute la journée de samedi.

Je me retourne et me demande où est Path. J'enfile mon pantalon qui traîne sur un banc, et conserve son T-shirt, le mien étant bon pour la poubelle après l'accident. Une fois habillée décemment, je sors de la chambre. J'avance lentement dans le couloir. Des voix résonnent au loin. Un frisson me parcourt quand je reconnais les notes distinctives de celle de Path. J'arrive au palier et je l'aperçois, assis dans le salon avec Kill, Hush et Lily. Cette dernière me voit et me sourit.

– Bambi est debout, constate-t-elle.

Toutes les têtes se tournent vers moi. Je dois rougir, car mes joues me semblent avoir pris feu. Path se lève et vient rapidement me rejoindre. Il caresse mes cheveux avant d'embrasser mon front dans un geste rempli de douceur et d'intimité. Lorsqu'il me parle, sa voix est légère.

– Tu devrais te reposer, bébé.

– J'ai assez dormi, lui réponds-je, amusée que ce grand *biker* me materne ainsi.

Il incline la tête, ses yeux scrutant mon visage. Il semble satisfait de ce qu'il y découvre, car il me sourit.

– Je peux me joindre à vous ?

– Bien sûr.

Il m'aide à finir de descendre l'escalier, sa main sur ma hanche s'assurant que je ne tombe pas. Au salon, les autres se sont levés. Hush m'embrasse sur la joue et Kill me fait une accolade rapide. Lily s'approche enfin et me serre doucement contre elle. Path m'attire vers le divan et je m'y installe. C'est étrange comme je me sens à ma place dans ce groupe de *bikers*. Ce monde qui m'était jusqu'alors totalement inconnu, je l'ai accepté, je m'y suis laissé porter et le voyage en valait largement la chandelle. Jamais je n'aurais cru cela possible, il n'y a pas si longtemps. Comme quoi, on ne peut jamais jurer de rien ! Mon regard se pose sur Path et je souris. Je scrute rapidement les autres membres autour de nous. Ils ont tous su se frayer une place dans ma vie de façon très naturelle. Je me sens en sécurité et entourée. Une aura de tranquillité et de bien-être se dégage de ce petit groupe.

– Tu as faim ?

Mon estomac a en effet besoin d'être rempli. Sans un mot, Path me sourit et disparaît dans la cuisine. Je me retourne vers Kill qui arbore un magnifique hématome presque guéri.

– Comment va ta mâchoire ?

– Ne t'en fais pas. Ton chéridou frappe comme une fillette !

Un grognement sourd nous parvient de la cuisine et mes compagnons se tordent de rire.

– Je suis désolée, Kill, dis-je avec sincérité.

– Je savais ce que je faisais, Eden. Je voulais lui brasser les puces un peu, sans compter que ce baiser en valait la peine.

– Kill… mon frère… Fais attention à ce que tu dis!

Path arrive, une assiette en main sur laquelle se trouve un sandwich bien garni qui me fait saliver. Il installe l'assiette sur mes cuisses avant de s'asseoir à mes côtés. Son bras se pose naturellement sur le dossier du divan et sur mes épaules. J'empoigne le casse-croûte et croque à pleines dents dans le pain moelleux. Je réprime un gémissement de bonheur alors que les saveurs fourmillent dans ma bouche. Hush s'étire, allume la télé, et un match de hockey éclaire immédiatement le salon. Lily se colle contre Hush, et après avoir fini mon repas, je fais de même contre Path. Sa chaleur, son odeur et sa présence me réconfortent. Un puissant sentiment de déjà-vu me surprend. Je me revois avec Kyle en train de regarder un match des Mets, l'équipe qu'il aimait, quelques semaines avant l'annonce de son diagnostic. Cette position, cette proximité… Cela me paraît trop… trop naturel et trop rapide. Je ne veux pas brusquer les choses entre nous. Mais le réconfort et le bien-être que j'éprouve en ce moment sont tels que je me laisse aller à l'instant présent. Je pose ma main sur son ventre plat et ferme. Il plaque un baiser sur mes cheveux. Un frisson de plaisir me parcourt.

– Tu as froid?

– Non, je suis super bien.

Il me sourit avant de se concentrer sur la partie en cours. Je ne suis pas une admiratrice de hockey, mais juste le fait d'être collée sur Path et de partager ce moment avec lui, j'adore. Lorsque la troisième période se termine, je remarque que Lily s'est assoupie contre

Hush. Ce dernier la soulève dans ses bras et après nous avoir salués, il monte à sa chambre avec son précieux fardeau. Kill zappe quelques instants et je me tortille contre Path.

– Path ?

– Oui ?

– Ma voiture... Où est-elle ?

– Au garage de Mace. Il va sans doute pouvoir la réparer, mais ça va prendre un peu de temps.

– D'accord. Je ne comprends pas, j'ai toujours fait mes entretiens. D'ailleurs, j'en ai eu un il y a un mois. Mes freins étaient en excellent état.

Un silence de plomb tombe dans le salon. Kill et Path se regardent longuement, sans mot dire, leurs visages sont fermés et durs. Je devine qu'ils me dissimulent quelque chose. Je repousse le torse de Path pour le dévisager.

– Que me caches-tu ?

– Je t'en parlerai plus tard. Je veux que tu te concentres sur le fait de guérir.

– Path ! Je ne suis pas à l'article de la mort ! Que se passe-t-il ?

Path croise ses doigts et prend appui sur ses genoux sans me regarder. Kill nous observe tous les deux avant de soupirer.

– Elle a le droit de savoir, Path.

– Bordel, Kill ! Le doc a dit pas de stress. Ça peut attendre.

Mon rythme cardiaque s'accélère soudainement. C'est grave. J'en suis sûre. Que se passe-t-il ?

– Je veux savoir !

Path se passe les doigts dans les cheveux et grognant. Il se relève brusquement et se retourne en serrant les poings. Il me regarde et soupire avant de s'agenouiller devant moi, enfermant mes mains dans les siennes ; ses yeux capturent les miens.

– Quelqu'un a coupé les câbles de tes freins.

– Quoi ? Je ne comprends pas… Qui ?

– Je l'ignore.

Couper mes freins… Pourquoi ? Qui ? Je commence à trembler alors que les évènements s'assemblent dans mon esprit. Ma panique évidente ne passe pas inaperçue. Path caresse mon visage avant de reprendre sa place à côté de moi et me serrer contre lui. Kill se rapproche de nous.

– Ne t'en fais pas Bambi, Path a demandé à Tips d'enquêter.

Ma gorge est serrée et des taches noires se mettent à danser en périphérie de ma vision. J'avale difficilement. Je partage un regard avec Path et lorsque je parle ma voix tremble de peur.

– Le lendemain de la soirée au club, après ton départ… J'ai découvert que quelqu'un était entré par effraction chez moi. On a fouillé dans mon bureau.

– Merde ! Pourquoi ne pas m'avoir appelé, bébé ?

– Je l'ignore, j'ai… j'ai paniqué. Mais ce n'est pas tout. Le lendemain matin, Jeff m'a téléphoné. Quelqu'un s'était introduit chez lui également, ainsi que dans les locaux de Taylor Sécurité. La personne a fouiné partout, foutant un bordel sans pareil. C'est pourquoi je ne suis pas venue ici le lundi. Je devais trier et classer mes papiers. Seul un dossier de clients sans grande valeur a disparu. Et si ça se trouve, nous l'avons simplement mal rangé dans le bazar environnant, percuté-je soudain.

– Visiblement, quelqu'un veut du mal à ton entreprise et à toi-même. As-tu des affaires « délicates » ?

Je regarde Kill un instant avant de me tourner vers Path.

– Uniquement la vôtre.

Le silence remplit de nouveau la pièce alors que nous réalisons que quelqu'un en a après le club.

16

Path

Adossé au cadre de porte, je regarde Eden ranger quelques effets personnels dans un sac de voyage. Je suis ravi et étonné de ne pas avoir eu de difficultés à la convaincre de venir s'installer au club le temps que l'on découvre qui nous en veut. Nous la mettons en danger, mais elle accepte notre protection sans nous faire de reproches. Elle m'a confié ne pas être sûre que ce soit à cause de notre contrat que tout cela arrive, mais moi j'en suis persuadé. Tandis qu'elle fait son sac, j'ai un peu l'impression de vivre la même chose que Hush avec Lily. Il l'avait convaincue de s'installer à Hedonas avec les Dark Soldiers pour y être en sécurité. Mais elle s'y est fait kidnapper alors qu'il était sorti. Je me fais la promesse que cette fois, rien de tel ne se passera. Je ne partirai pas du club et resterai près d'Eden quoi qu'il arrive. Je ne pourrai de toute façon pas avoir de repos tant qu'on ne saura pas qui est derrière tout ça. Et les choix sont multiples.

Eden se démène sur la fermeture Éclair de son sac et je me déplace pour l'aider.

– Ce plâtre est vraiment une plaie.

– Ce plâtre est un moindre mal, répliqué-je tendrement. Ça aurait pu être tellement pire.

Je glisse ma main autour de sa taille pour la presser contre moi. Mes lèvres se posent à la base de son cou. Elle frissonne contre moi. Comme chaque fois que je la touche depuis l'accident, quelque chose en moi se serre.

– J'aurais pu te perdre…

– Mais ce n'est pas le cas, je suis là, Path.

J'embrasse sa bouche douce et chaude. Elle incline la tête et entrouvre les dents. Nos langues se trouvent et dansent passionnément l'une contre l'autre. Sa main valide caresse mon dos et une vague de bonheur pur me vrille les tripes. Je ne peux me voiler la face plus longtemps, je l'ai dans la peau et je ne crois pas que ce que je ressens pour elle passera un jour.

– Je t'aime !

Je la sens se raidir contre moi. C'est sorti tout seul, comme une vérité que je ne pouvais plus garder pour moi. Je comprends enfin Hush avec Lily. Je réalise que l'attirance que je croyais avoir pour cette dernière n'était autre que de l'amitié et du désir physique. Ce que je ressens pour Eden est bien différent, plus complet, plus intense. Et comme Hush, je vis une évidence. Je n'ai pas peur de l'aimer, elle. La fidélité, passer toute mon existence auprès de la même femme – tous ces trucs qui me semblaient être des conneries inutiles deviennent soudain ce que je pourrais rêver de mieux.

– Je sais que je n'ai pas assuré dernièrement. Mais le fait d'avoir pu te perdre m'a fait prendre conscience que je t'aime… tellement !

Elle tremble entre mes bras. J'embrasse la peau fine et sensible derrière son oreille. Son souffle est court et rapide. Je resserre mes bras autour d'elle.

– Je ne sais pas quoi dire, Path. Je t'apprécie énormément… Mais le dernier homme à qui j'ai dit ces trois petits mots m'a brisé le cœur. Lorsque Kyle est décédé, ça a été terriblement difficile. J'ai complètement oublié d'exister. Je me noyais dans le travail. Je ne veux jamais revivre cela. Je n'y survivrais pas.

– Je n'ai pas l'intention de mourir. Je ne te demande pas de me retourner ces trois petits mots immédiatement, mon ange. Prends le temps de bien y réfléchir. Je veux ton amour et je souhaite que tu me le donnes sans contrainte et que ça vienne de toi. Tu comprends ?

Elle hoche la tête. Je la relâche lentement puis attrape son sac avant de l'entraîner à l'extérieur pour rejoindre mon camion. Une fois au club, je l'aide à défaire son bagage et à s'installer dans ma chambre. Elle téléphone à Jeff pour lui raconter l'accident. En haut-parleur, j'entends Jeff paniquer, mais Eden le rassure. Je suis heureux de savoir qu'elle a un si bon ami qui s'inquiète pour elle.

– Écoutez, je vais venir cette semaine prendre la relève sur le chantier…

– Non, le boulot peut attendre qu'elle soit sur pied, lancé-je.

– Je sais que vous ne voulez qu'Eden sur le contrat, mais nous avons besoin d'elle au bureau et ce contrat ne fait que s'éterniser…

– De toute façon, elle est en arrêt maladie pour une semaine. Par la suite, nous nous organiserons, lui dis-je d'un ton qui ne souffre aucune réplique.

Un grognement retentit dans le combiné. C'est de mon point de vue autant une question de sécurité qu'une décision égoïste. Je veux Eden près de moi. Et puis elle adore être sur le terrain ! Alors pourquoi lui enlever ça ?

– Jeff, il reste environ deux, trois semaines tout au plus. Je viendrai au bureau plus souvent, lui promet-elle.

Jeff soupire et Eden me sourit doucement. Mon cœur s'accélère – qu'elle est belle !

– Bien, j'ai hâte que tout cela soit derrière nous ! conclut-il.

Étrangement, je ne suis pas de cet avis.

Je passe la semaine avec elle, je l'occupe du mieux que je peux, faisant n'importe quoi pour lui changer les idées. Même mes frères jouent le jeu. Nous refusons qu'elle s'inquiète pour ce qui nous pend au nez. Elle a suffisamment payé pour le club.

Le vendredi suivant, nous nous préparons pour notre dîner au restaurant en tête-à-tête. Hush m'a convaincu d'essayer un petit endroit non loin du club. Je m'habille d'un jean noir et d'une chemise bleue à manches longues. Je pose mon cuir sur mes épaules et m'installe sur mon lit, attendant qu'Eden sorte de la salle de bains. Lorsque la porte s'ouvre, mon cœur fait une embardée. Elle porte la fameuse petite robe noire parfaite. De deux légères bretelles sur ses épaules fines, elle descend en moulant à la perfection son buste jusqu'à ses hanches également parfaites, pour se terminer dans une corolle de tissu vaporeux qui couvre ses magnifiques jambes jusqu'aux genoux. Ses cheveux sont remontés dans un chignon flottant d'où s'échappent quelques mèches ondulées.

Dieu, qu'elle est belle !

Je m'approche rapidement et mes mains prennent en coupe son visage alors que je l'embrasse. Elle lâche un gémissement de plaisir que je capture. Nos têtes s'inclinent et elle s'agrippe de son bras valide à ma veste pour que le baiser s'intensifie. Nos langues se mêlent, se battent tandis que nos dents s'entrechoquent. Je dois rompre le baiser avant de complètement perdre le peu de contrôle que j'ai et de transformer le dîner en une soirée de voluptés charnelles. J'appuie mon front contre le sien, tentant de calmer ma respiration.

– Putain, que tu es belle !

– Merci… Tu n'es vraiment pas en reste.

– Allons-y, avant que je ne change d'idée et que je te jette sur mon lit pour m'oublier en toi.

– Ce qui serait dommage, puisque j'ai eu toutes les misères du monde à me coiffer, avec ce plâtre !

– J'apprécie beaucoup le résultat.

Je lui souris et l'entraîne vers le rez-de-chaussée. Nous croisons Scott, Kill et Dee dans la cuisine. À notre arrivée, les trois se retournent. Je ne peux m'empêcher de presser ma main contre la taille d'Eden alors que le regard de mes frères parcourt sans vergogne ma nana.

– Tu es sublime, Eden.

– Merci, Dee.

– Alors c'est vrai… Path le Tombeur va à un rencard?

Scott me dévisage, dubitatif. Kill me sourit et Dee semble sincèrement heureuse.

– Ouep, mon frère. Il faut une première fois à tout.

Il se renfrogne et grogne. Je fronce les sourcils, ne comprenant pas son mécontentement. Puis il se redresse vivement, sortant son portefeuille de sa poche arrière. Il marmonne en écossais des mots que je soupçonne d'être des insultes des plus colorées, et extrait deux billets de cinquante dollars qu'il tend à Kill d'un geste sec. L'étonnement me fige.

– Vous aviez parié?

– Pourquoi passer à côté d'un petit cent dollars vite fait? Scott ne me croyait pas quand je lui disais que tu sortais avec une nana ce soir.

Scott baragouine encore et Kill empoche joyeusement son gain.

– Path le Tombeur qui va à un rencard… C'est le monde à l'envers!

Scott se lève et quitte la pièce en bougonnant un vague «Bonne soirée». Nous éclatons de rire; Kill et Dee nous souhaitent également une bonne soirée et je les remercie avant de sortir avec Eden. Je l'aide à prendre place dans mon camion, je monte à ses côtés et nous roulons vers le restaurant. Le trajet se fait dans un silence léger. Sa main dans la mienne est chaude et douce. Je me gare face au resto. Je descends pour aller aider Eden. Ma paume se cale délicatement au creux de ses reins et nous marchons vers l'accueil. Situé dans une jolie maison centenaire, le restaurant est à la fois simple et élégant. Après avoir gravi les trois degrés qui mènent à la porte, je saisis la main d'Eden dans la mienne et ouvre. Le décor, tout de bois verni avec des touches blanches et noires, respire le luxe. Une hôtesse est installée à un petit comptoir où trônent un téléphone et le livre des réservations. Sans daigner lever la tête de son registre, elle nous demande :

– Bonjour. Vous avez une réservation ?

– Oui. Au nom de Path.

Elle trouve mon inscription et relève les yeux. Son regard s'illumine immédiatement. Son visage me dit vaguement quelque chose, mais sans plus. Elle me sourit, visiblement elle me connaît.

– Oh, mon Dieu ! Path… Comment ça va ?

– Bien… euh…

– Karen. On s'est croisés au club il y a quelques semaines.

Eh, merde ! Un joli-cul… Je crois que je l'ai peut-être déjà baisée, mais je n'en suis pas du tout certain. Je n'ai jamais vraiment porté attention aux filles que je me faisais. J'oubliais même leur nom deux minutes après avoir éjaculé. Je n'ai pas envie de m'éterniser, c'est suffisamment gênant ainsi. Je glisse ma main autour de la taille d'Eden.

– C'est possible… Mais je suis désolé, je ne me souviens pas. Nous aimerions avoir notre table, s'il vous plaît.

Elle dirige alors ses yeux sur Eden à mes côtés. Son regard se fait surpris, mais elle hoche la tête avant de nous guider à une jolie petite table dans un coin du restaurant. Juste ce qu'il nous faut pour un peu d'intimité. Je recule la chaise afin qu'Eden puisse s'asseoir, et je prends place face à elle. Elle se mordille la lèvre et donne l'impression qu'elle va éclater de rire.

– Quoi ?

– Tu as vraiment une réputation de tombeur.

– Que veux-tu… Je n'ai jamais prétendu être un moine avant de te connaître.

– Je sais. C'est juste… saisissant ! Les gens semblent croire que c'est impossible que tu sortes avec une fille.

– C'était en effet impossible il n'y a pas si longtemps encore. Plus maintenant.

Elle me sourit doucement.

– Oh… Et qu'est-ce qui t'a fait changer ainsi ?

J'étire ma main pour couvrir la sienne.

– Tu le sais très bien.

Un serveur habillé tout en noir s'approche de nous. Il nous verse à chacun un verre d'eau glacée et nous tend les menus avant de nous énumérer les spécialités de ce soir. J'opte pour la surprise du chef et choisis une bouteille de vin pendant qu'Eden regarde la carte. J'admire ma compagne. Ses lunettes, qu'elle a sorties de sa pochette pour lire le menu, la rendent encore plus sexy, comme si cela était possible. Ses lèvres roses et luisantes sont un appel à être embrassées. Pendant une infime seconde, je me sens porté par une vague de bonheur intense. C'est avec moi que cette sublime créature dîne. Pas un autre homme, non, *moi*, Path. Je me rends compte que je suis verni. Elle baisse le menu et me regarde.

– Ça va ?

– Oui, très bien. Parle-moi de toi.

– Que veux-tu savoir?

– Tout!

– Hmmm... OK.

Elle replie ses lunettes et les range dans sa pochette. Puis elle fait mine de réfléchir un instant à ce qu'elle va pouvoir me dire. Je lui souris alors que j'entrelace nos doigts.

– J'ai 28 ans. Je suis enfant unique. J'ai grandi dans la banlieue de Danhoover jusqu'au décès de mon père.

– Oui, tu avais 8 ans, n'est-ce pas?

– Oui. Quand il est mort, ma mère et moi avons déménagé. Trop de mauvais souvenirs hantaient les murs de notre maison. Ma mère a loué un petit logement où on s'est lentement reconstruites toutes les deux. Pendant les mois qui ont suivi notre installation, nous avions la visite fréquente de Dean qui disait venir s'assurer que nous allions bien. Dean a été le premier policier à mettre les pieds dans la maison le soir du décès de mon père. J'avais 8 ans, donc pour moi, c'était plausible. Mais en fait, il était tombé sous le charme de ma mère au premier regard. Je crois que Maman éprouvait elle aussi des sentiments pour Dean. Mais elle avait besoin de temps pour se retrouver. Puis, quand j'ai eu 11 ans, ils ont annoncé leurs fiançailles. Ils se sont mariés l'été suivant. Depuis, ma mère et Dean vivent le parfait bonheur. Ils ont acheté une petite maison à Danhoover et j'ai grandi entourée d'amour. Dean n'est pas mon père biologique, mais c'est mon père...

– Comme Connor pour moi.

– Exactement. Quand j'ai eu 19 ans, j'ai quitté Danhoover pour le Connecticut.

Le serveur arrive et nous nous interrompons le temps qu'il prenne nos commandes. Quand nous sommes de nouveau seuls, je la questionne encore.

– Et qu'est-ce qui t'a poussée à aller dans le Connecticut?

– Yale.

Je suis surpris, et pourtant, si quelqu'un a pu entrer à Yale, c'est bien Eden.

– Tu as fait Yale?

– Oui, j'ai fait ma maîtrise de commerce là-bas. J'y ai connu Kyle.

– Ton mari…

– Oui.

Je vois une ombre de tristesse passer rapidement dans ses yeux. Une boule se forme dans ma gorge. J'aimerais tant pouvoir lui enlever la douleur qui l'habite quand elle songe à son mari. Mais je ne le peux malheureusement pas. Je peux uniquement lui offrir des instants présents remplis de joie pour tenter de compenser.

– Parle-moi de lui.

– Q… Quoi? Tu veux que je te parle mon mari?

– Bien sûr! Il a fait partie de ta vie. Il était important pour toi… Ça m'intéresse.

– Euh… OK. J'ai rencontré Kyle au café étudiant. Nous nous sommes rendu compte que nous avions quelques cours communs. Nous avons discuté longuement. Au moment de nous quitter, nous avons échangé nos numéros de téléphone. Puis nous nous sommes revus et nous avons commencé à nous côtoyer. Après un an, il a demandé ma main. C'était facile, avec Kyle. Nous étions toujours sur la même longueur d'onde. Nous avons décidé de monter notre boîte de sécurité après l'université. Nous avons cherché une formation, et ensuite des fonds. Lorsque nous avons obtenu notre prêt, nous avons loué un petit local et commencé nos activités. La première année a été pénible. Nous avons dû faire nos preuves. La seconde année, j'ai fait une formation plus poussée en sécurité, et le bouche-à-oreille s'est mis en marche. Nos ventes montaient. Notre réputation se bâtissait. Nous prenions notre rythme de croisière…

Le serveur revient avec le vin. Il nous sert à chacun un verre puis nous laisse. Nous trinquons doucement, avant de siroter une gorgée. Le vin est léger et frais. Délicieux. Eden ferme les yeux alors qu'elle savoure sa boisson et mon corps se réveille à cette vision.

– Et que s'est-il passé?

– Kyle a commencé à avoir de terribles migraines. Il disait que c'était sans doute la fatigue, l'écran d'ordi ou la chaleur… Un jour, je l'ai forcé à aller voir le médecin. Ce dernier lui a prescrit des médicaments pour le mal de tête. Un mois plus tard, j'ai dû emmener Kyle d'urgence à l'hôpital. Ses migraines avaient empiré et les cachets ne faisaient rien. Ils ont diagnostiqué un cancer du cerveau. Ils l'ont opéré, mais n'ont pas pu enlever toute la tumeur. Ce qui en restait a rapidement recommencé à croître. Ils lui ont alors proposé la chimio, qu'il a acceptée. Cependant, ça n'a rien fait, si ce n'est l'affaiblir. Jeff était notre ami, il nous a aidés avec le bureau. Puis, un jour, l'état de Kyle a nécessité qu'on l'hospitalise. Il n'est jamais ressorti. Il est…

Il est mort seul. Le médecin m'a annoncé qu'il était parti… Il est décédé un peu moins de six mois après le début de la chimio.

Je serre sa main dans la mienne. Elle la serre en retour en m'accordant un léger sourire.

– Tu es le premier à qui je raconte tout ça.

– Ah oui ?

– Oui…

– Merci.

Elle me sourit et le repas arrive. Nous mangeons en silence. Nous parlons peu, profitant simplement de la présence l'un de l'autre. Étrangement, ce moment mutique en tête-à-tête ne me répugne pas comme je l'aurais cru. Je me surprends même à fantasmer alors que je regarde sa bouche se refermer sur sa fourchette. J'imagine ses lèvres luisantes qui se referment ainsi sur mon membre tendu et je bande sous la table. Je me dandine un instant sur ma chaise et Eden hausse un sourcil. Son petit pied nu s'écrase contre mon entrejambe. Je me retiens de rire.

– Tu aimes bien faire ça !

Elle prend un air ingénu pour me répondre :

– Je ne vois pas de quoi tu parles.

Elle me sourit de manière coquine et mon érection se durcit encore. Je laisse ma main glisser contre son pied. Je caresse sa cheville avant de presser mon pouce contre l'arc de sa plante de pied. Elle ferme les yeux un instant, retenant un gémissement de plaisir. Le serveur revient peu de temps après pour ramasser nos assiettes et nous proposer un dessert et un café. Nous refusons en chœur et je demande l'addition. Une fois cette dernière payée, je guide ma charmante compagne jusqu'à mon camion. Je la hisse à bord et me dépêche de grimper du côté conducteur. Je démarre et m'engage sur le petit chemin de terre. Je ressens une certaine urgence à retrouver l'intimité de ma chambre. La main d'Eden glisse sur moi, de mon genou à ma cuisse, montant toujours plus haut.

– Eh, merde, Bambi, fais pas ça…

– Je ne tiendrais pas jusqu'au club…

J'entends sa boucle de ceinture se détacher. Immédiatement, je bifurque sur l'accotement et freine. Je n'ai pas le temps de lui demander ce qu'elle fait qu'elle se met à descendre ma braguette, avec des gestes saccadés et remplis de cette même urgence que j'ai en moi. Ses doigts fins s'infiltrent sous mon boxer pour en sortir mon pénis tendu. Elle se penche par-dessus la boîte de vitesses en repoussant une mèche de cheveux. Sa bouche trouve mon gland et la chaleur démentielle de sa langue recouvre mon membre érigé. Elle me suce fortement et je dois me retenir pour ne pas inonder sa gorge. Elle gémit et je serre les fesses, me concentrant sur des pensées désagréables, pour tenter de refréner l'orgasme qui monte trop rapidement en moi. Eden se relève et s'essuie la bouche du revers de sa main non plâtrée.

– Putain, que tu es sexy !

Elle me sourit et enjambe comme elle peut le levier de vitesse pour venir s'installer à califourchon sur moi. Mon gland frôle la soie humide de sa chatte.

– Tu ne portes pas de sous-vêtements ?

– Non, je voulais te faire une surprise.

– Oh… j'adore.

Sa main guide mon érection contre sa chatte brûlante. Puis elle descend sur moi. Son sexe m'enserre et me caresse, me poussant dans mes derniers retranchements. Elle bascule le bassin et commence un va-et-vient sur moi. Je saisis ses hanches et elle agrippe mes cheveux pour m'embrasser. J'accélère son mouvement et elle crie mon nom. Son intimité m'étrangle presque alors qu'elle jouit fortement autour de moi. C'est trop. Je presse ses hanches contre moi et jouis quand je suis complètement en elle. Nos respirations sont hachées et frénétiques. Elle m'embrasse de nouveau.

– Wow, Eden… C'était intense.

– Oui ! Je ne sais même pas comment j'ai pu tenir aussi longtemps. Tu es si beau, si sexy, habillé ainsi.

– Merci.

Elle se relève et mon pénis tombe sur mon jean. Comme je le replace dans mon boxer, je réalise avec horreur que je n'ai pas mis de préservatif.

– Eden…

– Oui ?

– Nous n'avons pas mis de…

– …capote !

– Je suis clean. Je n'ai jamais fait l'amour sans protection.

– Je n'ai pas eu personne depuis Kyle.

– Est-ce que tu prends la pilule ?

Elle baisse le regard sur ses mains.

– Non.

Merde!

Elle se retourne d'un coup vers moi. J'ai parlé à voix haute.

– Ne t'en fais pas, Path. Pour moi non plus, un bébé n'est réellement pas dans mes plans en ce moment.

Je ne peux m'empêcher de soupirer de soulagement.

– Je devrais avoir mes règles d'ici trois jours. On saura bientôt. Mais ce serait bien d'aller chercher la pilule du lendemain, même si je ne pense pas que nous devons nous alarmer.

Ce serait en effet la chose à faire, mais je me sens comme un connard de lui demander cela. J'aurais dû faire attention. Elle me dit qu'il n'y a pas de quoi s'inquiéter et j'aime croire qu'elle a raison. Mais, si... Est-ce que je suis prêt à être papa? Eh, merde, non! Cependant, j'ai toujours assumé mes actes, je ne vais pas me dérober cette fois-ci.

– On va aller te chercher ça.

Elle fronce les sourcils. Je l'attire à moi et l'embrasse. Passionnément. Quand je la libère, son minois est détendu.

– Tout va bien, Path?

– Oui... Et s'il le faut, j'assumerai mes responsabilités.

– Vraiment?

– Bien sûr, Eden. J'ai peur de devoir le faire, mais je le ferai.

Je l'embrasse à nouveau, et cette fois-ci elle m'embrasse avec autant d'ardeur que moi. Je redémarre et elle remet sa ceinture de sécurité. Le reste du court trajet se fait dans un silence troublé. Je caresse sa main et elle me regarde, comme si elle cherchait la faille dans mon comportement.

Après être passés à la pharmacie de garde et une fois au club, nous nous dirigeons directement dans ma chambre sans croiser personne. Dans le confort de mon environnement, je m'applique à lui montrer à quel point je la désire… sans oublier le préservatif. Je ne me lasse pas de lui faire l'amour. Chaque fois est meilleure que la précédente. Les petits bruits qu'elle émet, juste avant de jouir, sont incroyables. La nuit de sommeil est courte et le lendemain matin arrive trop rapidement.

Le samedi soir, une autre fête déjantée a lieu au club. Connor et Kill s'occupent du barbecue tandis que Maggs, Dee et Lily discutent avec Eden. J'entends les éclats de rire des femmes par-dessus la musique et je me sens étrangement bien. Elle s'intègre merveilleusement bien dans ma vie et dans ma famille.

– C'est une nana courageuse, commente Hush à mes côtés.

– Oui, tellement, approuvé-je, admiratif de la force de cette fille.

– Tu as réussi à clarifier tes idées ?

– Ouais, Hush. Kill et toi m'avez beaucoup aidé. Merci !

– De rien. C'est à ça que ça sert, les frères, non ?

– Ouais, acquiescé-je, tout de même soulagé qu'il ne me pose pas plus de questions.

Je suis sûr de moi avec Eden : je la veux, plus qu'aucune autre femme. Mais je ne suis pas encore prêt à dire tout haut à mes frères ce que je ressens. Ils l'ont de toute façon deviné bien avant moi.

– Je vais chercher une bouteille d'eau pour Lily. Tu prends

une bière? me demande Hush, me tirant de mes pensées.

– Non, merci, ça va!

Il me serre l'épaule avant de se diriger vers l'intérieur. Deux bras m'encerclent soudainement la taille. Je me dégage et me retourne. Une blonde plantureuse aux seins siliconés et aux lèvres botoxées me sourit. Sa petite robe rouge s'apparente plus à une nuisette qu'à une tenue décente. Merde! Le seul joli-cul dont le nom est gravé dans ma mémoire. Pendant un temps, elle et moi, c'était intense. Puis un jour elle a rencontré un mec. Elle n'était pas revenue depuis presque six mois au club.

– Sophia! Bonsoir…

– Salut, Path… Tu m'as manqué.

Elle tente de se coller contre moi. Je soupire en me reculant. Elle fait une moue pitoyable.

– Tu n'as pas un copain, Soph'?

– Je l'ai largué. Il n'avait pas la même vision de l'avenir que moi.

Elle essaie de nouveau de se presser contre moi. Je recule d'encore un pas en secouant la tête.

– Que se passe-t-il, mon beau? Tu te rappelles à quel point on s'amuse bien, toi et moi?

Les souvenirs d'elle et moi me soulèvent l'estomac. Décidément, j'ignorais ce qu'étaient le sexe et la vraie beauté avant Eden!

– Je ne suis plus intéressé, Soph'.

– Voyons, un chaud lapin comme toi… Allez, laisse-moi te gâter! me dit-elle d'une voix de tentatrice qui m'aurait fait succomber sans hésiter avant Eden.

Sa main glisse à la lisière de mon denim, frôlant la peau de mon ventre. Un haut-le-cœur me surprend et je repousse gentiment sa main.

– Non ! Je suis pris à présent, affirmé-je sans aucun regret.

Sophia s'approche et ses gros seins gonflés et beaucoup trop fermes se pressent contre moi. Je pose mes mains sur ses épaules et la fais doucement reculer.

– Quoi ? s'indigne-t-elle. Tu as une régulière maintenant ? J'ignorais que tu étais du genre à te caser, Path…

J'ouvre la bouche pour répondre, mais je ne sais pas quoi lui dire. Eden n'est pas ma régulière, mais l'idée qu'elle le soit ne me fout pas les jetons, au contraire. Avant que je trouve une réplique, une voix me coupe.

– J'aimerais bien que tu enlèves tes obus siliconés de son torse ! Il t'a dit non, je crois ?

Je me retourne pour découvrir Eden à mes côtés. Ses yeux normalement bleu ciel sont gris orage et son visage est fermé. La colère et la jalousie la rendent encore plus désirable.

– Qui es-tu ? demande Sophia, méprisante.

Pour toute réponse, Eden passe ses bras autour de ma taille et le mien se pose de façon possessive sur ses épaules. Son petit corps chaud se presse contre moi et son plâtre me râpe légèrement la peau du dos, mais je m'en fous. Je n'ai jamais vu Eden comme ça et cet aspect volcanique de sa personnalité me plaît !

– T'es sa régulière ? insiste Sophia avec une moue méprisante.

– Oui ! Alors je te demanderai de le laisser tranquille sinon tu vas devoir rappeler ton chirurgien pour qu'il te refasse le nez aussi.

Sophia siffle d'horreur et tourne les talons si vite que je ne serais pas surpris qu'elle ait arraché la pelouse. Je me retourne vers Eden, mon cœur s'affole en la regardant.

– Wow ! Chérie, c'était… sexy ! Tu es une vraie lionne !

– Je voyais bien qu'elle ne comprenait pas que tu ne voulais pas qu'elle te touche, dit-elle en rougissant, retrouvant son air presque timide.

– Je ne désire toucher qu'une seule femme : toi ! la rassuré-je.

Elle m'embrasse doucement. J'empoigne ses cheveux et presse son visage contre le mien plus fort. Mon érection se dresse contre son ventre. Elle gémit et j'avale son petit son si délicieux. Je romps le baiser en la gardant collée contre moi.

– Que veut dire exactement être « ta régulière » ? demande-t-elle.

– C'est une façon de dire compagne de vie, ou femme, ris-je. Dans notre monde, nous ne nous marions pas vraiment, nous prenons une régulière.

Elle rougit à nouveau. Je me retiens de rire alors qu'elle saisit l'implication de ce qu'elle a déclaré.

– Ne t'en fais pas, je comprends que tu ne le souhaites pas. Mais sache que le jour où tu seras prête, ce sera un honneur de t'offrir mon blouson.

Elle hausse un sourcil interrogateur. Cette fois, je ris doucement.

– Quand un motard donne son blouson à une femme, elle devient sa propriété, sa régulière. Elle est alors sous la protection du club en entier. Comme Lily et Maggs. Ce sont les régulières de Hush et Connor. N'importe quel Dark Soldier donnerait sa vie pour les protéger ; les régulières et les enfants sont intouchables dans notre univers de fous. Tu comprends ?

– Oui, donc, tu me prendrais comme régulière, femme officielle… si je le voulais ?

– Oui, je crois. Mais je sais que tout comme les trois petits mots, tu n'es pas prête pour cela. J'attendrai. Je sais être patient. Je t'ai attendue vingt-neuf ans, je peux attendre encore un peu.

Elle me sourit et m'embrasse passionnément.

Oh, oui, c'est ma régulière !

Mon érection est si puissante que j'ai l'impression que je vais exploser sur place. Je prends sa main dans la mienne.

– Tu me fais confiance ?

– Oui, me répond-elle sans hésiter.

– Viens avec moi ! Je veux te montrer quelque chose. Tu ne seras pas déçue.

Elle me sourit et je l'entraîne avec moi au fin fond de la cour. À la clôture, je me retourne pour faire face au bâtiment. J'installe Eden entre mes jambes et j'encercle sa taille de mes bras. Devant nous, le terrain grouille de gens que l'on distingue à peine dans l'obscurité. Nous sommes suffisamment loin des enceintes pour que la musique ne soit qu'un bruit de fond légèrement couvert par des conversations incompréhensibles. Elle laisse tomber sa tête sur mon épaule et inspire lentement.

– Que voulais-tu me montrer?

– Que vois-tu?

– C'est une question piège?

– Non, que vois-tu?

– Un bâtiment. Des gens qui discutent.

– Moi, je vois un foyer et ma famille. Je vois des hommes qui ont tué, battu et volé, mais qui ont aussi sauvé et protégé des plus faibles! Je vois de l'amour et du respect.

Ma main glisse sous la ceinture de son jean, descendant sous sa culotte pour caresser langoureusement son clitoris. Je la sens se tendre contre moi. Ma bouche effleure son oreille.

– Il y a peu de temps, je ne voyais rien de cela. Grâce à toi, je vois tout sous un nouveau jour. J'ai compris que la vie est fragile et qu'on ne sait jamais quand on peut tout perdre.

Ma paume glisse plus bas et mes doigts s'enfoncent en elle. Elle expire agrippant ma nuque de sa main valide.

– Tu m'as ouvert les yeux et le cœur. Tu as changé ma façon de voir mon quotidien. Si tu savais à quel point je t'aime.

Sentant son corps se tendre contre mes doigts qui s'agitent en elle. J'accélère la cadence tandis que du pouce je presse doucement son clitoris. Elle se met à trembler contre moi. Je mords la peau tendre de son cou.

– Vas-y, bébé.

Ses genoux lâchent sous son poids alors qu'elle jouit

contre moi. Je la soutiens, ralentissant les mouvements de mon poignet, lui laissant le temps de reprendre pied dans la réalité. Je retire ma main de son entrejambe et la porte à ma bouche. Je lèche avec appétit son miel.

– Mmm… c'était une très belle déclaration, Path, dit-elle, l'esprit tout embrumé par son orgasme.

– Uniquement la vérité, ma chérie.

Je la serre contre moi. La nuit est encore jeune. Quand nous retrouvons notre chambre quelques heures plus tard, je lui fais l'amour lentement avec passion, lui procurant deux orgasmes supplémentaires avant de jouir comme si ma vie en dépendait. Le dimanche matin, je suis réveillé par une Eden tout sourire. Elle m'embrasse et ma main glisse sur son cul. Elle approche sa bouche de mon oreille.

– Désolée, mon beau… Mais tu es au régime sec pour quelques jours.

– Tu veux dire que… ?

– Que tu ne seras pas papa dans neuf mois !

Soulagé, je l'embrasse à mon tour. Un jour, peut-être, je serai père, mais maintenant c'est réellement trop tôt. Je suis heureux, mais il reste une ombre au tableau : elle ne semble pas encore prête à me retourner mes sentiments.

Lorsque le lundi arrive, Kill et moi prenons en main les travaux à l'intérieur sous l'œil attentif d'Eden. Nous avançons moins vite que prévu, mais c'est mieux que rien. La semaine s'écoule à un rythme régulier et une certaine routine s'installe paisiblement. Nous bossons avec Kill, puis nous mangeons, soit ensemble, soit avec quelques-uns de mes frères. Ensuite, nous retrouvons notre chambre où nous savourons la présence l'un de l'autre, apprenant à nous connaître. Je suis soulagé de voir que Kill ne tente plus de séduire Eden. En fait, il agit plus comme un grand frère que comme un amant éperdu. Eden et lui semblent s'entendre comme larrons en foire. Je comprends mieux ce que Hush devait ressentir quand je ne cachais pas mon intérêt pour Lily.

Le jeudi soir, Eden et moi allons à Jersey chercher la console informatique qui gérera le tout. Eden me confirme qu'il reste tout au plus une semaine de boulot. Finalement, Kill et moi, on assure ! Avec la fin des travaux qui approche à grands pas, je me sens un peu anxieux. Je ne veux pas que, Eden et moi, ça s'arrête. J'espère qu'elle pense la même chose. Mais le fait qu'elle n'ose pas me dire les trois petits mots, ou juste parler d'avenir avec moi, me fout les jetons.

Le vendredi matin, Hush dépose Lily au club avant d'aller bosser. Nous déjeunons tous ensemble. Eden suggère de brancher les caméras extérieures à la console puisque le beau temps semble vouloir être des nôtres. Elle programme ma tablette avec la console et nous sortons tous à l'extérieur. Je monte sur le toit avec Kill et, un appareil à la fois, Eden nous guide pour bien orienter les champs de vision. Une fois les caméras bien positionnées, nous devons les bloquer en place. C'est un travail minutieux nécessaire. Alors qu'il ne reste plus qu'une seule installation à régler, je me dirige vers l'échelle pour retrouver Eden au sol. J'aperçois Lily qui discute avec elle. Elles ont mis leurs mains en visière pour me regarder et se protéger du soleil.

– Hey, Path?

– Oui, ma chérie?

– Je tiens à toi!

Je ne peux m'empêcher de sourire comme un imbécile avant de me reprendre.

– Moi aussi, ma chérie.

Je m'apprête à les rejoindre lorsqu'un vrombissement infernal de plusieurs moteurs me fait tourner les yeux. Mon sang ne fait qu'un tour. Fonçant droit sur le club, une vingtaine de motos de Satan Riders armés jusqu'aux dents roulent à pleine vitesse. La panique s'infiltre en moi… Ça ne sent pas bon! Il faut avoir du culot pour oser s'en prendre ainsi directement au club des Dark Soldiers! Une chose est sûre, c'est qu'ils ne sont pas ici pour une simple visite de courtoisie. En se pointant ici, menaçant de leurs armes notre club, sur notre territoire, ils ont franchi une limite non acceptable. C'est la guerre! Les femmes sont exposées et ne voient pas les *bikers* qui se dirigent vers nous. J'aperçois Kill se précipiter vers moi. Je descends en me laissant glisser sur les montants. Une fois sur la terre ferme, je hurle:

– AU SOL!

J'agis par réflexe tandis que l'adrénaline afflue dans mes veines. Je pousse rudement Eden qui tombe face contre le bitume, sans pouvoir amortir le choc. Je me retourne ensuite vers Lily lorsqu'un boucan effroyable de coups de feu retentit. Les yeux de Lily s'agrandissent d'une peur viscérale tout à fait compréhensible. Je n'ai plus le temps de réfléchir et, au moment où je l'entoure de mes bras pour nous jeter à terre, une douleur cuisante et insoutenable me parcourt le dos et ma vision s'estompe. Je tombe contre Lily sur l'asphalte, inconscient.

17

Eden

Tout a changé. Qui aurait pu prévoir qu'en me présentant ici il y a quelques semaines mon existence se transformerait autant. J'entrevois un avenir, une destinée différente. Tout cela grâce à un homme au physique de dieu, qui me donne le goût de vivre, qui m'apporte les meilleurs orgasmes de ma vie et qui m'aime! Oui, il m'aime, moi! Pas la bimbo siliconée, MOI!

Depuis samedi, je suis sur un petit nuage. Quand cette Sophia lui a sauté dessus, j'ai été envahie d'une colère noire. Heureusement, je notais bien que Path la repoussait. Kill m'a alors un peu parlé de Path et sa réputation de tombeur. Il m'a aussi avoué que c'était la première fois qu'il voyait son frère ainsi. Il m'a même dit en riant: «D'abord Hush, puis Path, qu'est-ce qui leur arrive, à tous?» Intriguée, je lui ai demandé de m'en dire plus sur Hush et Lily. Il s'est exécuté avec plaisir, et c'est vrai que nos histoires ont des similitudes troublantes!

Je n'ai pas hésité après la confession de Kill. J'ai couru dire deux mots à la bimbo sangsue et j'ai été récompensée par le regard admiratif de Path.

Et puis, cette déclaration au fond de la cour, pendant qu'il me procurait une jouissance digne d'un film porno, m'a chamboulée plus que je ne voulais l'admettre. J'aime tout, chez Path. Son extrême sensibilité dissimulée derrière une carapace de séducteur, sa façon de me protéger, de me regarder comme si j'étais un cadeau qu'il n'espérait plus, d'oser dire « je t'aime » sans se cacher, de faire du sexe quelque chose de génial et de naturel... Même son côté *biker* et secret me plaît ! Moi, la petite fille sage, soumise à son père, voulant faire la fierté de sa mère en se construisant une carrière, je suis tombée sous le charme du *bad boy*. Ça fait cliché, mais jamais cliché ne m'avait rendue plus heureuse ! Mes remparts se sont effrités rapidement. J'ai peur de l'avouer, mais je sais que je l'aime.

Le soleil plombe, aujourd'hui, mais les mecs ne s'en plaignent pas. Nous avons presque terminé de bien positionner les caméras placées sur le toit quand Lily me rejoint. Elle est sympa et je l'apprécie beaucoup.

– Un peu plus à gauche, Kill. Ouais, comme ça ! Parfait ! On ne bouge plus !

– Ça avance bien ?

– Oui, nous aurons fini plus tôt que ce que je pensais.

– Super. C'est un bon gars.

– Oui. Je sais.

– Il t'aime... Réellement, cela se voit.

– Il... Il me l'a dit. Il souhaite que je devienne sa régulière.

– Et toi ?

– Je... Je ne lui ai pas répondu... Pas encore. J'ai besoin de temps pour accepter le fait que je puisse aimer quelqu'un.

Le décès de mon mari m'a brisée, emportant avec lui une part de moi. Mais Path a su me guérir.

– Tu devrais le lui dire.

– Je ne sais pas…

– Pourquoi remettre à plus tard? J'ai attendu pour le dire à Hush et je suis passée tout près de ne jamais avoir pu lui dire. N'attends pas.

Nous entendons du bruit sur le toit. Simultanément, nous levons nos visages vers la source du son, plaçant nos mains en visières. J'aperçois Path qui nous regarde, souriant.

Dieu qu'il est beau!

– Tu as raison, dis-je à Lily.

Même si je ne suis pas encore capable de prononcer les mots qu'il escompte; je dois lui faire comprendre que je ne suis tout simplement pas prête, mais qu'il est important pour moi. Je hausse la voix pour qu'il m'entende.

– Hey, Path?

– Oui, ma chérie.

– Je tiens à toi!

Le sourire qui s'étale sur ses traits suffit presque à mouiller ma culotte. Je dis presque, car l'instant suivant un bruit assourdissant de moteur lui fait tourner la tête. Lorsqu'il nous regarde de nouveau, ses yeux sont menaçants. Je ne réalise pas ce qui se passe mais mon cœur s'accélère. Il descend en se laissant glisser contre les montants de l'échelle. Il nous hurle un ordre, mais sous le choc, je ne comprends pas. Soudain, il me pousse brusquement au sol. Je ferme les paupières quand mon corps rencontre le bitume chaud. Le bruit environnant devient un vacarme sans fin tandis que des pétarades de coups de feu se mêlent au mugissement des moteurs. Mes oreilles se mettent à bourdonner et je presse plus fortement mes paupières, refoulant la panique en moi. Quand le boucan s'estompe enfin, ma tête pulse au rythme de mes battements de cœur. J'ai l'impression d'être sous l'eau tant mes sens sont engourdis. J'entends des voix, puis les vrombissements s'éloigner. Combien de temps s'est-il écoulé ? Kill hurle soudain, mais les mots sont vagues. J'ouvre les yeux et à travers le flou de ma vision j'aperçois sa grande silhouette penchée au-dessus d'une masse au sol. Cela me prend quelques secondes pour comprendre ce qui se passe.

Path et Lily étendus sur l'asphalte, inconscients, couverts de peinture rouge. Non, pas de la peinture… Du sang. Le regard de Kill se tourne subitement vers moi et je réalise que je hurle. Les larmes coulent sur mes joues alors que j'observe Path se vider de son sang sur le bitume. Je me rends vaguement compte que des gens nous rejoignent. Kill laisse Path à Connor et Maggs, et vient me prendre dans ses bras larges.

Je me brise quand je vois Connor commencer un massage cardiaque à son fils au sol. Maggs à ses côtés. Une sirène se fait entendre au loin, mais je n'en suis pas certaine. Mon champ de vision se limite au visage de l'homme qui a conquis mon cœur. Du sang coule de sa bouche, mes sanglots sont plus forts et chaque seconde qui passe me déchire un peu plus. J'aperçois l'ambulance arriver, puis les hommes en blanc placer Path sur une civière. Kill m'aide à me relever tandis qu'une Lily inconsciente est mise sur un brancard et installée dans un second véhicule. Je tremble dans les bras de Kill.

– Viens, allons faire vérifier ta tête à l'hôpital, me guide-t-il doucement.

Incapable d'articuler quoi que ce soit, je le suis docilement, pleurant sans arrêt. Nous montons dans son Hummer et nous prenons la route derrière le cortège d'ambulances et de motos. Je suis sous le choc, je le sais, mon monde a cessé de tourner et je suis dans un état second. Je n'ai même pas conscience du trajet, ni de descendre du véhicule et encore moins d'entrer aux urgences. Cependant lorsque des doigts froids se posent sur mon front, je sursaute, reprenant pied dans la réalité. Une infirmière me scrute attentivement. Je détourne la tête vivement, reculant loin de sa main.

– Madame, je dois vérifier votre blessure.

– NON ! hurlé-je, paniquée à l'idée que quelqu'un me touche ou s'occupe de moi alors que Path... Path...

– Madame, soyez raisonnable, s'il vous plaît, tente la pauvre infirmière, dépassée par la violence de ma réaction.

– NON ! KILL ! KILL !

Je regarde frénétiquement autour de moi à la recherche de mon ami. Il apparaît rapidement à côté de moi.

– Monsieur, dites à votre copine de se calmer. Je dois évaluer son état, lui ordonne l'infirmière, pas le moins du monde intimidée par ce *biker* tatoué.

Kill me dévisage un instant et ses yeux se couvrent d'une lueur de colère.

– Ce n'est pas ma copine et je vous demanderais de la laisser tranquille, me défend-il.

– Mais, monsieur…

– Non. Elle ne désire pas être touchée en ce moment. Elle est en état de choc. Nous reviendrons tout à l'heure.

La femme hausse les épaules et, en soupirant, elle jette ses gants dans une corbeille au sol avant de nous abandonner. Je lève les yeux vers Kill dont le regard s'est considérablement adouci.

– Est-ce qu'il… Est-il… ?

– Nous ne savons rien. Il est en salle d'op'. Tu veux venir avec nous pour attendre de ses nouvelles ?

Je hoche la tête et tente de me redresser. Mes genoux tremblent sous moi, mais je réussis à marcher jusqu'au petit groupe dans la pièce réservée aux familles. Je prends un siège un peu en retrait. Kill me frotte le dos un instant avant de se lever pour aller rejoindre les autres. Connor et Hush tournent en rond comme des lions en cage. Maggs soutient Dee qui pleure toutes les larmes de son corps. Mace, Tips et Scott sont assis, l'air sombre. Seules les recrues sont absentes, sans doute surveillent-elles le club. J'ai l'impression que le temps ralentit et repart d'un coup à vitesse grand V. Mon monde tangue et se déforme durant cette interminable attente.

Puis, tout s'arrête. La porte s'ouvre et un homme à blouse blanche entre. Mes oreilles bourdonnent quand je remarque son expression. La même que celle que le docteur affichait lors du décès de Kyle. Mon cœur cesse de battre et un immense froid m'envahit. Je le vois discuter avec

Connor et Hush. Comme dans un état second, j'entends des bribes de ce que dit le médecin.

– Sa condition était critique… Le choc, vous comprenez… Dans la salle d'opération… Je suis désolé, on a tout tenté… Il n'a pas survécu.

Le cri perçant de douleur de Dee me saisit et la seconde suivante je suis debout sur mes pieds, courant vers la porte.

Encore ! J'ai encore perdu l'amour de ma vie. Je me précipite dans les corridors aseptisés vers la sortie. Une fois à l'extérieur, je ne suis pas surprise lorsque je découvre qu'il pleut. Même dame Nature pleure la mort de cet homme incroyable. Je marche un instant et me souviens que je suis venue en voiture avec Kill.

Je regarde l'hôpital devant moi, et je sais que je suis incapable de retourner à l'intérieur. De plus, ils doivent s'occuper de leurs frères. Je sors mon téléphone et appelle Jeff, il viendra me récupérer. J'ai toujours pu compter sur lui.

– Hey, Eden ! Ça roule, ma poule ? dit-il en rigolant.

– Jeff, peux-tu venir me prendre ?

Ma voix est rauque et remplie d'une tristesse sans nom.

– Eden ? Mais que se passe-t-il ?

– Viens me chercher Jeff… S'il te plaît… J'ai besoin de toi.

– J'arrive ! Dis-moi où tu es.

– À l'hôpital d'Hedonas.

– Ne bouge pas, j'arrive.

Mes pieds se plantent au sol et je reste sous la pluie, attendant mon ami. La flotte se déchaîne sur moi, mais je n'en ai que faire. Ma vie s'est écroulée une deuxième fois et j'ignore si je vais pouvoir m'en sortir. Je ne sais pas combien de temps je demeure comme ça, sans bouger, avant que des bras chaleureux m'encerclent les épaules.

– Ma belle, pourquoi es-tu restée dehors à m'attendre ? me demande Jeff dont l'inquiétude se lit sur son visage.

– Je ne pouvais pas retourner à l'intérieur. Ramène-moi à la maison, s'il te plaît.

– Viens…

Il m'ouvre la portière et je me retrouve à l'abri dans l'habitacle. Une fois à côté de moi, Jeff met le chauffage à pleine puissance et je me rends compte que je tremble de froid. Sans me poser de questions, il engage sa voiture sur la route. Sa main prend la mienne et la serre doucement. Nous roulons un long moment en silence. Arrivé à Jersey, il me demande :

– Que s'est-il passé ?

– Nous… Nous étions au club et… hésité-je, perdue. Je ne sais pas exactement ce qui s'est produit. Mais j'ai entendu un fort bruit de moteurs et des coups de feu.

– Bon sang, Eden ! Tu n'es pas blessée ?

– Non… non… Mais Path… Path… sangloté-je à nouveau.

– Path, quoi ?

– Path est… Mon Dieu ! Path est mort.

– Il est mort ?! répète Jeff, choqué.

Je hoche la tête et je la laisse tomber contre mes mains. Les larmes coulent toujours. Verbaliser les faits de vive voix rend la chose si réelle, si dure. Jeff ne dit rien, lorsque mes pleurs se calment un peu, la voiture s'arrête. Je l'entends descendre et je m'essuie les yeux avant de relever la tête.

Comme ma portière s'ouvre, je sens une vague d'affolement me submerger. Je dévisage Jeff et il agrippe mon bras au-dessus du plâtre pour m'aider à sortir du véhicule. Je tremble de la tête aux pieds en regardant autour de moi. Je connais cet endroit. Je l'ai déjà vu en photo. Le club des Satan Riders de Jersey !

– Jeff, qu'est-ce qu'on fait ici ? paniqué-je.

– Viens, je vais tout t'expliquer, affirme-t-il d'une voix qui n'a plus rien de sympathique.

Je me braque et plante les talons dans le sol, secouant mon bras, tentant de me libérer de sa prise.

– Non ! Je n'irai nulle part. Pourquoi sommes-nous ici ? répété-je, ayant peur de commencer à comprendre.

Il lève les yeux au ciel et sa main attrape mes cheveux. Il me traîne par la crinière vers l'intérieur du bâtiment. J'en pleure de douleur. Je ne vois que le sol pendant que je me débats en lui hurlant de me lâcher. Lorsqu'il le fait, il me projette à terre violemment. Je tombe à la renverse et me retourne vers lui en rampant le plus loin possible. Je suis dans une pièce complètement nue, sans aucun meuble. Une fenêtre et la porte derrière Jeff semblent les seules issues. La tristesse et la haine se mêlent en moi, m'empêchant de succomber totalement à l'angoisse.

– Qui es-tu ?

– Tu sais très bien qui je suis, Eden.

– Jeff… Jeff ne m'aurait jamais traité comme ça.

Un rictus mauvais parcourt son visage. Je n'ai jamais vu Jeff agir ainsi.

– C'est que tu ne me connais visiblement pas assez !

– Je ne comprends pas.

– Je n'en doute pas.

– Explique-moi…

Il se tourne vers la sortie. Je me relève en l'attrapant par la manche. Il se retourne brusquement en m'envoyant valser contre le mur.

– Jeff ! Laisse-moi partir !

– Écoute, Eden tu es plus en sécurité ici que là-bas. Les Dark Soldiers sont finis. Les Satan Riders vont les rayer de la carte une fois pour toutes.

– Mais pourquoi fais-tu ça ? Tu n'es pas un Satan Rider !

– Non…

Il me dévisage avant de passer sa main dans ses cheveux.

– Tu te souviens de mon frère Brent ?

– Oui, tu m'as dit que vous ne vous parliez presque plus. Mais c'est tout ce que je me rappelle. Quel est le rapport ? lui demandé-je en essayant de rester calme.

– Mon frère était membre des Satan Riders. Il se faisait appeler Snake. Tes putain de nouveaux amis, les Dark Soldiers, l'ont tué sans aucune pitié il y a quelques mois.

– Alors c'est lui qui a participé à l'enlèvement de Lily ? Et qui voulait la violer ? m'exclamé-je en me remémorant l'histoire que Kill m'avait racontée.

– « Il voulait la violer », se moque Jeff d'une voix haut perchée. Tu n'y connais rien, tu crois que les *bikers* sont des enfants de chœur ? Et puis, Snake n'a eu le temps de rien faire puisqu'ils l'ont tué ! Depuis, je me suis promis de le venger. Je me suis associé avec les Satan Riders pour obtenir leur aide. Quand Path s'est pointé avec ce contrat, on a vu l'occasion rêvée de prendre notre revanche. Avec les plans de sécurité et de l'intérieur, il nous aurait été facile d'entrer sans se faire coincer en pleine nuit et tous les descendre.

Une vague de glace me gèle le dos, alors que je comprends qu'il y a plus derrière ces mots. Ma voix se fait petite et faible quand j'annonce :

– Mais c'est moi qui avais les plans…

– Exactement. Je n'ai jamais trouvé ton dossier au bureau donc j'ai essayé de te remplacer à plusieurs reprises. Mais sans succès. Je n'avais pas prévu que Path serait là pour te secourir au Thunder quand tu as pris ma bière bourrée de GHB.

Devant mon air effaré, il éclate de rire.

– C'est facile de simuler une ou deux gorgées. Je pensais que tu te retrouverais dans le lit d'un inconnu et que tu aurais besoin de quelques jours de congé forcés. Et ainsi, j'aurais pu te remplacer…

Ma respiration se fait difficile. Jeff… C'est Jeff qui m'a droguée ! Celui que je considérais comme mon meilleur ami a délibérément mis du GHB dans mon verre en souhaitant que je sois violée…

– Mais bon, ensuite j'ai voulu t'accompagner à la soirée au club, et tu as refusé. Alors je me suis introduit chez toi, sans rien trouver encore. C'est Jerry qui m'a suggéré de te faire peur avec le bordel au bureau. J'en ai profité pour forcer les serrures de tes tiroirs. Sans résultat non plus. J'ai inventé la disparition du dossier des Jamieson et le cambriolage de mon appartement pour que tu ne te doutes de rien. Oh ! Je ne t'avais pas dit comment j'ai rencontré Jerry... Grâce à mon frère ! Eh oui, ma jolie, Jerry est un Satan Rider ! Mais tu n'as pas réagi comme prévu. Donc nous avons pris l'initiative de couper tes freins.

– Tu voulais me tuer ?!

Il balaie l'air de sa main. La chair de poule recouvre mon dos. Mais qui est cet homme ?

– De toute façon, tu étais trop près du gang. Tu étais presque devenue la régulière de Path. Tu étais un dommage collatéral.

– Un... un « dommage c... collatéral » !

– Ouais. Quand tu m'as dit qu'il restait peu de temps avant que le travail au club soit terminé, nous avons décidé d'employer les grands moyens. Nous avons planqué un homme pas loin. Il devait nous avertir à la moindre opportunité de te descendre ainsi qu'un ou deux membres des Dark Soldiers. Au moment où on a eu notre confirmation, les frères sont partis. Mais tu en as réchappé.

Je ne parle plus, tant l'horreur de ses révélations me cloue sur place. Cette façon de régler les conflits, de se venger... Ça me dépasse complètement. Je mesure l'ampleur de la violence du monde où j'ai mis les pieds.

Mais le pire est que, si Path était en vie, j'aurais quand même rêvé d'y vivre avec lui !

Les larmes me montent aux yeux à nouveau. J'ai peur, vraiment peur. Je ne suis pas aussi forte que Lily, je ne saurais pas me défendre comme elle l'a fait. Et cette fois, Path ne sera pas là pour me protéger.

– Maintenant que leur vice-président est mort, ils vont être fous de rage. Nous allons les attendre sagement ici, prêts à les abattre l'un après l'autre. Et ensuite, Jerry viendra s'occuper de toi.

Sur ces mots, il sort rapidement de la pièce en verrouillant la porte derrière lui.

18

Eden

La nuit est tombée depuis un long moment. J'ai eu le temps de faire le tour de la pièce à la recherche d'une échappatoire tellement de fois que j'en ai perdu le compte. Sans résultat. Maintenant, je me concentre sur les allées et venues à l'extérieur. Je dois trouver une façon de m'évader et d'avertir Connor ou Kill. S'ils se pointent ici, ils se feront descendre et je sais que Path aurait voulu que je sauve son père et ses frères. Mon estomac se tord et grogne. Je n'ai rien mangé depuis ce matin. J'entends des pas dans le couloir et je recule contre le mur. Une clé glisse dans la serrure et la porte s'ouvre sur Jerry. Je réalise à quel point je ne le connaissais pas. Nous ne nous sommes rencontrés que quelques fois, souvent à la va-vite dans un cadre de porte quand il venait rejoindre Jeff. J'aurais dû me méfier… Mais comment aurais-je pu imaginer le merdier qui m'attendait ? Sa veste de cuir sans manches avec le logo des Satan Riders me soulève le cœur. Il s'approche et m'attrape les mains. D'un geste rapide et assuré, il les attache ensemble.

Je grimace sous la morsure des liens. Mon poignet valide frotte désagréablement contre mon plâtre. Il agrippe la corde de jute rêche et me guide hors de la pièce. J'observe partout autour de moi, me demandant où il me traîne. Nous nous arrêtons dans la cuisine et il me jette sans ménagement sur une chaise.

Un bol de soupe apparaît devant moi. Je regarde mon environnement et n'aperçois aucun ustensile. Je me retourne vers le comptoir et découvre une grande blonde, habillée de moins de trente centimètres carrés de tissu, qui me dévisage méchamment. Sa cigarette pendante à la lèvre, elle grimace.

– J, c'est qui, la pouffe? demande-t-elle.

– Personne, Kay. Une invitée temporaire.

Elle hausse un sourcil et se détourne de nous pour continuer ce qu'elle faisait. Je ne suis même pas surprise quand cette dernière se penche pour renifler fortement contre le plan de travail avant de se redresser et s'essuyer le nez. Elle marche ensuite vers Jerry. Elle noue ses bras autour de son cou et l'embrasse à pleine bouche. Puis elle disparaît dans le salon en lui envoyant un clin d'œil, remuant son cul à peine caché.

– C'est intéressant… ricané-je. Jeff est au courant?

– Bien sûr! On se la fait ensemble, souvent. Maintenant, mange avant que je te remonte.

– Je n'ai pas de couverts.

– Dépêche-toi, j'ai pas que ça à faire.

Sans montrer ma peur, je saisis le bol entre mes mains et le porte à ma bouche. Ce n'est pas évident compte tenu de mon plâtre, mais je réussis tout de même à boire un peu de bouillon. Le liquide est tiède et fade. J'avale quelques gorgées avant de le reposer sur la table. Je n'ai pas faim, tout m'indiffère. Jerry se lève et me rattrape par les liens pour me remmener dans la pièce qui m'est apparemment attitrée. Il ne prend même pas la peine de me détacher et il referme à clé derrière moi. Je me laisse glisser à terre. Ma tête me fait un mal de chien et mon estomac n'apprécie pas tout à fait le peu de nourriture que j'ai ingérée. Je me penche à temps pour vomir mon repas sur le plancher. La tête me tourne et je finis par m'étendre au sol.

Lorsque j'ouvre à nouveau les yeux, le soleil s'est levé et éclaire faiblement la pièce. Je me redresse péniblement, mes muscles courbaturés par ma position de sommeil. Je jette un œil à l'extérieur, reprenant ma surveillance.

Ma visite à la cuisine impromptue d'hier m'a offert une chance unique. Maintenant, je sais comment m'échapper d'ici… J'ai repéré où me cacher avant d'atteindre la porte de sortie. Comme chez les Dark Soldiers jusqu'à ce qu'ils m'embauchent, la sécurité ne semble pas être le fort des Satan Riders puisque la clé reste apparemment dans la serrure. Ils se croient probablement intouchables une fois à l'intérieur de leurs murs. Je ne compte pas prendre racine et une énergie nouvelle m'anime. Réfléchir à ma fuite pour prévenir la famille de Path me donne un but et me maintient en vie. Je n'ai plus qu'à attendre le bon moment. Un bruissement dans le couloir me fait reculer contre la cloison. La porte s'ouvre et deux inconnus entrent. Le premier est grand et mince. Ses cheveux noirs sont rasés sur les côtés, laissant une crête au sommet de son crâne. Il est couvert de tatouages du cou à la ligne de son pantalon. Le second, qui ferme le battant derrière eux, est plus gras que le premier. Sa tête est luisante, sans l'ombre d'un poil. Un tatouage de Satan lui tient lieu de chevelure. Les deux portent la veste du club des Satan Riders. Le premier s'approche et fait craquer ses jointures.

– Alors c'est toi, la pute des Dark Soldiers…

– Je ne suis pas une pute ! répliqué-je dans un sursaut de fierté.

– Tu as couché avec la vermine… Je devrais te tringler pour te montrer comment baise un vrai homme.

Je recule le plus loin possible d'eux. Il n'oserait quand même pas ? *Bien sûr que si, oh, mon Dieu !*

– Mais j'ai pas le temps. Jerry va revenir sous peu.

J'expire bruyamment, soulagée. Il ne va pas me toucher. Une petite voix dans ma tête pense « pas encore », mais ce n'est pas le moment de l'écouter, ou je risque de m'effondrer.

– Je voulais juste voir et tâter la marchandise, continue l'homme.

Quoi ?

Il s'approche d'un bond et, sans que je puisse m'échapper, je me retrouve bloquée entre les deux. Le maigrelet m'écrase la mâchoire en embrassant goulûment mes lèvres, tandis que le plus gras me tripote les fesses. Des larmes d'humiliation et de peur perlent au coin de mes yeux.

– Ouvre la bouche ! m'ordonne le mince.

Je secoue la tête. Le gros me tape violemment une fesse. Je crie de douleur alors que ma peau pulse de la brûlure de sa claque. L'autre en profite pour introduire sa langue dans ma bouche. Je m'efforce de me défaire de leur emprise, je me débats, mais le grassouillet me serre contre lui et glisse sa main sous ma chemise pour agripper mon sein. Il pince puissamment mon mamelon, tirant dessus. Je gueule, mais mon hurlement est avalé par son acolyte. Je tente de le repousser, je le griffe maladroitement.

Je ne sais pas quoi faire!

Dans un sursaut d'instinct de survie, je pense à Lily et à la force dont elle a fait preuve. Je peux le faire. Je projette tout mon corps en avant en battant des bras et en balançant des coups de pied. Miraculeusement, je sens l'emprise du plus grand des deux hommes se desserrer et un coup de mon genou atteint l'entrejambe du petit gras. Je ne sais pas comment j'ai réussi à faire ça, mais je me retrouve libre et mets le plus de distance possible entre moi et mes agresseurs.

Le mince se rue sur moi et j'ai à peine le temps de placer mes mains devant moi que son poing s'abat contre ma joue. Je vois des taches scintillantes... La porte s'ouvre et Jerry apparaît dans le cadre. Il donne un ordre aux deux hommes, mais je ne comprends rien – je sombre dans les ténèbres. Je voyage de la conscience à l'inconscience pendant les heures ou les jours qui suivent. Le temps n'est plus qu'un concept vague et je comprends que je dois avoir une nouvelle commotion. Ils n'ont pas nettoyé la pièce qui pue de l'odeur âcre de mon vomi. J'ignore quel jour nous sommes, mais je dois tenter ma chance bientôt. Jerry n'est pas revenu me chercher pour manger depuis le premier jour. Mon estomac a grondé, brûlé et pincé avant de ne plus se manifester. Parfois, un homme me jette une bouteille d'eau, alors je la savoure lentement. Quand j'ai eu envie d'aller aux toilettes la première fois, j'ai cogné et hurlé pendant un long moment, sans obtenir aucune réponse. Depuis, j'utilise un coin de la pièce pour mes besoins naturels.

À cet instant, je suis au bout du rouleau. Mon corps est faible et mon esprit de plus en plus confus. Je sais pourtant que je dois sortir d'ici. Je regarde à l'extérieur et je suis surprise de voir moins de motos qu'avant. C'est le moment ou jamais. J'utilise un pan de ma chemise pour couvrir ma main et tape une première fois dans la vitre. Ça fait mal, mais je ne m'arrête pas. Plusieurs tentatives plus tard, j'ai une idée. Je change de main et, protégeant mes doigts, je frappe avec mon plâtre sur la vitre. Elle vibre et semble sur le point de lâcher. Je cogne plus fort et je défonce finalement la vitre. Je ramasse un gros éclat que je mets de côté, il me servira en cas de pépin. Puis je débarrasse le pourtour de la fenêtre de ce qui pourrait me blesser. Je suis déconnectée de moi-même. C'est ma dernière chance et je ne ressens plus rien qu'une intense concentration. Le sol est trop loin pour sauter, je vais devoir agir en un éclair. Je me cache derrière la porte, attrapant le grand morceau de verre comme une arme et hurle à pleins poumons.

– AAAAAH !

Presque immédiatement, j'entends des pas précipités dans le couloir. La porte s'ouvre et un homme se dirige rapidement vers la fenêtre. Je me glisse à l'extérieur et me dépêche de refermer à clé après moi. À peine deux secondes plus tard, le mec se déchaîne contre le battant. Je dois agir vite. Je me rends à toute allure dans la cuisine, tendant l'oreille. Des bruits de pas. Je me cache derrière l'armoire que j'avais repérée dans le petit salon. Deux hommes passent sans me voir. Une fois la voie libre, je me précipite vers la sortie.

Pourvu que les clés soient toujours sur la porte!

Elles y sont. C'est presque un miracle. Je sors en courant et dehors je cours encore sans regarder derrière moi. Mes pieds frappent le bitume à un rythme effréné. Je franchis la clôture entrouverte et me sauve le plus loin possible de mes ravisseurs.

Je tourne le coin d'un immeuble et m'abandonne contre la brique, à bout de souffle et complètement vidée. Je m'écroule au sol. Je puise dans le peu d'énergie qu'il me reste pour ne pas m'évanouir. À cet instant précis, je ne souhaite que mourir et retrouver mes deux amours, mais avant de me laisser sombrer je dois prévenir les Dark Soldiers. Je le dois à Path.

– Eden? C'est toi, Eden?

Je sursaute vivement me redressant, prête à courir grâce à l'adrénaline qui inonde mes veines. Devant moi, un jeune homme vêtu d'une veste de cuir noir s'avance timidement. Il doit avoir remarqué la peur qui émane de moi, car il tend une main lentement en ma direction, s'adressant à moi aussi doucement que l'on parle à un bébé.

– Tu me reconnais? Je m'appelle Wind. Je suis une recrue des Dark Soldiers d'Hedonas… On s'est croisés quelques fois au club…

Je le regarde se retourner pour me montrer le dos de sa veste. Je devrais fuir, mais je suis épuisée et son visage me revient : il s'occupait des motos pendant que j'installais la grille avec Path.

Vive ma mémoire photographique !

Il se rapproche de moi et j'éclate en sanglots.

– On doit les prévenir. Les Satan Riders leur ont tendu un piège. Si vous attaquez, ils vont tous vous tuer !

Mes mots sont précipités et faibles. Je ne sais pas s'il m'a comprise, mais il hoche la tête et me tend la main. Il m'entraîne vers sa moto. J'ignore si je vais tenir tout le trajet, mais je prends place derrière lui. Je m'agrippe à sa taille fortement, appuyant mon front entre ses omoplates. Je ferme les yeux et me concentre sur le fait de rester sur la bécane. J'ai vaguement conscience du voyage, je suis si faible que tout ce que je souhaite, c'est dormir, me reposer. Je sens la moto ralentir et finalement s'arrêter. J'ouvre les paupières et un soulagement profond me prend quand je reconnais le bâtiment du club. Il débarque de la moto et me tend les mains. Je descends à mon tour et mes jambes cèdent sous moi. Il me rattrape rapidement et se met à courir en direction de la cuisine. À mi-chemin, j'entends une voix familière et les larmes me montent aux yeux.

– Eden ! Bordel ! Que s'est-il passé ?

– Kill… Tu dois les avertir…

Wind me dépose dans les bras de Kill. Ma tête bascule contre son épaule et j'abandonne le combat. Mon corps est trop affaibli.

19

Path
Quelques jours plus tôt

Je déteste les lendemains de cuite ! Je devrais vraiment cesser de boire autant. J'ai la tête qui veut exploser et tout mon corps est engourdi. Lorsque j'ouvre les yeux, mes paupières sont si lourdes que je grogne en forçant. Une main chaude recouvre la mienne tandis qu'une autre caresse mon front.

Eh ! merde !

Je ne laisse jamais une femme coucher avec moi… Un flash me revient. Des cheveux noir jais… Des iris aussi bleus que l'océan… Une peau crème et trop douce…

Eden !

Ce n'est pas sa main, j'en suis sûr. Ma vue est trouble.

– Oh, mon chéri ! J'ai eu si peur !

– Maman ?

Je tourne la tête et ma vision se précise un peu, de telle sorte que j'arrive à reconnaître Maggs à côté de moi. La pièce est trop blanche pour être ma chambre au club. De toute façon, je sais que Maggs n'entrerait jamais dans ma chambre sans y être invitée. Elle respecte ma vie privée. Je regarde autour de moi, mais ne remets aucunement l'endroit. Mes yeux tombent sur de l'équipement médical qui visiblement est relié à moi. Je suis à l'hôpital.

– Que s'est-il passé ?

– Tu ne te souviens pas ? Les Satan Riders ont tiré sur le club.

Les images me reviennent en mémoire en rafale. La peur et une panique sourde s'insinuent dans mes veines.

– J'ai pris une balle ?

– Deux. Une dans l'épaule et l'autre dans le dos. On a vraiment cru te perdre, mon chéri.

Je me retourne vers elle et je remarque les larges cernes sous ses yeux bruns. Elle a pleuré, et beaucoup.

– Comment vont Eden et Lily ?

Maggs se penche vers moi et ses mains serrent la mienne en un geste rassurant.

– Ne t'en fais pas… Pense à toi, à guérir, mon chéri.

La porte s'ouvre derrière elle et Connor entre. Son visage sombre, mais lorsqu'il m'aperçoit, un grand sourire éclaire ses traits. Je le trouve plus âgé qu'avant.

– Fiston ! Tu es enfin réveillé !

– Combien de temps ai-je été inconscient ?

– Presque trois jours. Tu l'as échappé belle… Tu as failli rester sur la table d'opération.

Il s'approche de moi et il embrasse ma tête. Je me raidis. C'est la première fois que Connor me montre son amour d'une manière aussi spontanée. J'entends Maggs pleurer doucement à ses côtés.

– Papa, je veux savoir, est-ce qu'Eden et Lily vont bien?

Il se redresse et serre la mâchoire. Mon cœur s'accélère sous l'effet de la peur.

– Il n'y a pas de façon délicate de t'annoncer cela, Path…

Je retiens mon souffle. Je le dévisage et il ferme les yeux un instant avant de me répondre.

– Elles vont… bien. Enfin, Eden semblait avoir une commotion, mais elle refusait d'être soignée.

– Semblait?

– Oui, elle a… disparu. Kill la cherche depuis trois jours. Sans nouvelles. Je suis désolé, Path, mais on pense qu'elle a quitté la région.

J'avale difficilement. Est-ce qu'elle m'aurait laissé tomber? Pourtant, elle venait à peine de me dire qu'elle tenait à moi… Il doit y avoir quelque chose. Je range ma panique dans un coin, je m'en occuperai plus tard. Elle est vivante, c'est tout ce qui compte. Si je commence à penser qu'elle est vraiment partie, je risque de devenir fou et tout casser.

– Et Lily?

Connor regarde Maggs et cette dernière secoue la tête doucement. De nouvelles larmes coulent au bord de ses yeux.

– Elle a perdu le bébé.

J'inspire brusquement. Je me mets à trembler comme une feuille. Perdu le bébé!

NON!

– Mon chéri, ce n'est pas ta faute… Le médecin dit que l'impact au sol a décollé le placenta et le bébé a encaissé le coup. Ils ont tout fait, mais…

– Merde ! Putain de merde ! hurlé-je dans une vaine tentative pour canaliser la colère et la tristesse qui me vrillent le cerveau. Comment va-t-elle ? Et Hush ?

– Elle ne va pas fort, mais elle est bien entourée. Hush et Dee ne la quittent pas. Elle a beaucoup pleuré, et c'est tout à fait normal. Hush ne le montre pas, mais il est complètement démoli.

– Je veux la voir, répété-je.

– Pas tout de suite… Mais dès que tu pourras te lever et sortir d'ici, c'est promis, tu la verras, me dit Connor, lui aussi profondément touché par cette nouvelle.

Je me laisse retomber sur l'oreiller, je ne m'étais même pas rendu compte que je m'étais redressé. Je ferme les yeux et soupire fortement. Je laisse les émotions m'envahir. La haine, la colère, la tristesse, la peur… Cela ne peut rester impuni.

– Que va-t-il se passer ?

– J'ai appelé Boss, des clubs des environs vont nous rejoindre. Nous allons raser les Satan Riders. Il mérite qu'on le venge, tout comme toi.

– « Il » ? C'était un garçon ?

– C'était un garçon. Ils l'ont nommé Jason.

Le fait d'entendre un prénom rend tout plus réel. Une sensation de brûlure s'installe dans mon ventre. Ce n'était pas mon enfant, mais c'était un enfant du club, un enfant de ma famille. Et savoir que ce petit Dark Soldier ne pourra jamais connaître sa mère si incroyable et son père si merveilleux me remplit de haine. Je prends le temps de bien respirer pour calmer l'émotion meurtrière qui monte en moi.

– Et tu as dit qu'Eden a disparu? demandé-je, tentant de ne pas montrer ma douleur à cette idée.

– Oui, Tips n'arrive pas à tracer son téléphone. Nous avons des recrues qui font le guet à son appartement. Elle n'y a pas remis les pieds depuis l'accident. Nous avons aussi une recrue à son bureau. Jeff ne l'a pas vue. Il a contacté ses parents, elle n'est pas chez eux. Nous croyons qu'elle a fui le secteur pour une raison que l'on ignore.

Je sais que ces mots cachent une autre vérité.

– Crache le morceau, Papa!

Il se gratte le derrière de la tête, mal à l'aise. Maggs se lève et l'embrasse sur la joue avant de sortir. Connor soupire et s'assoit à mes côtés.

– Nous pensons qu'elle était de mèche avec les Satan Riders.

– Quoi? Jamais...

– Mais enfin, Path, sois logique: pourquoi aurait-elle disparu de la circulation immédiatement après l'attaque? Elle devait être au courant et elle s'est sauvée à temps.

– Non, c'est impossible! Elle n'aurait pas coupé ses propres freins de voiture! Elle tient à moi... Elle... me l'a dit.

– Il n'en reste pas moins que c'est l'avis de plusieurs...

– Plusieurs. Pas tous.

– Non, en effet! Kill n'est pas de cet avis. Hush est partagé. Les autres trouvent sa disparition suspecte.

Je regarde Connor et pour la première fois je ressens de la rancœur envers cet homme si bon. Il ne peut pas décemment supposer que ma douce Eden fraie avec l'ennemi!

– Dans combien de temps je vais pouvoir sortir d'ici?

– Ta mère est allée chercher le médecin. C'est lui qui va décider. Mais je ne veux pas te voir prendre des risques inutiles. Nous avons cru te perdre et ta mère n'y survivrait pas.

Comme une étincelle en pleine nuit noire, je me souviens… «Je ne sais pas quoi dire, Path. Je t'apprécie énormément… Mais le dernier homme à qui j'ai dit ces trois petits mots m'a brisé le cœur. Lorsque Kyle est décédé, ça a été terriblement difficile. J'ai complètement oublié d'exister. Je me noyais dans le travail. Je ne veux jamais revivre cela. Je n'y survivrais pas.»

– Papa, elle ne nous a pas trahis… Elle a perdu son mari il y a deux ans d'un cancer… Elle s'est refusée à me dire qu'elle m'aimait, car elle avait peur de revivre la même chose. Elle a dû penser que j'étais mort!

Mon père me dévisage. Je sais qu'il ne croit qu'à moitié en la sincérité d'Eden. Mais dès que je pourrai sortir d'ici, je la trouverai et réglerai cette histoire. Soit elle nous a réellement trahis, soit elle est en danger – et cette dernière possibilité me terrifie plus que tout. Cela fait trois jours, il est peut-être déjà trop tard.

Le médecin entre et Connor s'en va, nous laissant seuls quelques instants. Je suis tellement abasourdi par ce que je viens d'apprendre que je réponds machinalement aux questions du toubib, sans vraiment y porter attention. Lorsqu'il s'apprête à quitter la chambre, je me reprends rapidement.

– Hey, doc… Quand pourrai-je sortir?

– J'aurais bien aimé vous garder encore une semaine dans l'espoir que vos blessures guérissent bien. Mais je sais que vous n'apprécieriez pas. Cela fait déjà trois jours, nous ne voyons aucun signe d'infection, alors si rien ne change je pourrai vous libérer dans un jour ou deux. Mais vous devrez rester tranquille chez vous et revenir en cas de problème.

– Merci, doc.

Le médecin sort et je demeure un moment seul avec mes pensées. Au cours de la journée, tous mes frères viennent me voir, sauf Kill et Hush. Je comprends que Hush ait d'autres chats à fouetter que de me rendre visite. Lily a plus besoin de lui que moi. Quant à Kill, j'ignore complètement ce qui l'empêche de venir, mais je sais qu'il le fera dès qu'il pourra. Lorsque la pénombre s'installe sur la ville, j'ai eu le temps de beaucoup trop réfléchir et il me tarde maintenant de sortir pour aller à la recherche d'Eden. Mon instinct me dit qu'elle est en danger, et j'ai vraiment besoin de la savoir en sécurité.

Lorsque je me réveille le lendemain matin, je commence par prendre mon petit déjeuner. À peine ai-je fini de manger que la porte s'ouvre et la large carrure de Kill s'avance dans la chambre.

– Salut, comment va le gruyère ?

– Il va bien, merci ! Dis-moi que tu as des nouvelles d'Eden…

– Désolé, mon frère. Je la cherche depuis quatre jours sans succès. C'est pour ça que je n'ai pas pu venir te voir plus tôt.

– Mais merde, où est-elle?

– Je l'ignore, Path. Elle était avec nous dans la salle d'attente quand le médecin nous a annoncé que Lily avait perdu le bébé. Mais lorsque je me suis retourné vers elle ensuite, elle n'était plus là. J'aurais dû partir à sa recherche immédiatement, mais j'ai cru qu'elle était allée au petit coin. Puis je me suis rendu compte qu'elle ne revenait pas et je l'ai cherchée, mais il était trop tard. Je suis désolé.

– Ce n'est pas ta faute, Kill. Il a dû lui arriver quelque chose. Ce n'est pas une taupe.

– Non, je sais. J'ai bien vu la détresse dans ses yeux quand elle t'a aperçu, couché sur Lily, couvert de sang… Et si tu l'avais vue pendant le trajet pour venir ici… J'étais avec elle. J'ai pu constater à quel point elle t'aime. Je sais que ce n'est pas une taupe, mais je comprends que Connor doute.

– Moi aussi. Merde! Je dois sortir pour la retrouver.

– Oublie ça! Même si tu sors aujourd'hui, Maggs et Connor vont sans aucun doute t'attacher à ton matelas pendant un mois pour être sûrs que tu guérisses bien. Je ne les ai jamais vus aussi inquiets.

– Ça me ferait plaisir de rester un mois au lit, même attaché, si Eden y est avec moi. Alors, tant qu'elle ne sera pas à nouveau dans mes bras, pas de repos pour moi, grondé-je.

Kill me sourit. Il s'assoit à mes côtés et me raconte les derniers évènements en date. Plusieurs membres de Dark Soldiers des clubs les plus rapprochés ont commencé à arriver. Connor tient plusieurs messes aujourd'hui avec les présidents de deux autres chapitres présents pour mettre en place le plan d'action. Selon Kill, mon père a prévu d'attaquer les Satan Riders dans deux jours. En attendant, il a envoyé des recrues faire le guet au club de Jersey, histoire d'être au courant de tout mouvement suspect.

Après avoir discuté avec moi un long moment, il sort de la pièce pour retourner à ses recherches. La journée est interminable. Mes frères sont tellement pris par l'assaut imminent qu'ils ont peu de temps pour venir me voir. J'envisage d'arracher ma perfusion et m'enfuir, mais je dois l'avouer, je suis encore faible. Si c'est pour m'écrouler et qu'on me ramène de force ici, non merci. Je contemple les murs blancs de ma chambre en pensant sans cesse à Eden. Lorsque la nuit s'installe, la fatigue m'emporte dans les bras de la femme que j'aime. Je ne souhaite plus me réveiller, mais malheureusement le soleil finit par me tirer de mon sommeil au matin.

Quelques minutes plus tard, le médecin vient m'informer que je peux sortir aujourd'hui. J'ai une tonne de recommandations à la con à respecter, mais je m'en fous, car je vais enfin pouvoir chercher Eden. Le doc quitte ma chambre, me laissant prendre mon petit déjeuner. Alors que j'entame mon café, la porte s'ouvre de nouveau et l'immense silhouette de Hush se tourne vers moi.

Je retiens mon souffle en l'apercevant. Il est pâle et cerné, il n'est plus que l'ombre de lui-même. Il dégage de sa présence une aura de tristesse incroyable. J'avale difficilement. Un fort sentiment de culpabilité m'engloutit.

– Je suis tellement désolé, Hush… Tout ça, c'est ma faute…

Son large visage s'éclaire de surprise et il s'avance vers moi prenant place sur la chaise à côté de mon lit.

– Qu'est-ce que tu me dis là ? Ce n'est pas ta faute ! Tu as sauvé la vie de Lily. Sans toi, c'est elle qui prenait ces deux balles.

– Mais j'aurais dû faire attention à elle… C'est moi qui l'ai fait tomber au sol.

– Écoute, Path, nous ne t'en voulons pas. Je ne sais même pas si j'aurais eu le réflexe de faire ce que tu as fait.

– J'en suis sûr, soupiré-je.

– Non, tu as poussé la femme que tu aimes, mais tu as protégé de ton corps la mienne. Je ne crois pas que cela aurait été mon premier réflexe.

– J'ai agi par instinct. Lily était enceinte…

– Merci ! Sans toi, j'aurais sans doute perdu Lily.

– À cause de moi, tu as perdu ton fils.

– Je refuse que tu culpabilises. Lily ne t'en veut pas non plus, au contraire, elle se fait un sang d'encre pour toi. Le bébé est une étape à franchir, mais la vie ne s'arrête pas là. Elle ne garde aucune séquelle physique de l'attaque. Nous aurons des enfants, ce n'est qu'une question de temps.

– Des enfants ?

– Ouais, nous sommes deux gosses uniques, nous désirons une flopée de morveux pour remplacer ces frères et sœurs que nous n'avons jamais eus. De plus, je dois avouer que ce n'est pas désagréable de les concevoir.

Il me fait un clin d'œil, je lui souris. Je vois l'espoir en lui. Malgré son deuil, sa tristesse, il réussit à être optimiste. Sans doute l'influence de Lily.

– Est-ce que tu es venu à moto?

– Non, je devais passer chercher des trucs pour le club à Jersey.

– Ça te dérange de me ramener?

– Tu peux déjà sortir? Ce n'est pas un peu rapide?

– Ouais, le médecin vient de m'annoncer que je suis libéré. Mais j'ai une tonne de restrictions…

– Super! Lily sera ravie de te voir. Et Dee aussi. Elle est toute ratatinée tellement elle a pleuré, plaisante-t-il.

Je ris doucement et je commence à me préparer pour rentrer chez moi. J'espère sincèrement pouvoir me mettre à la recherche d'Eden dès aujourd'hui, mais je crains que ma mère et mon père ne soient pas du même avis. Sauf que je ne compte pas les écouter.

20

Path

Je suis mort d'inquiétude. Cela fait presque six jours qu'Eden manque à l'appel. Je suis rentré au club hier et depuis, je ne peux pas me lever pour aller pisser sans que ma mère ou Dee paniquent. Mais je m'en fous et je suis parti plusieurs fois en expédition chercher Eden. Elle est introuvable, je ne sais plus où chercher ! J'en viens presque à espérer qu'elle m'ait simplement quitté, mais qu'elle va bien. Pourtant j'ai vraiment un mauvais pressentiment.

Je suis étendu dans mon lit et je discute avec ma mère quand j'entends un branle-bas de combat au rez-de-chaussée. Quelques instants plus tard, un bruit de pas lourds et précipités résonne dans le couloir. Maggs me regarde et je comprends le message : « Toi, tu ne bouges pas. » La porte s'ouvre et Connor entre, suivi de Kill qui tient contre lui une carcasse menue et inerte. Je reconnais les cheveux d'Eden et mon cœur s'accélère. La panique s'installe en moi, tandis que l'expression de Kill m'informe de sa propre inquiétude. Il dépose le corps mou d'Eden de mon côté valide. J'inspire avec difficulté en la détaillant. Un énorme hématome bleu-vert couvre le bas gauche de son visage. Sa lèvre inférieure a été fendue et commence péniblement à cicatriser. De larges cernes brun foncé, presque noirs, lui donnent un air malade. Sa peau est beaucoup plus blanche qu'avant et je serai prêt à mettre ma main au feu qu'elle a perdu quelques kilos depuis la dernière fois que je l'ai tenue contre moi.

– Que lui est-il arrivé ?

– Je faisais le guet devant le club des Satan Riders quand je l'ai vue sortir en courant. Elle filait comme si sa vie en dépendait. Je n'étais pas certain que ce soit elle, mais je l'ai suivie.

Je regarde Wind qui vient de parler. Il a dû entrer dans la chambre après Kill et je ne l'ai pas remarqué. Je hoche la tête.

– Quand elle m'a reconnu, elle s'est mise à monologuer, mais c'était confus, quelque chose à propos d'un piège que les Satan Riders auraient prévu pour nous si on les attaque. Alors je l'ai ramenée ici.

– Merci, Wind !

– De rien, Path.

Il sort de la chambre et je reporte mon attention vers Eden, toujours inconsciente. Je n'arrive pas à réaliser qu'elle est là, à côté de moi.

– Je vais chercher du bouillon, nous dit Maggs. Je mettrais ma main à couper qu'elle n'a rien mangé depuis un bout de temps.

Ma mère se lève et disparaît hors de la pièce à son tour. Je ne cesse de détailler Eden et mon cœur se serre de plus en plus. Sa respiration est faible et lente. Tips, Mace et Scott entrent, suivis de Deck et Sam – le président et le vice-président des Dark Soldiers de Montevallo, le club le plus proche. Tous dévisagent Eden. Je sais qu'ils pensent que c'est la taupe, mais moi je suis sûr du contraire.

Maggs revient avec un bol chaud et elle le porte délicatement à la bouche d'Eden. Je l'aide à lui faire avaler un peu de bouillon. Je la vois déglutir lentement, puis avec avidité. Ma mère a raison, elle n'a pas mangé depuis longtemps. Doucement, ses paupières s'ouvrent et son regard tombe sur Maggs. Je la sens se tendre contre moi, et un sanglot monte dans sa gorge. Instinctivement, je resserre mon bras autour d'elle. Elle se retourne d'un coup et je me noie dans l'océan bleu de ses yeux. Sa main froide et tremblante se pose sur ma joue avant qu'elle n'éclate en pleurs contre mon torse. Je suis complètement démuni devant son évident désespoir. Je dévisage mon père, lui signifiant que j'avais raison, mais son regard reste neutre. J'embrasse ses cheveux alors qu'elle se calme. Ses yeux me scrutent un long moment.

– Tu es vivant !

– Oui, ma chérie.

– Oh, mon Dieu, merci ! Mais je ne comprends pas !

– Eden, ma chérie, raconte-moi ce qui t'est arrivé… C'est important, je dois savoir !

Un éclat de peur et de panique traverse son visage.

– Path, vous ne devez pas attaquer les Satan Riders, ils comptent dessus. Ils vous tendent un piège.

Je caresse ses cheveux doucement dans un geste rassurant. Je n'aime pas la voir aussi désemparée. Je dois la réconforter.

– Oui, Wind nous a dit que tu l'avais averti. Mais tu dois me dire ce qui s'est passé pour toi.

Elle baisse les yeux et semble soudain mal à l'aise. Je dépose un baiser sur son front, je veux qu'elle sache que je suis là pour elle, et ce, quoi qu'elle puisse dire. J'ai juste besoin de savoir.

– Nous étions tous à l'hôpital. Je… je me revoyais, attendant des nouvelles de l'état de Kyle. Quand le médecin est entré dans la pièce avec sa face d'enterrement, j'ai compris que tu n'avais pas survécu… enfin, j'ai supposé. J'ai paniqué. Je ne pouvais pas revivre une perte pareille. Je me suis sauvée.

Elle m'a cru mort? J'imagine le choc pour elle. Supporter deux fois la même situation. Une vague de tendresse me submerge. Mais je ne l'interromps pas. Son récit est laborieux et je sens qu'elle pourrait craquer à tout moment. Elle est si faible qu'elle semble éprouver de la difficulté à maintenir sa tête droite et ses yeux ouverts.

– Puisque c'est Kill qui m'avait emmenée à l'hôpital je n'avais pas de moyen de rentrer chez moi, continue-t-elle d'une voix presque atone, donc j'ai appelé Jeff…

Elle frissonne contre moi, et je sens la colère enfler lentement, car je réalise qu'il doit avoir un lien quelconque avec la disparition d'Eden.

– Il m'a leurrée, Path. Il est de mèche avec les Satan Riders. Il m'a conduite là-bas et traînée de force dans une petite pièce vide. Il m'a tout raconté. Il s'est associé aux Satan Riders quand tu m'as contactée pour sécuriser le club. Il voulait se venger de vous. Son frère était un Satan Rider, un certain Snake, que vous avez tué il n'y a pas si longtemps.

– Merde !

Je me remémore le corps de Snake criblé de balles, lors du sauvetage de Lily. Pas beau à voir. Mais Snake savait que les Dark Soldiers ne pouvaient pas laisser passer ça. Il a participé à l'enlèvement de deux d'entre nous et il était au courant de ce que Chacal voulait faire subir à Lily, ce traître.

C'est la voix d'Eden qui me ramène au présent.

– Il m'a avoué avoir tout fait pour tenter de me remplacer ici afin de pouvoir faire la taupe des Satan Riders. C'est lui qui a mis du GHB dans ma bière. C'est aussi lui qui a fouillé chez moi et foutu le bordel au bureau, il voulait retrouver les plans et me faire peur. Il a coupé mes freins et il savait pour l'attaque contre vous. Je suis désolée, Path, j'ignorais tout de ses liens avec les Satans.

Elle se recommence à pleurer contre moi. Ma colère est sourde, froide et puissante. Lorsque j'irai mieux, je le trouverai et je lui ferai payer ce qu'il a fait subir à Eden. Je la sens se détendre à nouveau contre moi. Je remonte le drap sur son corps, mais je ne pense pas qu'elle s'en aperçoive. Je la regarde et je dois savoir ce qui s'est passé ensuite.

– Que t'ont-ils fait, mon amour?

– Le premier jour, ils m'ont donné quelques gorgées de soupe. Mais j'ai tout vomi une fois dans la pièce. J'ai perdu la notion du temps, mais à un moment, deux hommes se sont pointés, ils disaient que j'étais une pute des Dark Soldiers et qu'ils allaient me montrer ce qu'étaient les vrai mâles.

Je me raidis à ses mots. L'ont-ils violée? Je vais tous les tuer très lentement si un seul a osé la toucher.

Merde!

J'entends mes frères s'exclamer dans la pièce. Eden sursaute et se détourne de moi pour regarder notre auditoire. Elle rougit vivement et je lui caresse le dos, autant pour l'apaiser que pour tenter de calmer la violence pure qui court dans mes veines.

– Je me suis défendue. J'ai donné un coup de pied dans les couilles d'un des hommes. Puis il m'a frappée.

Je suis admiratif qu'elle ait réussi à résister ainsi! Mais quand elle porte la main à sa joue blessée et grimace de douleur, je serre le poing pour me retenir de défoncer quelque chose ou quelqu'un. Ces enfoirés vont me le payer!

– Jerry est arrivé.

– Jerry? demande Connor

– Le petit ami de Jeff. Il les a arrêtés, mais j'ai sombré dans l'inconscience. Je devais avoir une commotion. J'ai perdu le fil. Ils ne m'ont plus embêtée… En fait, ils m'ont presque oubliée. De temps en temps, ils me jetaient une petite bouteille d'eau. J'ignore combien de temps je suis restée dans cette pièce, mais j'ai fini par avoir une opportunité de m'échapper et je l'ai saisie. J'ai fait croire que j'avais sauté par la fenêtre et je me suis sauvée.

– Comment as-tu fait pour ne pas te faire prendre ?

Je sens son corps devenir mou contre moi, elle semble combattre le sommeil.

– J'avais remarqué toutes les sorties possibles… N'oublie pas ma mémoire photo… photographique…

Elle s'effondre contre moi, le sommeil l'emporte. Je lève les yeux vers mon père.

– Je te l'avais dit. Je savais qu'elle n'était pas une taupe.

– Je me devais d'être impartial, Path… Elle n'est pas l'une des nôtres, elle aurait très bien pu être une espionne. Cependant, ce qu'elle a raconté sonne vrai et cela corrobore les infos que Tips a réussi à glaner à droite et à gauche.

J'inspire profondément en regardant ma petite femme blottie dans mes bras.

– Ne t'en fais pas, fiston. Nous allons la venger.

– Je veux en être, grondé-je.

– Non, tu es blessé.

– Si, c'est mon droit. Ils ont osé toucher ma régulière, j'ai le droit de me faire justice.

– Ta régulière ? lance Kill, surpris.

– Elle n'était pas encore prête. Mais, si à présent elle le veut, je vais demander au club le droit de la prendre comme régulière.

– Pour ce qui est de ta régulière et de ta vengeance, fiston, nous en reparlerons. Il faut revoir nos plans. S'ils nous ont tendu un piège, nous éviterons de tomber dedans la tête première.

– Attendez qu'Eden soit réveillée, elle pourra nous aider.

– Comment? interroge Deck.

– Elle a une mémoire photographique incroyable, expliqué-je avec une note de fierté dans la voix. Elle pourra nous dresser un plan à l'échelle de ce qu'elle a vu là-bas.

– C'est intéressant, et en effet, cela pourrait bien nous être utile, lance Sam.

– Nous allons vous laisser vous reposer. Textote-moi quand elle sera réveillée.

– J'apporterai un autre bol de bouillon, dit ma mère.

Tous quittent la pièce et Kill m'aide à mettre d'Eden en position couchée avant de sortir en refermant la porte. Je me glisse contre elle, prenant soin de ne pas ouvrir mes points de suture. Son petit corps chaud moule le mien à la perfection. Je suis si heureux qu'elle ne m'ait pas abandonné. Je le savais au fond de mes tripes, mais de le constater me rend terriblement heureux. Dire qu'elle a cru que j'étais mort. Cela a dû être un véritable enfer pour elle, de vivre un deuil une nouvelle fois. Ce qu'elle a enduré me prouve encore une fois à quel point cette fille est forte. Elle ne le sait peut-être pas, mais elle a un courage hors norme. J'ignore ce que j'ai fait pour mériter une femme telle qu'Eden, mais je me promets de ne jamais le considérer pour acquis et de lui montrer chaque jour à quel point je l'aime et tiens à elle. Je suis fier d'elle, de sa fougue. Elle a tenu bon pour avertir mon club du danger. Elle a la fibre des Dark Soldiers en elle. Elle fera une régulière incroyable. *Ma* régulière! Je regarde son petit corps menu contre le mien. Elle a trop maigri à mon goût. Je n'aime pas la voir ainsi. Je sais qu'elle est vivante, mais elle est si faible. Je la serre contre moi. Je pourrais vivre ainsi le reste de mes jours. La chaleur combinée de notre étreinte m'entraîne à mon tour dans le sommeil.

Lorsque j'ouvre les yeux, je me retrouve face à deux iris d'un bleu irréel. Sa main douce caresse mes cheveux.

– Tu es vivant… Je ne rêve pas…

– Non, je te l'avais dit que je n'étais pas prêt à mourir.

– Quand j'ai vu le médecin sortir avec son air macabre, j'ai imaginé le pire. Mais pourquoi a-t-il dit que tu n'avais pas survécu ?

– Ce n'est pas moi qui suis mort, lui avoué-je avec tristesse.

Ses yeux s'agrandissent. Sa bouche forme un O et elle se met à trembler contre moi.

– Pas Lily…

– Non, Lily va bien, enfin, aussi bien que possible compte tenu des circonstances.

– Que s'est-il passé ?

– Lily attendait un enfant. Elle l'a perdu.

Les larmes perlent au coin des paupières d'Eden. Elle se niche dans le creux de mon épaule, des pleurs silencieux coulent sur ses joues.

– Je suis tellement désolée… J'ai l'impression que tout ça est ma faute.

– Pas du tout, mon amour. Ce sont les Satan Riders qu'il faut blâmer.

– Si j'avais porté attention à Jeff, peut-être que… sanglote-t-elle à moitié.

– Non, bébé. Écoute-moi, tu ne dois pas t'en vouloir. Cette culpabilité n'est pas à toi. Cependant, tu peux nous aider à nous venger, Lily, Hush, moi et toi.

– Comment ?

– En nous donnant toutes les informations possibles sur le club et les Satan Riders.

Elle hoche la tête vivement et je souris. Je suis tellement heureux de l'avoir retrouvée et de pouvoir la tenir dans mes bras, de la savoir en sécurité… Elle relève les yeux et embrasse mon menton. Instantanément, une certaine partie de mon corps se réveille.

– Comment vas-tu ? me demande-t-elle.

– J'ai mal à l'épaule, mais c'est tout à fait tolérable. Et toi ?

– Je me sens vidée, j'ai un peu mal à la tête, mais je vais bien…

Elle m'embrasse de nouveau, laissant sa langue glisser sur la peau de mon cou. Elle se redresse et ses lèvres se pressent contre les miennes, doucement. Je gémis de bonheur et elle entrouvre sa bouche pour que nos langues se trouvent. Je pose ma main libre dans ses cheveux appuyant fermement sa tête contre la mienne. Elle gémit et je me souviens de sa lèvre fendue. Je calme mon ardeur. Le baiser est doux, lent, mais enflammé, il se consume de passion. Je sens ses doigts glisser sur mon torse pour terminer sa course sur la bosse proéminente de mon boxer. Elle rompt le contact et je siffle entre mes dents alors qu'elle presse fortement sa paume contre mon érection.

– Je t'aime, Path.

Je reste sous le choc. Elle m'aime, alors que les Dark Soldiers l'ont mise en danger, que je l'ai fait souffrir…

– Je t'aime, Eden… Tellement !

Je ne trouve rien d'autre à ajouter. Elle m'enjambe et se positionne au-dessus de moi à quatre pattes. Elle sème des baisers légers comme le toucher d'un papillon derrière mon oreille, le long de ma mâchoire, et elle descend sur mon cou. Ma main serre la peau tendre de ses hanches, écrasant son bassin contre moi.

– Enlève ton pantalon, Eden… Je veux me perdre en toi.

Elle bascule sur le côté et moins de quinze secondes plus tard, elle a repris sa position sur moi.

– Laisse-moi faire le travail… Tu es blessé, dit-elle en m'enfilant un préservatif à la hâte.

Je souris de sa sollicitude, et l'instant d'après, je gronde en fermant les yeux de bonheur quand elle m'accueille en elle, violemment, jusqu'à la base. Elle se met à bouger de haut en bas en faisant de petits 8 avec son bassin. Je tire brusquement sur sa chemise et les boutons arrachés volent dans la pièce. Ma main sort un de ses seins du bonnet de son soutien-gorge et je le porte à ma bouche. Je suce son mamelon tendu et je la sens se contracter contre mon pénis. Je montre les dents et gentiment je mordille son téton. Je suis récompensé par un cri de plaisir pur. Je la regarde et l'admire. Son cou et sa poitrine ont pris une teinte rosée de volupté. Elle me chevauche telle une amazone en pleine guerre. Sans merci ! Elle se redresse et se cambre vers l'arrière. Elle a bel et bien maigri. Ses côtes sont visibles et son ventre est presque concave. Mais la vue reste tout simplement divine. Sa main caresse et soupèse mes couilles. Je serre les dents pour me retenir de venir maintenant. Elle accélère la cadence m'enfouissant de plus en plus rudement en elle. La chaleur de sa chatte augmente et je sais qu'elle va jouir. C'est la goutte qui fait déborder le vase... Façon de parler ! Je me déverse en elle en hurlant son nom alors qu'elle crie le mien en pleine extase. Elle s'effondre contre moi, tout en évitant les sutures sur mon épaule. Je sens mon membre s'échapper de son antre chaud et elle gémit doucement, repue. Elle finit par se laisser tomber à mon côté et enlève sa chemise.

– Sois ma régulière, Eden. Je ne veux plus jamais me réveiller sans toi à mes côtés, avoué-je, presque suppliant. Je te voulais hier, je te veux aujourd'hui et je te voudrai demain. Je t'aime et je souhaite te le prouver. Demande-moi n'importe quoi et je le ferai...

Elle reste silencieuse à mes côtés. Ses doigts tracent des arabesques sur mon torse. Elle lève finalement les yeux vers moi.

– Ton véritable nom...

– Mon nom ?

– Oui, je sais que très peu de gens le connaissent et j'aimerais tout savoir de toi, car je t'aime plus que tout.

Je la regarde, surpris, autant par sa déclaration passionnée que par sa requête. Mais je n'hésite pas un instant avant de lui répondre.

– Mon vrai nom n'est connu que de Connor et Maggs. Je m'appelle Jeremy. Mais, je préfère Path, puisque Jeremy me fait penser à trop de mauvais souvenirs, tu comprends?

Elle hoche la tête. J'embrasse doucement ses cheveux, heureux comme je ne l'ai jamais été.

– Je te promets de ne rien te cacher sur mon passé. Je ne peux pas discuter avec toi des affaires du club, mais mon existence est à toi. Je t'aime! Veux-tu être ma régulière et partager ma vie?

– Oui, Path. Je veux être à toi. Je t'aime! Je ne peux imaginer ma vie sans toi, dit-elle avec une sincérité qui me bouleverse.

Je la serre du mieux que je peux contre moi. Notre étreinte est interrompue alors que l'on cogne à la porte.

– Un instant!

Je regarde Eden et lui indique mon bureau du menton. Elle s'y dirige et enfile un de mes T-shirts avant de se glisser à nouveau dans sa culotte et son jean. Elle se recouche, passant son bras sur mon ventre.

– Entrez!

Kill, Connor et Beck apparaissent. Leurs visages durs m'annoncent qu'ils sont ici pour interroger Eden. Connor lui tend un bloc de papier et un crayon.

– Eden, est-ce que tu veux nous aider? lui demande-t-il, déterminé.

– Plus que tout. Je vais vous indiquer tout ce que je sais.

Mon père lui sourit et nous observons tous les trois Eden s'asseoir confortablement dans le lit et se mettre au travail. Comme la dernière fois, je suis émerveillé par son don. Tout me semble si précis, sans aucune hésitation dans les traits. Elle fait ses tracés du mieux qu'elle peut étant donné qu'elle est droitière et qu'elle doit faire le plan de la main gauche. Pourtant tout est clair. Après un long moment, elle dépose le stylo et se masse le poignet. Puis elle admire son œuvre. Elle reprend le crayon et se met à en mordiller le bout. Elle s'arrête brusquement et regarde l'extrémité mâchouillée d'une façon très étrange.

Cette femme est magnifique.

Elle ajoute finalement deux ou trois petits détails et tend le plan à Connor.

– Il y a une grande section du club qui est accessible par l'arrière. Si vous arrivez par l'ouest, ils ne vous verront qu'à la dernière seconde. De plus, le flanc ouest du bâtiment est le plus vulnérable.

Les yeux de Connor et de Deck s'illuminent. Ils se dévisagent un instant, puis, d'un mouvement parfaitement synchronisé, ils hochent la tête. Deck sort et Connor se tourne vers nous.

– Merci énormément, Eden. Nous allons pouvoir venger nos blessés et nos pertes.

– De rien, dit-elle avec douceur. Je me sens redevable. Après tout, si j'avais ouvert l'œil avant, j'aurais peut-être découvert le pot aux roses, pour Jeff.

– Ne sois pas si dure avec toi. Tu nous aides beaucoup et tu ne pouvais pas savoir. Reposez-vous maintenant, on s'occupe du reste…

– Non, je viens, l'interromps-je.

Eden sursaute et se raidit contre moi.

– Non, fiston, tu restes ici, ordonne Connor de sa voix grave.

– C'est mon droit de leur faire payer ce qu'ils m'ont fait et ce qu'ils ont fait subir à Eden, qui, si le club m'y autorise, deviendra ma régulière.

Mon père réfléchit un long moment. Je sens Eden se mettre à trembler à mes côtés, mais je n'y peux rien. Je dois y aller.

– C'est en effet ton droit. Je ne peux te le refuser, même si la logique voudrait que tu restes ici.

Je hoche la tête et il soupire et sort de la pièce à son tour. Un sanglot se fait entendre. Je me tourne vers Eden qui pleure à chaudes larmes. Elle secoue frénétiquement la tête et ses petites mains sur mon torse me repoussent doucement.

– Non…

Rien de plus qu'un murmure, mais qui résonne tel un gong dans la chambre silencieuse.

– Qu'y a-t-il, Eden?

– Je refuse d'endurer ça encore… L'angoisse de ne pas savoir si tu es vivant ou non… Tu risques de te faire descendre, là-bas, et… Path, je n'y survivrai pas. Pas cette fois.

Elle se redresse et s'apprête à sortir rapidement de ma chambre, mais Kill l'arrête en l'attrapant par le bras. Elle se jette contre son torse, sanglotante.

– Hey, Eden… Si Path me l'autorise, je serai sa main vengeresse. Je vous vengerai tous… Comme je l'ai fait pour Lily et Hush il y a quelques mois.

Eden le regarde un instant. Seuls de petits sanglots brisent le silence de temps à autre. Je sais qu'elle hésite à sacrifier un ami pour moi. J'ignore ce que je ferais à sa place. Mais elle finit par me regarder, me demandant sans un mot si j'accepte. Je réfléchis un instant, observe Eden et ma réponse est évidente.

– Oui, Kill. Venge-nous, en mon nom.

– Bien.

Il embrasse les cheveux d'Eden. Elle se libère de son étreinte et saute à côté de moi dans le lit, me serrant contre elle. Je ferais n'importe quoi pour elle, même refuser de me venger. Je l'aime tellement.

Épilogue

Kill
Six mois plus tard

Nous aurions dû anticiper ce qui allait se passer… ou au moins laisser une ou deux recrues à distance pour qu'elles nous avertissent en cas de pépin. Mais nous avons foncé tête baissée sur ces merdes de Satan Riders.

Je regarde autour de moi et je râle. Ce petit con de Jay me dévisage encore d'un œil salace. Je vais devoir lui rappeler que je n'aime pas qu'on me reluque ainsi. Il a la mémoire courte. Il me semble bien que c'est la semaine dernière que je l'ai mis au tapis pour ça.

Je vois Folley s'avancer au milieu de la pièce et crier à pleins poumons pour se faire entendre par-dessus le brouhaha.

– Stevens, Mitchell et Gordon !

Nous nous levons et le rejoignons. Comme les autres appelés, je le laisse m'entraver et nous le suivons docilement. Une fois dans la salle, je repère immédiatement mes visiteurs. Deux armoires à glace pleines de testostérone, vêtues de cuir. Je me dirige vers eux et m'installe de l'autre côté de la table.

– Path, Hush ! Salut, mes frères ! Comment allez-vous ? les accueillé-je d'une voix enjouée.

– Bien ! Et toi ? demande Path.

– Aussi bien qu'on puisse aller ici.

– Ça fait vraiment chier que tu te sois fait prendre, lance Hush, l'air triste pour moi.

– C'est pas la fin du monde ! Et on leur a fait la peau à ces salauds, me félicité-je.

– Ouais et ceux qui restaient ont quitté le navire comme des rats, rit Path.

– Alors, quoi de neuf, les gars ?

Mes frères se regardent un instant. Hush me fixe avec un sourire.

– Lily est de nouveau enceinte !

– Félicitations, mec !

Je suis vraiment heureux pour mon pote. Lily est une fille extraordinaire et mérite le bonheur d'être maman. Après la perte de Jason, Hush et Lily ont eu une période plus difficile. Je sais que Dee et Eden ont beaucoup aidé Lily et que des liens forts se sont tissés entre les femmes du club. Il n'y a pas un dicton, d'ailleurs, qui dit que l'adversité est la pierre angulaire de l'amitié ? Ou quelque chose du genre.

– Merci ! On est bien contents !

Je me tourne vers Path. Ce dernier me sourit à son tour.

– Ne me dis pas que tu as mis Eden en cloque ? l'interrogé-je, faisant mine d'être choqué.

– Non, ce n'est pas faute d'essayer cependant.

J'éclate de rire. Connaissant Path, Eden doit avoir de la difficulté à marcher. Je sais qu'elle a transféré sa boîte à

Hedonas après les évènements et qu'elle n'a pas hésité à emménager avec Path. Ils se sont d'ailleurs acheté une jolie petite maison, un peu à l'extérieur de la ville. Je ne l'ai pas vue, mais Eden m'en a parlé dans ses lettres. Elle n'est pas venue me voir, mais elle m'écrit souvent pour me donner des nouvelles. Elle m'a appris que le scandale concernant Jeff a fait la une des journaux, mais contrairement à ce que l'on pourrait imaginer, la publicité qu'Eden en a tirée a bien servi son activité au lieu de la faire chuter... Ne me demandez pas pourquoi, je pense simplement que les gens ont vu en Eden une femme d'affaires incroyable qui ne se laisse pas écraser par l'adversité. De plus, grâce à ses plans diablement précis et son aide pour contrer les Satan Riders, elle a su prouver sa valeur de régulière et le club l'a intégrée en tant que telle. Les soupçons qui pesaient sur elle ont disparu et elle fait dorénavant partie de la famille.

– Je lui ai fait la grande demande, m'annonce Path avec un large sourire.

– La « grande demande » comme dans « le mariage »?

– Oui. Et devine quoi? Elle a accepté!

Que l'un de nous se marie officiellement est un fait exceptionnel dans notre vie de *bikers*. Les *bikers* et Dieu, ce n'est pas nécessairement le duo du siècle. C'est rare, mais pas impossible. Path a raison d'épouser Eden. Ils vont tellement bien ensemble. Je n'aurais jamais cru cela concevable, mais mon meilleur pote a énormément changé depuis qu'il l'a rencontrée. Plus de partouzes dans le salon, plus de nouvelle nana chaque soir. Path le Tombeur est finalement tombé à son tour – amoureux et prêt à se mettre les menottes aux poignets !

Merde ! J'aurais dû parier deux cents dollars avec Scott que Path se marierait avec Eden !

– Félicitations !

– Nous aimerions que tu sois mon témoin, lâche-t-il, l'air de rien.

– Moi ? m'étonné-je.

Je ne sais pas quoi dire. Le mariage et tous les trucs religieux, ce n'est vraiment pas ma tasse de thé. Cependant, je dois avouer que le fait qu'il m'ait choisi pour être témoin officiel à leur union me flatte énormément. C'est un grand honneur. Pourtant, je me demande si je suis la bonne personne. Je ne suis pas blanc comme neige… De tous nos frères, je suis celui qui a le plus de chances de rencontrer le diable à l'heure du jugement dernier. Je crois que lui et moi serons les meilleurs amis du monde. Je vis dans le mal et le sang, je suis celui qui s'occupe des sales besognes, de casser les os (ou même plus) quand c'est nécessaire et de faire le nettoyage après coup. Cependant, je donnerais ma vie sans hésitation pour mes frères. Alors, être témoin au mariage de celui d'entre eux qui m'est le plus proche, cela me touche réellement. Ils auraient pu prendre n'importe lequel des autres, mais c'est moi qu'ils ont choisi…

– Oui, après ce que tu as fait pour nous, nous ne pensons à personne de mieux que toi.

Je lui souris.

– Tu sais qu'il me reste un peu plus de deux ans à tirer ?

Il n'a tout de même pas oublié que je suis encore ici pour un bon moment ? J'aurais cru qu'il serait plus pressé de mettre la bague au doigt à Eden. Mais à son sourire, je vois qu'il en est conscient et qu'il patientera.

– Ouais, on va t'attendre. On a la vie devant nous, dit-il avec ce sourire qui ne le quitte plus depuis qu'Eden lui a enfin dit « je t'aime ».

– De toute façon, Lily est demoiselle d'honneur et elle préfère ne pas avoir à faire ajuster sa robe. Donc l'idéal serait après qu'elle aura eu le bébé ! ajoute Hush.

– Dans ce cas, j'accepte avec plaisir, affirmé-je, heureux qu'ils m'attendent, eux, ma vraie famille.

Je serre la main de Path. La voix de Folley résonne à nouveau. Ce gardien, malgré sa petite stature, a une voix qui porte comme personne. C'est sans doute le maton que je respecte le plus ici. Il a le don de se faire écouter sans violence, ce qui, soit dit en passant, est presque un miracle. Je ne dis pas qu'il est doux, au contraire il se dégage de lui une aura féroce et déterminée. Il en connaît un rayon sur chacun d'entre nous et il sait très bien se servir de ces infos contre nous.

– Les visites sont terminées ! Visiteurs, nous vous demandons de sortir par la porte de derrière. Détenus, en rang.

Je me lève et me dirige dans la colonne. Je donnerais n'importe quoi pour décamper avec mes frères. Eux et le club me manquent ! Je paierais cher pour sentir ma bécane entre mes jambes. Je déteste être enfermé entre quatre murs. Les premiers temps ici, j'ai dû jouer des coudes pour me faire respecter. Maintenant, on me regarde de loin, personne n'ose s'approcher de moi. Je frotte ma poitrine où se trouve la longue cicatrice, souvenir des premiers jours de mon incarcération. J'ai prouvé ma valeur et mon pouvoir. Certains n'ont pas ce luxe, et ce sont leurs lamentations de douleur qui bercent mes soirées, dur rappel du fait que je ne peux pas me permettre le moindre relâchement. Je dois tenir bon, ne pas baisser ma surveillance, mon statut doit rester celui d'un alpha ici…

Encore un peu plus de deux ans et je serai libre… Enfin presque. Ce foutu juge a décidé de faire de moi un exemple : deux ans et demi de prison et quatre-vingts heures de travaux communautaires pour m'être fait prendre en train de mettre le feu au club des Satan Riders. Ce que les autorités ignorent, c'est que l'incendie servait à cacher les preuves. Oui, plusieurs Satans ont péri sous les coups de feu. Cependant, je n'avais aucune arme sur moi. Il leur a donc été impossible de me mettre ces meurtres sur le dos – et ce n'est pas faute d'avoir essayé. J'ai toujours préféré travailler à mains nues, la sensation de contrôle est exaltante. Puissante. Et que dire du plaisir que j'ai eu à casser la nuque de ce faux jeton de Jeff, pour Eden ! J'ai dû m'occuper de quatre hommes – dont son mec, Jerry, qui n'a même pas hésité une seconde pour le balancer – avant d'enfin tomber sur le bon. Et je ne regrette nullement mon geste, au contraire, j'en suis très fier !

Vivement ma sortie !

Fin

Vous avez aimé l'histoire d'Eden et Kill ? Laissez-vous emporter par celle de Lily et Hush, dans *Rider in the dark*.

Remerciements

L'écriture de cette merveilleuse nouvelle aventure n'aurait pas été possible sans plusieurs personnes. Toutes aussi importantes les unes que les autres, elles m'ont aidée, guidée et propulsée bien au-delà de mes espérances.

Premièrement, tous ceux et celles qui se sont procuré mon premier roman, *Rider in the Dark*. Non seulement vous avez osé acheter un livre d'une auteure inconnue, mais en plus vous n'avez pas hésité à partager votre ressenti et votre appréciation autour de vous. Grâce à vous, mon ouvrage a connu un très bon départ pour un premier roman, m'incitant à continuer à écrire. D'ailleurs, merci à toutes les blogueuses qui ont diffusé et commenté mon histoire, ainsi qu'aux groupes Facebook New's Aly Romance et Lectrices MC Bikers driven & CO, qui en ont parlé plus d'une fois.

Je veux aussi remercier toute l'équipe des Éditions Addictives. Vous avez cru en moi, une inconnue à l'imagination fertile et à l'écriture parfois crue. Vous m'avez permis de partager cet univers avec de nombreux lecteurs et lectrices. Émilie, Maud, Carole, Léna, pour ne nommer que vous, travailler avec vous est un réel plaisir. Je ne sais comment vous dire à quel point tout ce que vous avez fait pour moi et pour *Rider in the Dark* me touche. Vous êtes vraiment une équipe d'enfer!

Merci aussi à ma famille et à mes amies, qui ont su me soutenir et m'encourager. À mon mari, qui m'endure depuis plus de quinze ans, et à mes deux amours, Eve et Maxim. À ma maman d'amour, qui a eu son baptême de la liseuse électronique pour moi – ton support et ta fierté me poussent à continuer. À mon frère David, qui me fait rire et qui me soutient. À Ghislain, qui est toujours là pour moi. À mes amies chères, Marie Deschênes (juste pour toi, Dany), Isa, Louise et Karine... Vous êtes mes premières fans et la crème de la crème des amies. Ma vie sans vous ne serait pas ce qu'elle est.

Un merci tout spécial à Catherine, ma belle-sœur préférée, qui sans le savoir m'a poussée à écrire *Rider in the Dark*.

Pour finir, un gros merci à tous ceux et celles qui ont acheté ce deuxième tome. Path, Eden et moi-même vous sommes infiniment reconnaissants.

Extrait

RIDER IN THE DARK

Sara June

1

Hush

C'est à la lueur de la lune que j'engage ma moto dans le parking du petit *diner* à la suite de celles de Path et de Kill. Une fois le moteur éteint, je débarque et secoue mes grandes jambes. Les quatre heures de route consécutives depuis Danhoover m'ont engourdi les muscles, et la vibration de ma bécane n'a pas aidé à chasser les fourmis qui s'y sont installées. Je lève les yeux vers l'enseigne à néons rouges qui désigne le restaurant, Chez Shirley, dépose mon casque sur le banc et suis mes frères à l'intérieur. L'odeur de hamburger et de friture fait crier mon estomac, me rappelant que mon dernier repas date de ce matin et que la nuit est déjà tombée.

Kill s'assied sur une banquette avec Path et me laisse l'autre côté de table. J'y glisse mon corps massif en regardant avec attention autour de nous. La salle décorée à la façon des années cinquante est propre et bien entretenue. Des bancs rembourrés beiges longent les fenêtres et une seconde rangée nous sépare du comptoir de service. Derrière se trouve une porte battante qui cache la cuisine. Disposés un peu partout, des cadres rétro accentuent l'ambiance.

–J'crois que j'vais prendre le burger double, lance Path.

À cet instant, une jeune serveuse, tout habillée de rose et blanc sort de la cuisine deux assiettes en main. Elle se dirige d'un pas assuré vers une table plus loin. Le roulement naturel de ses petites hanches attire mon regard. Elle dépose les plats devant quatre hommes, visiblement éméchés, et vient vers nous, un léger sourire aux lèvres.

–Bonsoir, comment allez-vous ?

Je ne peux m'empêcher de la dévorer du regard. Elle est mince avec une peau claire et un chignon sur la nuque. Sa tenue de travail ne montre pas grand-chose de ses atouts, mais il est facile de deviner qu'elle a un sacré corps. Mais ce sont ses yeux qui me fascinent le plus. Ils sont d'un brun caramel pâle rempli de paillettes dorées, comme je n'en ai jamais vu, le tout bordé de longs cils noirs.

–Bonsoir, toi ! répond Path. T'es nouvelle, ici ?

–Oui, j'ai commencé avant-hier.

–Enchanté ! Je vais prendre le double burger, une grande frite et un Coca.

Elle sourit à Path avant de regarder Kill.

–Ce sera la même chose, lance Kill de sa voix grave.

Elle se tourne finalement vers moi, son visage toujours aussi charmant et joyeux. Cela me surprend. Je ne suis pas le genre d'homme qui attire les sourires des femmes qui ne me connaissent pas. J'ai le style brut et sauvage. Elles me reluquent de loin, mais je n'inspire pas la sympathie.

– Moi aussi.

Son regard se fige un instant, puis elle hoche la tête, me souriant à nouveau.

– Donc trois doubles burgers, trois grandes frites et trois Coca. Super, je vous rapporte ça !

Elle se retourne et se dirige vers la cuisine. Mes yeux glissent sur son dos vers ses hanches qui roulent doucement. Je me dandine sur la banquette, en tentant de dissimuler mon érection. Je grogne, alors que mon malaise s'intensifie. Path sourit devant mon embarras des plus évidents.

– Hush, ça va ?

Je ronchonne de frustration à nouveau. Il faut que je baise. Ça fait si longtemps, et j'en suis rendu à fantasmer sur des petites serveuses habillées à la mode des années cinquante, en rose bonbon qui plus est. Première chose que je fais en arrivant au club, je me tape Jen ou Nina.

Un écran au coin de la salle diffuse le dernier match de baseball, entraînant l'attention et la discussion de Path et Kill sur le jeu en cours. Je vois Shirley sortir de la cuisine. En nous apercevant, elle sourit avant de venir nous rejoindre. Habillée en rose de la tête aux pieds, elle arbore de plus en plus de cheveux blancs sous son minuscule chapeau.

– Salut, mes petits ! Comment allez-vous ?

Il n'y a que Shirley pour nous appeler « petit », nous sommes tous grands et musclés, nous inspirons le respect et la peur, nous sommes des Dark Soldiers. Un gang de motards estimé et craint dans tout Hedonas et ses environs. Mais Shirley nous connaît depuis si longtemps qu'elle est un peu comme cette grand-mère que l'on a toujours voulu avoir. Path lui accorde son sourire de tombeur.

– Shirley, mon amour ! Comme je suis heureux de te voir ! Tu sembles encore plus jolie que dans mon souvenir !

Shirley éclate de rire, passant la main dans les cheveux châtains de Path, regardant Kill.

– Il faut que tu l'amènes consulter pour sa mémoire défaillante, Kill.

– Avec tous les coups qu'il a reçus à la tête, je crois que c'est une cause perdue !

Path lui met son poing sur l'épaule en riant.

– Mais il a raison, t'es resplendissante aujourd'hui.

– C'est sans doute parce que j'ai enfin rencontré un mec intéressant.

– Si t'as besoin que quelqu'un lui rappelle comment on traite les dames, fais-nous signe.

Shirley rit encore une fois, bien que je sache que Path est totalement sérieux à ce propos. Elle ne fait pas partie officiellement de la famille, mais elle est respectée et appréciée par tous mes frères. Après un clin d'œil et un « à tantôt », elle rejoint les cuisines, croisant au passage la jeune serveuse, qui arrive avec nos sodas. Elle contourne la table occupée par les hommes éméchés et se dirige vers nous. Elle dépose nos boissons avant de retourner vers l'arrière. Alors qu'elle repasse près des clients saouls, l'un d'entre eux étire le bras pour lui taper une fesse. Elle sursaute, mais continue son chemin. Mon sang ne fait qu'un tour. Je prends une grande inspiration pour calmer la vague de violence qui monte en moi.

– Hush, mon frère, ça va ?

Je regarde Kill. Sa barbe, ses cheveux et ses yeux noirs à l'image même du tueur qu'il est.

– Ouais, juste des petits cons qui s'amusent à tripoter ce qui ne leur appartient pas.

Mais qu'en sais-je ? Peut-être que c'est son copain ?

J'avale la boule dans ma gorge, me concentrant sur la discussion concernant les Red Sox et les Mets. La serveuse revient vers nous avec des assiettes qui dégagent un fumet des plus appétissants.

– Si vous avez besoin de quoi que ce soit, faites-moi signe.

Elle s'en va vers le long comptoir avec un doux sourire. Cependant, elle n'arrive pas à destination. L'un des mecs l'attrape par la taille et l'attire contre lui, sur ses genoux. Elle se débat. Cette fois, je vois noir. Avant même de m'en rendre compte, je suis debout et me dirige vers eux d'un pas lourd. J'entends mes frères me suivre. Je n'ai pas le temps de la rejoindre qu'elle balance un bon coup de coude directement sur le nez de son agresseur.

Ça, je ne m'y attendais pas !

Ce dernier lâche sa taille, pour porter les mains à son appendice nasal qui saigne avec abondance. Elle se relève rapidement et s'éloigne pour être hors de portée de l'homme. Ses trois amis se lèvent, sans aucun doute pour le venger. Je me rapproche d'elle, les dévisageant férocement.

– Je n'y penserais même pas !

Ma voix claque comme un fouet. Je croise mes bras devant moi, gonflant mes biceps. Je ne suis pas du genre à prendre à la légère. Je vois les yeux des hommes parcourir ma veste de cuir orné du logo des Dark Soldiers. Instantanément, ils se calment. Ils sont assez à jeun pour reconnaître le danger. Shirley sort en vitesse de la cuisine, alertée par le bruit.

– Oh, mon Dieu ! Lily, que s'est-il passé ?

Lily prend appui contre sa hanche, dévisageant le type au nez ensanglanté.

– Ce client voulait un extra que je n'offre pas !

– Mais ces hommes vont payer leur dû, sans oublier un très généreux pourboire, et partir… tout de suite !

La voix habituellement suave de Path a pris des notes graves gorgées de colère. Je n'ai pas besoin de me retourner pour savoir qu'il a son regard dur et ferme, son regard de Soldier.

– Et ils vont demander pardon très poliment à la jeune dame.

Kill articule chaque mot, en appuyant sur le « très ». Les quatre mecs hochent la tête et murmurent des excuses. Du coin de l'œil, je vois Path porter la main à son oreille, se détournant légèrement.

– J'ai rien compris et je ne suis pas sûr que… hmm… Lily, c'est bien ça ?

– Oui, c'est bien ça.

– Je suis pas certain que Lily a bien entendu.

Les quatre hommes demandent pardon plus fort, promettant de ne plus la toucher. Ils déposent plusieurs billets sur la table avant de quitter l'endroit la queue entre les jambes. Seul le type au nez cassé ose se retourner pour nous lancer un regard mauvais. Je montre mes dents tout en me retenant de le mettre à terre. Lily se tourne vers nous.

– Merci… euh…

– Path, enchanté. Voici mes frères Kill et Hush.

– Eh bien merci, Path, Kill et Hush !

– Lily chérie, prends le reste de la soirée. Je vais faire la fermeture.

– Tu es sûre, Shirley ?

– Oui, c'est tranquille. Vas-y !

Lily pivote vers nous, sa tête inclinée sur le côté.

– Merci encore ! Bonne soirée !

J'acquiesce, laissant mes yeux glisser sur sa fine silhouette alors qu'elle quitte la salle pour rejoindre la cuisine.

addictives

Romans déjà parus et à paraître

Rose Becker
Le Bébé, mon milliardaire et moi (aussi en poche)
Torride, sexy & dangereux
Forever You – saisons 1 et 2
Dangerous

Phoebe Campbell
Tes ordres sont mes désirs – volumes 1 à 3 (aussi en poche)
Lui résister… ou pas – volumes 1 et 2
Lui résister… ou pas – l'intégrale
You Again
Single Daddy. Try Me if You Can

Mia Carre
Bad for You
Teach Me Everything
Charmant connard !

Mélodie Chavin
Campus Rules

Olivia Dean
À lui, corps et âme – volumes 1 et 2 – poche

Stuart Evans
Roméo & Jules

Ann Fox
Spring Break – l'intégrale

Emma Green
Toi + Moi : L'un contre l'autre (aussi en poche)
Toi + Moi : Envers et contre tout (aussi en poche)
Toi + Moi : Seuls contre tous (aussi en poche)
Call Me Baby – volumes 1 et 2
Call Me Bitch
Love Me if You Can
Kiss Me if You Can
Bliss. Le faux journal d'une vraie romantique – volumes 1 et 2
Jeux interdits
Jeux insolents

Jeux imprudents
Une toute dernière fois
Fallait pas me chercher! –volumes 1 et 2
Corps impatients (aussi en poche)
Cœurs insoumis
Âmes indociles
Cent facettes de Mr Diamonds –l'intégrale
Bliss. Le faux journal d'une vraie romantique –l'intégrale
(Im)parfait
Love Me if You Can –l'intégrale
Kiss Me if You Can –l'intégrale
It's Raining Love!
The Boy Next Room
Call Me Baby – l'intégrale
Call Me Bitch –l'intégrale
PS: Oublie-moi !
Fallait pas me chercher ! –l'intégrale
Recherche coloc: emmerdeurs, râleurs, lovers... s'abstenir!
10 bonnes raisons de te détester !
Just 17

Kim Grey
Insolent Bastard

Megan Harold
Tout pour lui –volumes 1 et 2 – poche
Sublime-moi! –poche
Juste toi et moi –volumes 1 et 2
Breaking the Rules
Initiation with my Boss

Amy Hopper
Gone Boy

Julie Huleux
Alpha Player

Kate Jacobson
Révèle-moi –volumes 1 et 2

Amber James
Contrôle-moi ! –poche

Lucy Jones
Perfect Lover. Envoûte-moi – poche

Charlie Lazlo
Mon insupportable boss

Sienna Lloyd
Mords-moi !

Nina Marx
Soumets-moi ! – volumes 1 à 3
Escort Girl. Diamonds Private Club – poche
Rock You – l'intégrale de la trilogie *Soumets-moi !*

Caroline Mongas
Mariage forcé. Un contrat indécent

June Moore
Étreinte – volumes 1 à 3

Zoé Murat
Stepbrother Love

Clara Oz
Arrogant
Te séduire, te trahir

Heather Powell
Je te veux – volumes 1 et 2

Lise Robin
Infiltrée. Sex, Drugs & Danger
Love Scandal

Alex Roussel
The Casting

Ana Scott
Dark Ride
Last Ride
Vicious Ride

Camilla Simon
Le voisin parfait est un enfoiré

Mina Shepard
Mon milliardaire, mon mariage et moi

Ève Souliac
Sexy Mistake

Liv Stone
Love Lessons

Lisa Swann
Adore-moi ! – l'intégrale

Louise Valmont
Toi & moi, c'est compliqué !
Mine Again

Chloe Wilkox
Ordonne-moi ! – volumes 1 à 3
Ordonne-moi ! – l'intégrale
Wild Love. Bad Boy & Secret Girl – saisons 1 et 2
Extreme Lover – l'intégrale
Immoral
Your Game, My Rules (en poche)
Dominant Boss – Apprends-moi

Luv

Romans déjà parus et à paraître

Ana K. Anderson
Indompté
Scottish Bastard

Sophie Auger
Be with Me

Laura Black
Dark Initiation
Games of Desire

Margot D. Bortoli
Too Young

Juliette Brunel
Delicious

Anne Cantore
On the Road with You
Promets-moi. Louise et Marco

Sarina Cassint
Avec toi… peut-être
Insolent Boss

Mary Ann Davis
Coach Me Love !

Nora Davy
Absolute Boss
Don't Resist

Gwen Delmas
Noël, toi & moi
Perfect Boss

Cléa Dorian & Ninon Vars
Dark Love

Laurie Eschard
Love Naked

Lil Evans
Savage Rider
Crash & Burn
Boss Affair

Alexandra Gonzalez
Shades of You

Erin Graham
Teach Me Love
The Boss
Secret Stepbrother

Joh Harper
Crazy Love

Iris Julliard
Prends-moi contre toi
Catch & Shoot

Lucie F. June
Fight with Darkness

Sara June
Rider in the Dark
Sexy Wild Rider

Lena Jung
Mon coloc, mes désirs & moi

Emily Jurius
Love to Hate You

Pauline Libersart
Tiger. Entre ses griffes

Ella Lores
Mariée par accident à un connard arrogant rencontré la veille…

Jessica Lumbroso
Emma X. Secrète et insoumise

Mila Mirelli
Dark Man in Love

Mag Maury
Fast Games
No Love, No Limits
My Hipster Christmas

Jeanne Pears
Insupportable coloc
Colocs & Sex Friends

Jeanne Périlhac
Only You… & Me

Sophie S. Pierucci
L'Inconnu de l'ascenseur & Moi (aussi en poche)
My Stepbrother. L'initiation

Silvia Reed
Darkest. La dernière heure
Too Close

Anita Rigins
No Rules

Avril Rose
Coffee, Sex & Law

Jana Rouze
Effet de vague – saisons 1, 2 et 3

Wendy Roy
Une seule fois (ou presque)

Ana Scott
À corps brisés

Léana Soal
Fight & Hope

Cara Solak
Perfect Obsession

Liv Stone
Initie-moi. Mes jours contre tes nuits

Lena K. Summers
Perfect Bad Boy

Kaly Swann
Austin. Breathe with Me

Lily Tortay
Dance for Me

Flore Valier
Ta peau contre la mienne

Anna Wendell
Arrogant Bad Boy
Apprends-moi le désir

Boss Affair
Lil Evans

Rien n'est plus excitant que ce qui est interdit !

L'histoire de la petite employée qui craque pour son patron, tout le monde connaît ! Et ce n'est certainement pas Autumn, avocate de renom, qui se laisserait avoir. Alors, quand elle reconnaît en son nouveau boss l'inconnu avec qui elle a passé une nuit torride, c'est le choc ! Clarence, lui, n'est pas mécontent de cette coïncidence, au contraire : il compte bien faire succomber à nouveau la mystérieuse brunette qui hante ses rêves. Car même si elle ne veut plus rien avoir à faire avec lui, il est déterminé à relever le défi ! C'est le boss après tout, non ?

Auteure : Sara June

Edisource – Éditions Addictives
100, rue Petit, 75019 Paris
Imprimé par FINIDR – Lipova cp. 1965 – 73 701 Cesky Tesin,
République tchèque
Dépôt légal : novembre 2020 – Achevé d'imprimer : novembre 2020
ISBN : 978-2-37126-335-2
Réf. contrats : ZUSH_002